SON FRUSTRATION AUX COURBES GÉNÉREUSES

UNE ROMANCE DE PETITE VILLE AVEC UNE HÉROÏNE AUX COURBES VOLUPTUEUSES

À LA RECHERCHE DU HÉROS LITTÉRAIRE PARFAIT
TOME QUATRE

MARY E THOMPSON

BluEyed Press

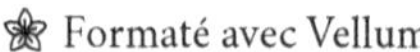 Formaté avec Vellum

À LA RECHERCHE DU HÉROS LITTÉRAIRE PARFAIT

Salut l'ami ! Prends une part de gâteau et une boisson. C'est toujours agréable de te recevoir. Nous savons que tu ne veux rien manquer, alors inscris-toi pour rester en contact.

LIVRE 4

Son Frustration aux Courbes Généreuses

James

Cette femme avait le don de me taper sur les nerfs. Dès notre première rencontre, Trinity me provoquait. À chaque provocation, je la désirais davantage, mais elle me détestait. Je le voyais dans ses grimaces, ses roulements d'yeux et ses regards dégoûtés quand je ramenais une autre femme chez moi. Elle n'avait pas besoin de savoir que je le faisais uniquement pour la mettre en colère.

Elle ne me demandait jamais rien et la plupart du temps, elle ne reconnaissait même pas ma présence. Jusqu'à ce soir-là. Elle avait besoin de moi. Et il n'y avait aucun autre endroit où j'aurais préféré être qu'avec elle dans mes bras.

Sauf peut-être avec elle dans mes bras pendant qu'elle criait mon nom.

Trinity

L'officier James Rucker était la dernière personne à qui je voulais demander quoi que ce soit. S'il y avait eu n'importe quelle autre option, je ne l'aurais pas appelé, mais je n'avais pas le choix. J'avais besoin d'un flic.

À ma grande surprise, il est venu. Il m'a aidée. Il était le type que tout le monde connaissait au lieu de l'enfoiré qu'il était toujours avec moi.

Je ne savais pas quoi faire de ça. C'était facile de le garder dans la case où je l'avais placé. De me dire que peu importait à quel point son sourire était sexy ou à quel point mon ventre se contractait quand il partait avec une autre femme.

Non. Non. Non. Je n'allais pas penser à James comme ça. Je ne pouvais pas. Je voulais du plaisir dans ma vie, et il était tout l'opposé de cela.

Nous n'étions pas faits l'un pour l'autre. Nous n'étions pas une option. Peu importait s'il tenait le rôle principal dans mes rêves. Ou s'il frappait à ma porte...

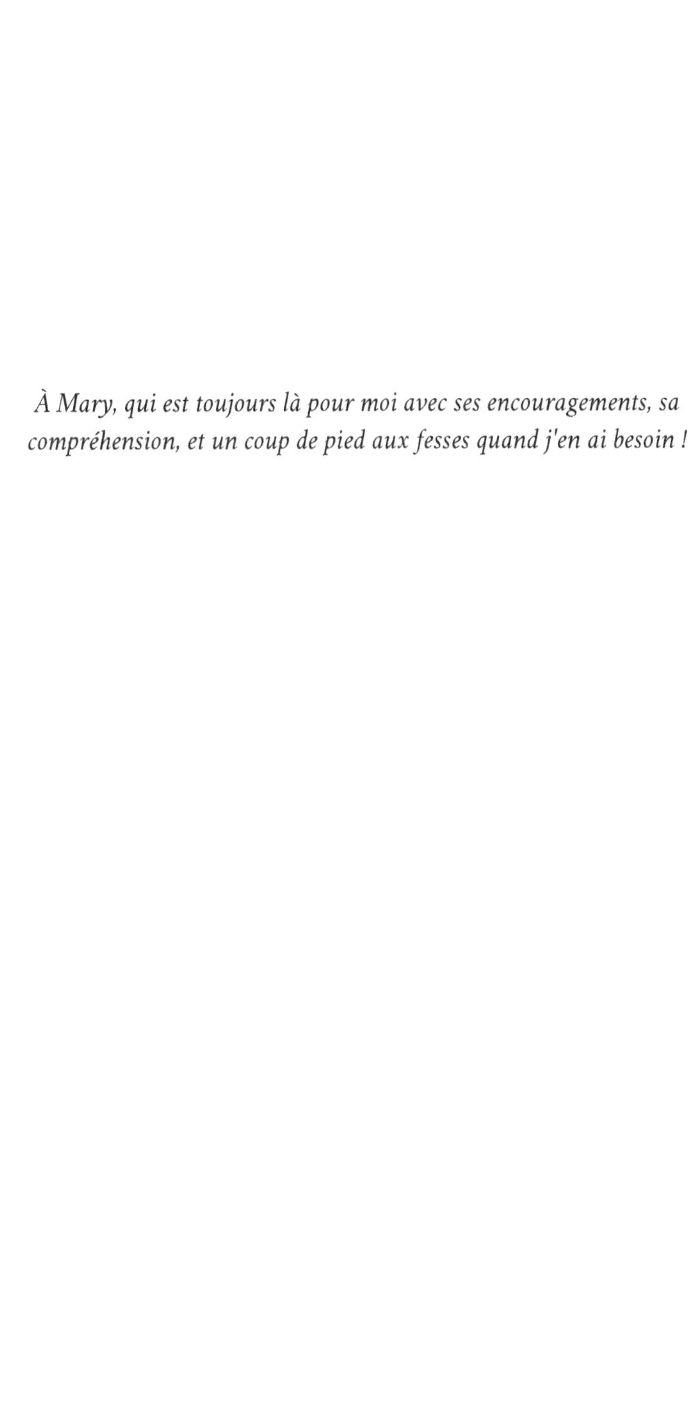

À Mary, qui est toujours là pour moi avec ses encouragements, sa compréhension, et un coup de pied aux fesses quand j'en ai besoin !

JAMES

Je sirotais ma bière en observant la foule autour de moi. C'était une soirée tranquille chez O'Kelley's, et je pouvais boire en paix. J'en avais besoin. Tout dans ma vie semblait sens dessus dessous dernièrement. Je ne savais pas ce que c'était, mais avoir un nouveau partenaire avec qui travailler n'allait certainement pas arranger la situation.

— Salut, dit une voix féminine à côté de moi.

Je levai les yeux et forçai un sourire. Elle était jolie, mais je n'étais pas intéressé. — Salut.

— Tu veux qu'on s'en aille ? demanda-t-elle.

Je la regardai plus attentivement et la reconnus enfin. Nous avions déjà couché ensemble, donc les préliminaires n'étaient pas nécessaires. C'était bien, mais j'étais seulement sorti pour boire un verre. Je ne cherchais pas une femme à ramener chez moi.

— Désolé, mais je ne peux pas, lui dis-je. Je ne pouvais même pas me rappeler son nom. Quel genre de personne étais-je devenu ?

— Tu es sûr ? Parce que je peux attendre si tu as besoin de finir ton verre ou autre chose ?

Je secouai la tête. — Non, c'est bon. Tu devrais y aller.

Elle plissa les yeux et me fixa encore une minute. Je m'attendais à ce qu'elle fasse quelque chose comme me jeter un verre au visage, mais elle s'éloigna simplement.

— Tout va bien ? me demanda Hudson Grant, le propriétaire et barman d'O'Kelley's.

J'acquiesçai. — Super. Donne-m'en une autre. Je reviens tout de suite.

Hudson hocha la tête et remplaça ma bière vide par une pleine tandis que je glissais du tabouret pour me diriger vers les toilettes.

Je n'étais pas le genre d'homme à me cacher des gens dans les toilettes, mais c'était exactement ce que je faisais. Je ne savais pas qui j'étais devenu au cours de la dernière année, mais je n'aimais pas l'homme que j'étais.

Je me lavai les mains et sortis des toilettes, pour me retrouver poussé contre le mur. Mon instinct fut de riposter et de l'immobiliser, mais son parfum chatouilla mes narines une seconde avant qu'elle ne plonge sa langue dans ma bouche.

Une part de moi réagit et lui rendit son baiser. Je n'avais aucune idée de qui elle était, mais ça n'avait pas d'importance. C'était une femme et elle était consentante. Cela faisait un moment que je ne m'étais pas permis de simplement profiter de la vie, des femmes, de quoi que ce soit. Je jouais un peu trop bien le rôle du bon samaritain tout l'été, raccompagnant les femmes chez elles et les laissant sur le pas de leur porte sans entrer.

J'étais prêt à entrer chez celle-ci.

Mais une petite voix dans ma tête me disait que je ne devrais pas. Et cette partie l'emporta.

Je saisis ses épaules et la décollai de moi. C'était la même femme qui s'était assise à côté de moi au bar. Sa bouche était encore ouverte après avoir essayé de m'avaler tout entier, et son rouge à lèvres était étalé. Il lui fallut une seconde pour ouvrir les yeux.

— Pourquoi t'arrêtes-tu ? Tu veux juste aller dans les toilettes ?

Je pâlis et me demandai quel connard j'étais réellement. — Non, désolé. Pas ce soir.

— Mais tu m'as regardée avant de venir ici. Tu m'as fait le signal. Je suis toute prête pour toi. Elle se pressa contre moi, frottant son corps contre le mien. Ma queue essaya de réagir, mais ce n'était pas mieux qu'en regardant un film à l'eau de rose. Je n'étais tout simplement pas intéressé.

— Je suis désolé, mais je n'avais pas l'intention de te faire un quelconque signal. Je... pas ce soir.

— Tu dois voir quelqu'un d'autre ?

Ça sonnait bien. — Bien sûr, ouais. C'est ça.

— Oh, dit finalement la femme. Elle recula d'un pas. Je ne savais pas. Je suis désolée.

J'acquiesçai et la contournai. Les femmes étaient dingues.

Je retournai vers le bar, essuyant mon visage pour enlever le rouge à lèvres qui devait être partout, et croisai le regard d'Hudson. Il sourit d'un air entendu et s'éloigna.

Une autre femme était assise sur le tabouret à côté du mien. Elle était magnifique de dos. Un cul parfaitement rond. Une taille plus fine. Des courbes à n'en plus finir. Même ses cheveux étaient bouclés, des anneaux noirs et serrés que mes doigts brûlaient de parcourir.

Mais la dernière chose dont j'avais besoin, c'était de devoir repousser une autre femme. Peu importait qu'un simple coup d'œil ait fait tressaillir ma queue, j'étais là pour une soirée tranquille.

Avec un soupir, je repris mon tabouret. Elle se tourna

pour me regarder, un sourire courbant déjà ses lèvres vers le haut.

Jusqu'à ce qu'elle voie qui j'étais.

— Qu'est-ce que tu fous là ? lâcha-t-elle.

Ma soirée venait d'empirer. J'aurais dû retourner vers la femme qui avait tenté de m'agresser dans le couloir. Ç'aurait été un meilleur emploi de mon temps que d'essayer d'être sympa avec Trinity Mayer. — Eh bien, j'essayais de profiter de ma soirée. Je suppose que c'est terminé maintenant.

— Va t'asseoir là-bas, grogna-t-elle, en indiquant de la tête l'autre côté du bar.

Je pris le verre devant elle et le humai, reculant face à l'odeur sucrée. Je le reposai et soulevai mon verre, celui qu'Hudson avait rempli avant que j'aille aux toilettes, et bus une gorgée.

— J'étais là en premier, dis-je, lui adressant un sourire.

Trinity Mayer était la dernière personne que j'avais besoin de voir. Nous nous opposions depuis le jour où elle était arrivée à L'anse MacKellar. J'étais de service quand je l'ai vue essayer de forcer une voiture sur Riverview Road. Elle était garée devant les nouvelles Villas du Front de Mer. N'importe qui aurait supposé qu'elle tentait de voler quelque chose. Le fait qu'il fasse jour ne signifiait pas que les gens ne faisaient pas de mauvaises choses.

Elle ne le voyait pas ainsi. Elle pensait que je l'avais profilée et s'était offensée du fait que j'essayais de l'arrêter. Essayé, parce que le gérant de l'immeuble nous avait vus discuter et s'était porté garant pour elle. Puis il l'avait laissée entrer dans son appartement.

Trinity ne m'avait jamais laissé oublier que j'avais fait une erreur. J'avais essayé de lui parler quand mes amis étaient devenus ses amis, mais elle n'était pas vraiment intéressée. Alors, j'essayais plutôt de l'énerver à chaque fois que nous parlions.

Elle se leva et prit son verre, mettant de la distance entre nous. La façon dont son short tirait sur son cul fit presser ma queue contre ma braguette.

— Tu t'enfuis sans payer l'addition ? Parce que je pourrais t'arrêter pour ça, lui dis-je, voulant qu'elle reste.

Elle me lança un regard noir par-dessus son épaule, et je souris. J'adorais ce feu dans ses yeux. Ce feu qui disait qu'elle était le genre de femme qui serait amusante au lit.

Je n'avais pas eu de sexe depuis un moment, et du super sexe, ça n'arrivait certainement pas. Ça devait être la raison pour laquelle je pensais au sexe avec Trinity. Elle me détestait, et je n'étais pas son plus grand fan. Nous n'allions pas nous mettre ensemble, même pour une nuit.

— Je ne pars pas, je change juste de place. Une qui n'est pas près de toi, cracha-t-elle.

Je ne pus m'empêcher de sourire à ses paroles impertinentes.

Elle s'éloigna sans un mot de plus. Je la regardai se diriger vers une table pour deux dans le coin. De là, elle pouvait voir toute la salle et personne ne pouvait l'approcher par derrière. Femme intelligente.

Hudson s'approcha et s'appuya contre le bar devant moi. — Tu as survécu aux toilettes ?

Je levai les yeux au ciel. — Je pense que cette femme est une ventouse ou un truc du genre. Elle a essayé de me sucer comme une sangsue.

— Tu n'avais pas de problème avec ça il y a quelques mois, dit Hudson.

Je secouai la tête. — Je suis trop vieux. J'ai l'impression que je devrais faire quelque chose de différent.

— Nous ne sommes pas vieux, dit fermement Hudson. Et "devrais" est un mot stupide. Fais ce qui te rend heureux. Et si c'est elle, sors de mon bar.

J'allais demander de qui il parlait quand Hudson s'éloigna.

Presque immédiatement, la même femme s'enroula autour de moi. — Ton rendez-vous n'est pas venu ?

Je combattis l'envie de gémir et forçai un sourire pour elle. — Pas un rendez-vous.

— Oh, alors tu es libre.

— Non, je ne le suis pas, dis-je fermement, la forçant à me lâcher. Je ne suis pas intéressé ce soir. Je ne pense pas pouvoir être plus clair. S'il te plaît, laisse-moi tranquille.

Elle me lança un regard noir comme si elle n'arrivait pas à croire que je la rejetais. Je ne savais vraiment pas à quoi elle s'attendait, mais elle n'allait pas l'obtenir de moi.

Elle souffla d'indignation et s'éloigna à grands pas. Elle fit un geste à ses copines qui se tournèrent toutes pour me fixer. L'une d'elles me fit un doigt d'honneur. Je levai les yeux au ciel et détournai le regard.

Hudson apportait une assiette de nourriture de l'arrière. L'odeur de friture et de viande carbonisée fit gargouiller mon estomac. Je voulais lui demander qui avait commandé ça, mais il ne s'arrêta pas assez longtemps. Je le regardai se diriger vers Trinity et poser l'assiette devant elle.

Peut-être que si je me montrais sympa, elle partagerait.

Avant que je ne l'atteigne, un autre type s'assit. Je pivotai vers un tabouret vide, prétendant que c'était mon plan depuis le début.

— Hé, dit le gars. Comment ça va ?

Vraiment ? C'était son approche ?

— T'es qui ? demanda Trinity.

Je jetai un coup d'œil derrière moi. Le gars souriait. Je levai les yeux au ciel. Il devait avoir une dizaine d'années de moins que Trinity. Mais je n'avais aucune idée du genre de mecs qu'elle aimait, alors peut-être qu'il était son genre.

— Je suis ton prochain petit ami, dit-il.

Je ricanai. Il n'avait pas vraiment dit ça.

Trinity se pencha en arrière et croisa les bras sur sa poitrine. — Ah bon ? Qu'est-ce qui te fait dire ça ?

Il haussa les épaules. — Eh bien, t'es canon et je t'ai vue me regarder.

Elle acquiesça. Il n'y avait aucune chance qu'elle gobe ses conneries.

— Ce sont des critères assez bas. Et si j'avais une personnalité horrible ? Ou si je parlais en mangeant ? demanda-t-elle.

Il sourit et se pencha. — Tu ne pourras rien dire avec moi dans ta bouche.

J'étais debout, hors de mon tabouret et attrapant le type par le cou avant qu'elle n'ait le temps de répondre. — Ok, il est temps de partir, dis-je au gars.

— C'est quoi ton problème, mec ? cria le futur petit ami de Trinity. Je lui parlais.

Je secouai la tête devant ce gamin. — Et elle est ici avec moi, mon garçon. Je lui montrai mon badge. Si je t'entends dire des choses comme ça à une autre femme, tu parleras à quelques barreaux toute la nuit, et pas du genre dont tu peux sortir quand tu le choisis.

Je croisai les bras et bloquai le type pour l'empêcher de regarder Trinity. J'étais sûr qu'elle pouvait se défendre, mais un gars comme ça devait savoir qu'il ne pouvait parler à aucune femme de cette façon, pas seulement à Trinity.

— Peu importe. Elle n'est même pas si canon que ça, grogna le connard avant de s'éloigner.

Je le fixai du regard pendant une seconde puis me retournai pour vérifier comment allait Trinity. Elle me fit un doigt d'honneur.

— Vraiment ? Tu menaces un officier ?

Elle laissa échapper un rire et secoua la tête. — Non, monsieur. Ce n'était pas pour vous.

Ma queue se durcit au son de *monsieur* sur ses lèvres. Je

jetai un coup d'œil vers l'endroit où le gars était parti puis m'assis sur la chaise en face d'elle pour cacher mon érection. — Pourquoi tu lui parlais ? demandai-je un peu plus durement que je ne l'avais voulu.

Elle rejeta sa tête en arrière et fixa le plafond.

— Il veut juste te baiser. Il n'est pas vraiment intéressé, ajoutai-je.

— Comment sais-tu que ce n'est pas pour ça que je suis venue ici ce soir ? demanda-t-elle. Un sourcil se leva, me défiant de la contredire.

Je me reculai et l'étudiai. Mon regard glissa le long de sa silhouette courbe. Elle était magnifique, pour être honnête. Elle portait habituellement des hauts décolletés qui mettaient en valeur sa poitrine parfaite et des bas moulants qui accentuaient sa silhouette de sablier. Mais elle était assise en face de moi dans un t-shirt ajusté et un short en coton long. Elle n'était pas là pour un coup d'un soir. Pas dans ces vêtements.

— Tu n'es pas là pour ça. Tu serais dans une de tes tenues qui ne laissent rien à l'imagination si c'était le cas.

— Peut-être que je me diversifie. Que je cherche le genre de mec qui aime un peu de mystère.

Je haussai un sourcil et la considérai longuement. — Pourquoi voudrais-tu un mec comme ça ?

— Un mec comme quoi ?

— Un mec qui veut juste du sexe et n'a aucune intention d'aller plus loin ? Tu sais ce que ça dit de toi, n'est-ce pas ? demandai-je, la détestant un peu de vouloir coucher avec un mec au hasard.

— Tu penses vraiment que tu es le seul à qui il est permis de rentrer chez toi avec quelqu'un et que c'est acceptable ? Tu es vraiment assis là à me dire que je n'ai pas le droit de coucher avec qui je veux ? Parce que la dernière fois que j'ai vérifié, tu n'as aucun droit sur mon temps ou sur moi, Officier, cracha-t-elle.

Sa poitrine se soulevait sous ses paroles furieuses. Son souffle sortait en halètements. Elle était furieuse, et moi aussi. Elle était sérieusement en train de me dire qu'elle allait rentrer chez elle avec un type au hasard. Ne savait-elle pas à quel point c'était dangereux et stupide ?

— Et moi qui pensais que tu étais plus intelligente que ça.

Elle ouvrit la bouche, probablement pour me crier dessus à nouveau, mais Hudson nous interrompit et demanda : — Tout va bien vous deux ?

— Ouais, dis-je en me levant. On est géniaux. Je m'avançai dans la foule en me demandant pourquoi diable je m'en souciais de toute façon.

JE BOUDAIS sur mon tabouret de bar et ignorais le reste du bar. Je refusais de regarder de nouveau dans la direction de Trinity, me disant que ça n'avait pas d'importance ce qu'elle faisait de sa soirée. Si elle voulait ramener la moitié du bar chez elle, c'était son problème.

Hudson me laissa tranquille pendant l'heure suivante ou plus, remplissant mon verre mais sans dire un mot. C'est seulement quand je demandai ma cinquième, ou peut-être ma sixième bière de la soirée qu'il s'arrêta devant moi.

— C'était quoi ce bordel ? dit-il.

Je le fusillai du regard. Nous étions amis depuis des années. Nous avions joué au baseball ensemble au lycée. Hudson avait continué à jouer à l'université, mais je n'étais pas assez bon pour ça. J'avais à peine réussi à obtenir suffisamment de prêts pour payer deux ans de community college avant de transférer dans une université d'État pour terminer mon diplôme de justice pénale. J'avais postulé à l'académie de police dès que j'avais terminé l'université, et à ce moment-là, Hudson était revenu à L'anse MacKellar avec une épouse et avait acheté O'Kelley's. J'avais toujours prévu de quitter cette ville et de ne jamais regarder en arrière, mais la vie avait d'autres projets pour moi.

— Rien, dis-je, sachant que je ne pourrais jamais l'expliquer.

— Tu veux réessayer ?

Je secouai la tête. — Tu veux me donner une autre bière ?

— Je te ramène chez toi ?

— Tu as déjà mes clés.

Hudson acquiesça. — Ouais, mais je n'étais pas sûr si tu allais marcher ou rester ici ou si tu voulais rentrer chez toi.

— Je dois rentrer chez moi. J'aurais dû rentrer avec cette autre nana. Celle qui me voulait vraiment.

Les sourcils d'Hudson se levèrent mais il ne fit aucun commentaire.

— Je ne la comprends pas. Elle a dit qu'elle était venue ici pour trouver un mec à ramener chez elle, mais elle n'avait pas l'air si intéressée que ça. Et ce type ? Je veux dire, vraiment ? Pas lui. Il avait genre douze ans.

Hudson acquiesça alors je continuai.

— Et elle n'est pas comme ça. N'est-ce pas ? Elle flirte beaucoup, enfin, pas avec moi, mais avec tout le monde. Mais elle repoussait ce gars. Je n'ai rien gâché. Elle n'allait pas vraiment rentrer chez elle avec lui. Si ?

Hudson se contenta de me fixer.

— Je ne sais pas. Ça n'a pas d'importance. Elle est trop bien pour moi. Je suis juste le gamin pauvre qui pensait qu'elle était une mauvaise personne. C'est moi la mauvaise personne. Je ne lui ai pas donné la chance de s'expliquer. J'aurais dû l'écouter, mais j'ai vu ce qu'elle faisait et j'ai supposé qu'elle profitait de quelqu'un qui avait laissé ses clés dans la voiture. J'ai foiré.

— Piper, appela Hudson.

— Ouais ? dit Piper en s'approchant. Elle me sourit et se tourna vers Hudson.

— Je dois le ramener chez lui avant qu'il ne s'humilie davantage. Tu peux gérer les choses pendant un moment ?

Piper acquiesça. — Bien sûr. Prends ton temps.

— Ne pars pas seule. Attends que je revienne, dit Hudson.

Elle sourit. — Je le ferai. Et Steven est toujours là aussi. On restera tous.

Hudson acquiesça et contourna le comptoir. — Allons-y, me dit-il, m'aidant à me lever.

Hudson me fit monter dans mon camion et sortit dans la rue. Je m'affalai contre la portière, laissant la fraîcheur de l'air conditionné me pénétrer.

Hudson ne dit rien pendant le trajet. Quand il se gara dans mon allée, il se plaça à mon emplacement habituel et alla jusqu'à la porte, me laissant sortir seul du camion.

Je n'avais pas bu autant depuis un moment, et je le sentais bien en me dirigeant vers la porte. Hudson attendit que j'entre et me suivit à l'intérieur, posant mes clés sur la table près de la porte et me faisant signe alors que je titubais vers ma chambre.

La porte d'entrée se ferma doucement tandis que je me laissais tomber sur mon lit, des pensées de Trinity se mêlant à des visions d'elle avec quelqu'un d'autre.

Ouais, j'allais être malade.

2

TRINITY

*C*hez moi, doux foyer. J'ai respiré l'air frais qui entrait par ma porte-fenêtre ouverte et j'ai soupiré. Déménager à L'anse MacKellar il y a plus d'un an était un risque, mais cet endroit est devenu mon foyer. Mon appartement est devenu mon foyer. Et je ne pouvais vraiment pas imaginer partir ailleurs.

Surtout pas pour un homme.

J'ai levé les yeux au ciel. Je ne pouvais pas m'en empêcher. Mon amie, Karissa, a créé une application de rencontres. Comme j'étais définitivement célibataire, je m'y suis inscrite. J'ai rencontré quelques hommes décents, mais aucun ne me convenait vraiment. Mais le dernier... il semblait parfait. Jusqu'à ce qu'il admette qu'il vivait à presque deux heures de route.

Pas question.

Il pensait que puisque j'avais grandi à Syracuse, je bouleverserais ma vie pour lui parce que j'y avais déjà vécu et qu'il serait facile pour moi d'y retourner.

Ha ! Il ne me connaissait pas.

J'ai regardé autour de mon appartement en désordre et

j'ai secoué la tête. Même l'agent James Rucker n'avait pas réussi à me faire quitter la ville. S'il n'avait pas réussi à me faire partir, un homme que je n'avais jamais rencontré n'y arriverait pas non plus. Peu importe à quel point il était génial sur l'application.

Je me suis plongée dans le travail pendant les heures qui ont suivi, laissant le rythme de l'enfilage des perles pour un long collier me distraire de tout le reste.

J'ai perdu la notion du temps et j'ai failli lâcher la pièce sur laquelle je travaillais quand quelqu'un a frappé à ma porte. J'ai terminé ce que je faisais et me suis précipitée pour ouvrir.

Karissa Thomas m'a prise dans ses bras et a poussé un soupir de soulagement quand je l'ai laissée entrer. Je partage mon anniversaire avec sa mère, la femme qui m'a convaincue de tenter ma chance et de déménager à L'anse MacKellar. Mme Georgia est décédée avant que je ne déménage, mais Karissa et le reste de son groupe d'amis m'ont accueillie et m'ont fait sentir que j'avais toujours fait partie des leurs.

— Salut, a dit Karissa après un moment. Elle était sur son téléphone, ce qui signifiait qu'elle répondait à des emails ou à des questions ou qu'elle faisait quelque chose pour son entreprise. C'était une force de la nature et une femme qui ne craignait rien.

— Salut, ai-je répondu, surprise qu'il soit déjà l'heure du déjeuner. Désolée. Je n'avais pas réalisé l'heure qu'il était.

Karissa a fait un geste de la main.

— Je ne sais jamais quelle heure il est. Si je ne réglais pas des alarmes pour tout, je ne quitterais jamais l'ordinateur. Ma mère disait toujours que je mourrais de faim devant l'écran si je ne me rappelais pas de m'arrêter pour manger de temps en temps.

— Sur quoi travailles-tu maintenant ? ai-je demandé en me dirigeant vers ma cuisine. Tous les appartements étaient agencés de façon similaire, avec la cuisine près de la porte d'entrée. Un comptoir de petit-déjeuner la séparait de la salle à manger et du salon. Sur le côté se trouvaient deux chambres avec une grande salle de bain commune entre les deux, avec un placard pour la lessive dans la salle de bain. Karissa et Finley vivaient en dessous de chez moi, donc leur appartement était le même sauf que l'espace de vie était à droite au lieu de gauche.

— En fait, a dit Karissa, en faisant une pause jusqu'à ce que je la regarde, j'ai développé une application pour toi.

— Quoi ? Pourquoi ?

Karissa a haussé les épaules et m'a tendu son téléphone.

— Je voulais te montrer ce que je pouvais faire. Je me suis dit qu'une partie de ton hésitation venait du fait que tu ne savais pas à quoi ça ressemblerait, mais si je la créais, tu pourrais te faire une idée.

J'ai pris le téléphone et ma bouche s'est ouverte. C'était magnifique. Chic et élégant mais simple. Je ne savais pas que ça pouvait être tout ça.

— Karissa, c'est trop. Je veux dire, je ne sais pas si je peux te payer ce que tu aurais dû me facturer pour ça.

Karissa a fait un geste de la main.

— N'y pense pas pour l'instant. Je me suis amusée. À la Recherche du Héros Littéraire Parfait a été mon bébé pendant si longtemps, mais maintenant qu'il est lancé, j'avais besoin d'un nouveau projet passionnant. C'était excitant et différent pour moi. Et honnêtement, c'était incroyablement simple en comparaison.

J'ai fait défiler les pages qu'elle avait créées et j'ai trouvé des exemples de mon travail les uns après les autres. Elle les avait évidemment pris sur mon site web, mais la façon dont elle affichait chaque page était parfaite. On pouvait rechercher par style, par couleur ou par type d'objet, et sur chaque page d'article, elle avait ajouté d'autres sélections qui pourraient se coordonner.

— Wow. J'adore.

— Bien. Alors on peut l'activer et mettre un lien sur ton site web.

J'ai regardé l'écran encore une minute, puis je lui ai finalement rendu son téléphone.

— Je ne sais pas si je suis prête pour ça.

— Pour quoi ? Une application ?

J'ai soupiré et cherché les mots qui expliqueraient ce que je voulais dire.

— Ça me semble être beaucoup plus qu'une simple application. J'ai l'impression de pousser les choses à un nouveau niveau. J'aime ce que je fais, mais c'est difficile à expliquer.

— Tu veux plus ? a suggéré Karissa.

J'ai mordu ma lèvre et j'ai hoché la tête.

— Oui. Je veux redonner d'une certaine façon. J'ai fait des vidéos sur comment faire certaines choses que les débutants pourraient réaliser.

— Vraiment ?

— Oui. J'ai appris tout ça avec ma grand-mère, mais si elle n'avait pas été là pour m'aider à apprendre, j'aurais fini par faire autre chose. Je veux donner à d'autres femmes la chance d'apprendre quelque chose comme ça et peut-être changer un peu leur vie.

— Wow. C'est génial. Ça me fait me sentir totalement égoïste de vouloir développer une application pour avoir assez d'argent pour une double mastectomie.

— Quoi ? ai-je demandé, mes yeux se posant automatiquement sur sa poitrine. Pourquoi ?

Karissa a haussé les épaules et pour la première fois, elle a semblé moins assurée.

— Ma mère est morte d'un cancer du sein. Elle l'a découvert très tard. J'ai le gène, ce qui signifie que j'ai de fortes chances de développer la même chose. Mais si je subis une double mastectomie, mes chances sont considérablement réduites. Ça pourrait me sauver la vie.

— Oh, wow, Rissa. Je n'avais aucune idée que tu pensais à tout ça.

Elle a hoché la tête.

— J'essaie de décider quoi faire depuis un moment. Je crois que j'ai finalement décidé que je voulais le faire.

— L'assurance ne couvre pas ça ?

— J'ai une assurance privée puisque je suis indépendante. Ils ne couvrent pas tout.

— Wow, ai-je dit à nouveau, à court de mots. Je pense qu'il nous faut un verre.

Karissa a ri.

— Un toast à mes seins.

J'ai pouffé de rire.

— À tes seins.

J'ai versé des verres de vin et j'ai pris la salade et les sandwichs que j'avais préparés pour notre déjeuner. Nous avons trinqué, servi le déjeuner et nous sommes assises sur le balcon avec vue sur la crique.

— Je te propose un marché, a dit Karissa en se tournant vers moi.

— Quel marché ?

— Si tu donnes une chance à l'application, je t'aiderai à charger tes vidéos et je créerai une page sur l'application pour elles.

— En quoi est-ce un marché ? ai-je demandé.

Karissa a haussé les épaules.

— Ça m'aidera à me concentrer sur autre chose que sur l'ablation d'une partie de mon corps.

J'ai tendu la main et j'ai saisi la sienne.

— D'accord. Puisque tu as besoin de distraction.

Karissa a souri.

— Bien. Maintenant, raconte-moi tout sur le gars qui t'a draguée hier soir et James qui est venu à ton secours.

J'ai gémi et secoué la tête. La vie dans une petite ville.

JE N'ÉTAIS PAS sûre d'être prête à parler à un nouveau gars, mais après avoir passé l'après-midi avec Karissa, j'ai décidé de voir si j'avais de nouveaux matchs. Il y avait des choses que j'aimais dans l'application de Karissa, mais c'était intimidant de dire oui ou non à quelqu'un quand on n'avait aucune idée de son apparence.

C'était tout le but, mais c'était quelque chose auquel je m'habituais encore. Je détestais me considérer comme superficielle, mais la réalité était que je l'étais un peu. J'avais été assez jugée par les hommes pour ma silhouette en sablier et ma poitrine généreuse, mais je jugeais encore un homme par son apparence. Je n'étais pas meilleure qu'eux.

J'ai trouvé un nouveau match. Son profil était drôle, et sa photo était un homard, ce qui m'a fait rire. J'aimais un homme avec le sens de l'humour. C'était l'une des nombreuses choses qui manquaient dans ma dernière relation.

J'ai plongé avant de trop réfléchir et j'ai envoyé un message au gars lui demandant où il vivait. Mieux valait régler ça d'entrée de jeu.

JPO

Ce n'est pas une bonne idée de dire à un inconnu où tu habites.

FILLE DE DIAMANT

C'est vrai, mais je ne veux pas commencer à parler à quelqu'un qui vit à des heures de chez moi et qui s'attend à ce que je déracine ma vie.

JPO

Point valable. Je suis à moins de 10 minutes
d'A-Bay.

FILLE DE DIAMANT

Ok, parfait. Ça marche. Autre chose que tu
peux me dire ?

JPO

Je ne joue pas à des jeux. Et je ne reste pas
si tu commences.

FILLE DE DIAMANT

Je suis d'accord.

JPO

Je n'ai jamais fait de rencontres en ligne
avant.

FILLE DE DIAMANT

Eh bien, je suis heureuse d'être ta première.

JPO

Eh bien…

J'ai ri et secoué la tête.

FILLE DE DIAMANT

Pas comme ça ! Je voulais juste dire la
première personne avec qui tu parles. À
moins que tu ne parles à d'autres femmes.

JPO

Non, juste toi. Je suis un gars qui s'en tient à
une seule femme.

J'ai soupiré.

FILLE DE DIAMANT

Mon genre de gars préféré.

JPO

MDR. Désolé de devoir abréger, mais je
travaille en ce moment. Je peux te contacter
plus tard ?

FILLE DE DIAMANT
J'aimerais bien.

JPO

Bien. À bientôt.

Ce n'était pas le genre de conversation qui allumait un feu en moi, mais je n'avais pas besoin de feu dès le départ. Il était gentil et flirtait, mais pas du genre flirt qui te donne l'impression d'avoir besoin d'une douche.

J'ai fait mes plans pour le lendemain et j'ai disposé les fournitures dont j'aurais besoin pour pouvoir me lancer dans la vidéo que je voulais tourner. Je commençais à vraiment apprécier de faire quelque chose de nouveau et différent tout en créant de belles pièces.

Au moment où le soleil commençait à descendre bas sur la rivière, j'ai voulu sortir. J'essayais de me forcer à faire une promenade au moins une fois par jour, même si cette promenade consistait simplement à monter la rue pour chercher de la nourriture.

L'odeur de la rivière et l'air frais dehors m'ont conduite directement à la Riverwalk à l'arrière de mon immeuble. Le chemin menait de juste après mon immeuble le long de la crique jusqu'au parc Catherine au centre de la ville, puis au-delà du côté nord. C'était paisible. Des bancs étaient espacés le long du chemin pour les personnes qui voulaient s'asseoir et se détendre, mais le large chemin était facile à parcourir pour presque tout le monde.

Mon téléphone a vibré dans mon sac à main et je me suis arrêtée pour vérifier le message. J'ai souri en voyant une photo de ma grand-mère d'un nouveau bracelet qu'elle avait fait. Je lui avais parlé de travailler avec de la résine et elle voulait l'essayer. Il devenait plus difficile pour elle de tenir des perles dans ses mains, mais la résine était moins un défi pour elle.

Ça a l'air super. Tu es déjà une pro.

J'ai appuyé sur envoyer et j'étais sur le point de glisser mon téléphone dans mon sac quand il a tiré sur mon bras.

Puis plus fort, une secousse. J'avais l'impression de fonctionner au ralenti. J'ai attrapé le sac, mais il y avait un homme qui tenait la bandoulière.

— C'est à moi. Qu'est-ce que tu fais ?

— Donne-le-moi, a-t-il grogné. Sa voix était grave mais semblait jeune. Je pouvais voir un peu son visage mais pas beaucoup avec sa capuche baissée. Nous étions entre deux réverbères, ce qui rendait encore plus difficile de distinguer ses traits.

Il a tiré à nouveau, plus fort. J'ai tiré en retour, pas prête à lâcher mes affaires. J'avais mon téléphone dans la main, mais mon sac contenait tout le reste. Mes clés, mon portefeuille, mes lunettes de soleil préférées.

Il a enroulé la bandoulière autour de sa main et a arraché mon sac. Comme je tirais en arrière, je me suis frappée au visage quand j'ai lâché prise. Je suis tombée au sol, atterrissant durement sur les pavés. Une vague de douleur m'a traversée.

Le gars s'est enfui. Ses pas rapides ont résonné contre les bâtiments autour de moi alors qu'il disparaissait dans la nuit.

Il m'a fallu une minute pour comprendre ce qui venait de se passer. Quelqu'un est passé et m'a demandé si j'allais bien. J'ai secoué la tête.

— Puis-je vous aider ? a demandé l'homme.

J'ai reculé. C'était un autre étranger. Quelqu'un que je ne connaissais pas. Allait-il me frapper alors que j'étais à terre ?

— Et si j'allais chercher quelqu'un ? a-t-il demandé, comprenant ma peur. Avez-vous vu qui a fait ça ?

— Je...

— Je vais chercher quelqu'un, a-t-il dit, se tournant pour partir.

— Non, ai-je dit fermement. Je vais bien. Merci.

J'ai eu du mal à me lever mais j'ai réussi à me mettre debout toute seule. Mon visage me faisait mal et ma hanche était douloureuse, mais sinon j'étais assez sûre d'aller bien. Ou que j'irais bien. Éventuellement.

J'ai pensé à rentrer chez moi, mais je n'avais aucun moyen d'entrer dans mon appartement. Les larmes me sont montées aux yeux tandis que la peur s'installait. La personne qui avait pris mon sac avait mon adresse sur ma carte d'identité et les clés de mon domicile. Je ne pouvais pas retourner chez moi. Je n'avais nulle part où aller.

— Êtes-vous sûre que vous allez bien ? a demandé l'homme.

J'avais oublié qu'il était là. Je devais quitter la Riverwalk. Je devais comprendre ce que j'allais faire. Tout mon corps tremblait de peur et d'adrénaline. J'ai finalement hoché la tête à l'homme et je me suis dit la même chose que je m'étais dite avant d'appeler la police quand ma mère avait été maltraitée par son ex.

Je n'étais pas faible. J'étais forte. Et j'étais intelligente. J'avais fait toutes les choses qu'il fallait faire. Il m'avait prise au dépourvu.

Heureusement, j'étais près d'O'Kelley's et Hudson était là. Il m'a regardée une fois quand je suis entrée par la porte et m'a conduite à son bureau. Il a monté la garde pendant que j'utilisais sa salle de bain privée.

J'ai finalement trouvé le courage de vérifier mon reflet

dans le miroir. Mieux que prévu. J'avais quelque chose dans les cheveux, et ma lèvre saignait et commençait déjà à bleuir. Tout cela pouvait être réparé. Plus tard. Je connaissais la routine.

J'ai entendu des voix murmurer à l'extérieur de la porte et j'ai su que la police était là. Hudson m'avait demandé avant que j'entre s'il devait appeler. Je détestais cette idée, mais je n'allais pas laisser ce type s'en tirer comme ça.

J'ai tiré la chasse d'eau et j'ai hésité à me laver les mains au cas où il y aurait des preuves dessus, mais c'était aller trop loin. Je n'avais pas touché l'homme qui avait volé mon sac. Je me les suis lavées et j'ai fulminé contre la substance dans mes cheveux. Ça allait être pénible à laver. Je venais de me laver les cheveux ce matin, mais je devais recommencer en rentrant.

J'ai respiré profondément et je me suis dit que j'étais forte. L'agent était là pour aider. Je n'avais rien fait de mal. Je pouvais lui dire ce qui s'était passé et ensuite continuer mon chemin.

J'ai ouvert la porte et les voix se sont arrêtées. Hudson était juste là devant moi. Je ne l'avais jamais vu l'air si préoccupé.

— Tu vas bien ?

J'ai hoché la tête.

— Je vais bien. Secouée, mais je vais survivre.

— Bien, a dit l'autre homme. Alors peut-être que vous pourrez m'expliquer à quoi diable vous pensiez ?

L'agent James Rucker. La plaie de mon existence. Il avait été une épine dans mon pied pendant un an, et son expression disait qu'il n'en avait pas fini.

Il n'était pas non plus en uniforme, ce qui me faisait me demander pourquoi il était là.

— Je croyais que vous alliez appeler la police, ai-je dit à Hudson avec un grognement.

— Je suis la police, a répondu James. J'étais en route pour venir ici et j'ai entendu l'appel. Je suis policier, ce que vous savez.

Je lui ai fait mon plus doux sourire et j'ai dit :

— Eh bien, si vous n'êtes pas en service, pourquoi ne continuez-vous pas votre soirée et je pourrai parler à quelqu'un qui ne va pas immédiatement me prendre pour une criminelle.

Il a grogné et a pris une respiration. Je l'ai fusillé du regard, attendant qu'il cède. Puis il a sorti son téléphone et a composé un numéro.

— Agent Rucker, numéro de badge 2857. Je suis à O'Kelley's avec la personne concernée par l'appel qui vient d'arriver. Pourriez-vous envoyer Hughes ici ? Il a fait une pause. Oui. D'accord, merci.

Il a raccroché et m'a regardée.

— Une agente est en route. Vous pourrez lui parler et lui dire tout ce qui s'est passé. En attendant qu'elle arrive, j'aimerais vous poser quelques questions, si cela vous convient.

— Je n'ai pas besoin de parler à une femme policière. Le gars a arraché mon sac de mon épaule et... je me suis interrompue, l'émotion et la peur se mélangeant en moi. J'ai regardé le plafond et j'ai essayé d'arrêter les larmes que je savais venir.

La porte du bureau s'est ouverte et fermée, et quand j'ai regardé, James et moi étions seuls.

— Trinity, je suis désolé que cela vous soit arrivé. J'aurais dû commencer par vous demander si vous alliez bien.

Ça a suffi. C'est tout ce qu'il avait à dire, et j'ai craqué. Je me suis effondrée. Je me suis laissée glisser au sol là où je me tenais et j'ai mis ma tête dans mes mains. Les larmes coulaient sur mon visage. La peur m'a submergée.

Puis il s'est assis à côté de moi et m'a tenue dans ses bras pendant que je pleurais.

3

JAMES

Je détestais quand les femmes pleuraient. Ma mère était du genre pleureuse. Elle m'expliquait que c'était ainsi que certaines femmes, certaines personnes, libéraient l'énergie en surplus. Que c'était comme crier ou rire, mais quand une émotion était si intense qu'elles ne pouvaient la contenir.

Ma mère pleurait quand elle était heureuse, mais plus souvent, elle pleurait quand elle avait peur. Quand elle s'inquiétait de payer les factures ou de perdre son emploi. Quand mon frère ou moi faisions des bêtises pendant qu'elle travaillait. Quand le dernier homme en date partait en emportant quelque chose qui comptait pour elle.

Tenir Trinity pendant qu'elle pleurait me rappelait ce genre de larmes. La peur. Son monde s'était effondré. Elle avait peut-être grandi dans une ville où la criminalité était monnaie courante, mais à L'anse MacKellar, la criminalité était presque risible. La criminalité, c'était des gamins qui volaient des panneaux de signalisation et l'ivresse publique. Ce n'était pas le vol ou l'agression. Pas habituellement.

Je voulais tenir Trinity et lui dire qu'elle n'avait aucune raison de s'inquiéter, mais je ne pouvais pas lui faire cette promesse. Sa lèvre saignait et sa joue était contusionnée. Elle semblait ébranlée. Et c'est ce qui m'a achevé. Je m'étais emporté contre elle parce que je ne l'avais jamais vue avoir l'air autre chose que déterminée. Elle était forte. Une part de moi pensait que j'entrerais dans le bureau avec Hudson et que je devrais la retenir d'aller chercher celui qui avait fait ça. Au lieu de cela, c'était moi qui étais prêt à trouver cette personne et à la tabasser.

Personne n'allait lui faire du mal et s'en tirer comme ça. Pas tant que je serais dans les parages.

Un coup à la porte fit relever la tête de Trinity. Je humais ses cheveux, puis me figeai quand son regard croisa le mien. Elle était proche. Si proche qu'il ne me faudrait pas grand-chose pour me pencher et prendre ses lèvres. La prendre tout entière.

Puis le coup retentit de nouveau, plus fort, accompagné de son prénom prononcé par une voix féminine.

Trinity s'éloigna précipitamment de moi et se dépêcha de se lever. Malheureusement pour moi, elle me mit son parfait postérieur sous le nez en se levant. La tenir dans mes bras était déjà assez difficile, mais être tenté par ses courbes était une torture.

—Entrez, dit Trinity à voix haute.

La porte s'ouvrit juste assez pour que l'agent Hughes passe la tête. Elle sourit et garda son regard fixé sur Trinity au lieu de le laisser s'attarder là où j'étais assis par terre, même si elle savait que j'étais là.

—Bonjour, Trinity. Je suis l'agent Jessica Hughes. Je peux entrer ?

Trinity hocha la tête.

Jess ouvrit la porte et entra. Elle la referma derrière elle et posa la question que je n'avais pas réussi à articuler quand je l'avais vue pour la première fois. —Est-ce que ça va ?

La lèvre de Trinity trembla, mais elle la mordit et hocha la tête.

—Parlons de ce qui s'est passé. Voulez-vous que l'agent Rucker sorte ?

Trinity prit une inspiration tremblante et me jeta un coup d'œil. Il y avait de la gratitude dans son regard, mais elle ne m'aimait toujours pas. Je ne pouvais pas lui en vouloir. Je n'étais pas non plus son plus grand fan. Elle avait débarqué dans ma ville, chamboulé ma vie, puis s'était comportée comme si j'étais de la boue sous sa chaussure. Non, je n'avais pas besoin de ça.

Je me levai et souris. —Je vais vous laisser discuter. Je m'arrêtai près de Jessica et lui dis doucement : —Je ne pars pas, alors appelle-moi si tu as besoin de moi.

Jessica hocha la tête mais ne quitta pas Trinity des yeux. Je ne voulais pas partir, mais je n'avais pas le choix. Je sortis du bureau tandis que Jessica invitait Trinity à s'asseoir.

Hudson était de retour derrière le bar quand j'arrivai. Je pris place au bout, près du couloir, pour pouvoir guetter Trinity.

—Elle va bien ? demanda Hudson.

Je haussai les épaules. —Je ne sais pas. J'imagine.

—Et toi, ça va ?

Je lançai un regard noir à Hudson, mais il était clair qu'il voyait clair en moi. Nous étions amis depuis bien trop longtemps. Il connaissait mes signes révélateurs, mais il me confrontait rarement à ce que je ne voulais pas admettre. Je secouai la tête.

—Tu attraperas celui qui a fait ça. Hudson déposa une bouteille devant moi et s'éloigna, me laissant réfléchir à Trinity.

Mon regard s'attarda sur le couloir, attendant que Trinity apparaisse. Je vibrais de tension, ayant besoin de retourner là-bas pour voir ce qui se passait. Je voulais être dehors à chercher celui qui avait fait ça. Mais je n'avais pas de description et je n'en avais pas le droit.

—Où est-elle ? demandèrent Karissa et Finley juste à côté de moi.

Je ne les avais même pas remarquées approcher, mais elles étaient là toutes les deux. —Elle parle à la police.

—Tu n'es pas la police, toi ? demanda Finley.

Je hochai la tête. —Elle ne voulait pas me parler. J'ai appelé une policière.

—Une policière ? Est-ce qu'elle a été... ? Karissa laissa la question non posée flotter dans l'air.

Je secouai la tête. —Je ne pense pas. Elle ne m'a rien dit cependant.

—Oh, mon Dieu, souffla Finley. Elle doit être tellement effrayée. Qui aurait fait ça ? C'est L'anse MacKellar. C'est sûr ici.

—Habituellement, oui, dis-je, sans lui dire que je me posais les mêmes questions.

—On peut aller lui parler ? demanda Karissa.

—Laissons-lui encore quelques minutes avec l'agent Hughes. Je veux qu'elle ait l'occasion de tout raconter d'abord, leur dis-je.

Elles hochèrent la tête et prirent les sièges à côté de moi, toutes deux au bord de leur siège.

—Comment avez-vous su ce qui s'était passé ? leur demandai-je après une minute où nous avions tous les trois fixé le couloir.

—Hudson nous a appelées. Il a pensé qu'elle ne voudrait pas rentrer seule.

Je hochai la tête distraitement, ne voulant pas admettre

que j'avais hâte de raccompagner Trinity et de m'assurer qu'elle allait bien. Ce n'était pas mon rôle. Et de toute façon, elle n'aurait pas voulu que je le fasse.

Je sirotai ma bière et l'attendis. Hudson demanda à Finley et Karissa si elles voulaient quelque chose, mais elles secouèrent toutes deux la tête. Nous ne parlions pas, nous attendions simplement, jusqu'à ce que Trinity sorte avec l'agent Hughes.

Finley et Karissa quittèrent leur siège en un éclair et l'entourèrent. Trinity hocha la tête, sourit et accepta leurs étreintes. Je regardai, sachant que je ne serais pas le bienvenu.

L'agent Hughes prit le siège à côté de moi. —Elle va bien. Secouée, mais bien.

—Une idée de qui a fait ça ?

Elle secoua la tête. —Malheureusement, non. Elle va s'asseoir demain avec quelqu'un, mais elle a dit qu'elle n'avait pas bien vu son visage.

—Merci d'être venue jusqu'ici. Je sais que tu ne fais pas habituellement ce trajet, lui dis-je.

Elle hocha la tête. —On doit tous travailler ensemble. Écoute, le type a pris son sac à main. Y compris son permis de conduire et ses clés. Elle est secouée parce qu'il sait où elle habite et peut entrer.

—Je m'en occupe, dis-je sans hésitation. J'avais changé les serrures pour ma mère plus de fois que je ne pouvais les compter et je savais le faire les yeux fermés.

—Je m'en doutais, dit Jessica avec un sourire en coin.

Je sirotai ma bière et l'ignorai. Nous nous connaissions depuis quelques années et n'avions travaillé ensemble qu'une poignée de fois, mais elle était quelqu'un que je considérais comme une amie. Toutes les villes de notre région partageaient leurs ressources autant que possible, notamment en se couvrant mutuellement et en s'entraidant quand c'était nécessaire. Jessica travaillait à Morristown, à environ trente minutes au nord. J'étais monté là-bas et elle venait ici à l'occasion. Elle avait essayé de me présenter sa belle-sœur une fois, mais c'était comique à quel point nous étions mauvais l'un pour l'autre.

—Tu devrais venir dîner un de ces jours. Greg adorerait te voir, dit-elle.

Je hochai la tête. —Je suis sûr que c'est pour ça que tu m'invites.

Elle sourit. —C'est une excuse aussi bonne qu'une autre pour découvrir ce qui se passe entre toi et notre victime.

—Alors tu n'as pas à t'inquiéter parce que la réponse courte est rien. La réponse longue est absolument rien.

—Hum hum. Si tu le dis. Écoute, je vais taper ce rapport et te l'envoyer. Fais-moi savoir si tu as besoin d'autre chose. Elle se leva et ajusta sa chemise.

—Merci, Jess. J'apprécie.

Elle sourit. —Quand tu veux. À bientôt, Ruck.

Je hochai la tête tandis qu'elle s'éloignait. Quand je me retournai vers Trinity, elle était blottie à une table avec Finley et Karissa, une carafe de bière intacte au milieu. J'hésitai à aller lui parler, mais c'était mieux que je reste à l'écart.

—Une autre ? demanda Hudson, en faisant un signe de tête vers ma bière presque vide.

Je secouai la tête. —Non. J'ai du travail.

Il plissa les yeux, mais je secouai la tête, laissai un billet de vingt sur le bar et sortis.

C'était une de ces soirées où tout semblait de travers. L'air était immobile autour de moi, mais à l'intérieur j'étais agité et déséquilibré. Je me dirigeai vers Waterfront Villas et sortis mon téléphone. Je faisais en sorte de connaître les propriétaires de commerces locaux et Richie ne faisait pas exception.

—Agent Rucker ? Que puis-je faire pour vous ?

—Désolé de vous appeler si tard, Richie. J'étais chez O'Kelley's et une de vos résidentes s'y trouvait. Son sac à main a été volé. Il contenait son permis et ses clés. Je me demandais si je pouvais passer changer ses serrures pour qu'elle se sente en sécurité en rentrant chez elle quand elle sera prête.

—Oui, monsieur. Bien sûr. Je peux m'en occuper aussi.

—Non, dis-je, sachant que je ne me reposerais pas tant que je ne saurais pas qu'elle était en sécurité. —Je suis presque là. Mais si vous pouvez me rejoindre là-bas avec un jeu de clés de rechange et une nouvelle serrure, ça aiderait. Appartement 3C.

—J'arrive tout de suite, dit Richie solennellement.

Je montai les escaliers jusqu'à l'appartement de Trinity, ayant besoin de l'exercice pour évacuer une partie de la tension qui me parcourait encore. Ça me brisait de la voir si bouleversée, puis de la voir se tourner vers quelqu'un d'autre et ne pas vouloir que je sois là. C'était mieux ainsi, cependant.

Richie était devant l'appartement de Trinity quand je sortis de la cage d'escalier. Il m'adressa un sourire tendu. — Est-ce que Trinity va bien ?

Je hochai la tête. —Elle est avec Karissa et Finley. J'imagine qu'elle dormira chez elles ce soir, mais je voulais régler ça pour elle.

—Bien sûr. Merci de me l'avoir fait savoir, Agent.

J'acquiesçai et me mis au travail. Richie resta à côté de moi tout le temps, me tendant des outils et m'aidant à sécuriser et tester la nouvelle serrure. Quand nous eûmes terminé, il referma sa boîte à outils noire et me tendit les clés de l'appartement de Trinity.

—La reverrez-vous ce soir ?

Je secouai la tête. —Il vaut mieux qu'elle ne sache pas que j'étais ici. Pourquoi ne pas l'appeler et lui dire que vous avez entendu ce qui s'est passé et que vous avez changé ses serrures. Demandez-lui si c'est bon de laisser les clés chez Karissa et Finley ou quelque chose comme ça.

Richie acquiesça. —D'accord.

—Merci, Richie. J'apprécie l'aide.

—À tout moment, Agent. Merci de m'avoir prévenu. Si je vois quelque chose de suspect, je vous appellerai.

J'acquiesçai et me frottai la mâchoire. —Merci.

Je pris mon temps pour redescendre les escaliers puis retourner à mon camion. J'envisageai de m'arrêter chez O'Kelley's pour prendre cette deuxième bière, mais je n'étais pas sûr de pouvoir revoir Trinity et ne pas la forcer à rentrer avec moi.

Je rentrai chez moi en pensant à ma mère. Cela faisait quelques semaines que je n'avais pas fait d'effort pour la voir. Elle travaillait toujours, mais je trouvais constamment des excuses pour éviter d'aller dîner chez elle. Elle ne comprenait pas pourquoi je voulais qu'elle quitte l'appartement où j'avais grandi. Elle disait qu'elle y avait élevé mon frère et moi et qu'elle l'aimait. Je répondais que c'était un trou à rats qui me rappelait à quel point nous étions pauvres en grandissant. Et encore, c'était gentil.

Je soupirai en me garant dans mon allée. Ma propre maison n'était ni luxueuse ni spéciale, mais c'était une vaste amélioration par rapport à l'endroit où j'avais grandi. C'était propre et simple, et c'était presque entièrement à moi. Six ans de plus et je l'aurais remboursée et je pourrais enfin respirer la nuit en sachant que personne ne viendrait me la prendre.

Les lumières extérieures éclairaient le bardage jaune beurre. L'intérieur n'était pas aussi lumineux avec des murs gris dans presque toutes les pièces. Ma mère essayait constamment de me faire repeindre, mais le neutre était meilleur pour la valeur. Cela signifiait que plus de personnes pouvaient s'y projeter. Non pas que je vendais, mais si quelque chose arrivait et que je devais le faire, ce serait moins de travail pour moi.

Je jetai mes clés sur la table d'entrée et allai directement à mon coffre-fort pour ranger mon arme. Une fois qu'elle fut en sécurité, je retournai à la cuisine et pris l'assiette de restes que j'y avais mise la veille. Nourriture, sport et une soirée tranquille seul. Je suppose que ça marchait.

J'ÉTAIS de mauvaise humeur quand j'arrivai au travail le lendemain matin. Mon nouveau partenaire arrivait ce jour-là, et je ne m'en réjouissais pas.

Ça et je n'avais presque pas dormi de la nuit à m'inquiéter pour Trinity et à me demander si elle allait bien.

Je me forçai à chasser Trinity de mes pensées et essayai de me concentrer sur le travail. Je pris un café dans la salle de pause et allai à mon bureau pour voir ce qui s'était passé pendant la nuit.

Comme d'habitude, c'était une nuit calme. À l'exception de l'incident de Trinity. Le rapport de Jess était dans ma boîte de réception et je le lus, de plus en plus agacé à chaque mot. Le type avait saisi son sac et l'avait arraché, mais il ne l'avait pas touchée. C'était la seule chose qui m'empêchait de perdre mon sang-froid quand quelqu'un prononça mon nom.

—Quoi ? aboyai-je. Presque empêchait.

—Salut. Je suis ton nouveau partenaire. Je m'appelle Rowan Masterson.

Je levai les yeux vers le gars et le fusillai du regard. Il n'avait définitivement pas l'air d'un flic. Le bord d'un tatouage dépassait du col de son uniforme. Ses cheveux et sa barbe complète étaient courts et soignés. Il semblait mal à l'aise en uniforme, mais il le portait. Sa main était tendue, attendant que je la serre.

Il ne la laissa pas retomber jusqu'à ce que je tende la main et serre la sienne. Il hocha la tête une fois et prit la chaise d'invité à côté de mon bureau. —Sur quoi travaillons-nous aujourd'hui ?

—Depuis combien de temps es-tu policier ?

—Cinq ans, répondit-il sans hésitation.

—Pourquoi as-tu déménagé ici ?

Il haussa les épaules. —J'avais besoin d'un changement de décor.

—Qu'est-ce que ça veut dire, bordel ?

—Ça veut dire que j'en avais assez de me demander combien de personnes allaient mourir chaque nuit et que je voulais aller quelque part avec un peu moins d'action.

—Les flics sont censés aimer l'action.

Il secoua la tête. —Non, nous sommes censés protéger et servir. Nous sommes censés aider les gens. Trop de gens ne font pas ça. J'en ai eu assez.

Je plissai les yeux vers lui et me demandai de quoi diable il parlait. Pour le moment, peu importait. Je pourrais enquêter sur le gars plus tard.

—Alors, y a-t-il quelque chose sur quoi je devrais travailler ?

Je secouai la tête et me levai. —Non. Nous devons y aller.

—Où allons-nous ?

—Examiner le lieu d'un vol survenu hier soir. Vérifier la zone. Voir si quelque chose a été laissé sur place. Protéger et servir, n'est-ce pas ?

Masterson hocha la tête une fois et se leva. Je n'étais pas impressionné par lui même si je savais que son CV n'était pas mauvais. Il avait un air de méfiance et d'arrogance qui disait qu'il allait être un casse-pieds avec qui travailler.

Nous nous sommes garés près du parc Catherine et nous nous sommes dirigés vers la promenade de la rivière en direction d'O'Kelley's où Trinity était la veille. Le rapport de l'agent Hughes indiquait qu'elle avait vérifié l'endroit où Trinity avait été volée, mais dans l'obscurité, elle n'avait rien vu qui puisse faire penser qu'il y avait une raison de restreindre la circulation dans la zone. Je voulais revérifier à la lumière du jour.

Masterson me suivit sur le chemin, les mains sur les hanches tout du long. On aurait dit qu'il était sur le point de tirer sur quelqu'un à tout moment. Les gens nous laissaient un large espace, je ne pouvais pas leur en vouloir.

Quand j'arrivai à l'endroit où se trouvait Trinity, juste après O'Kelley's mais pas tout à fait à Waterfront Villas, je m'arrêtai et regardai autour de moi. Le chemin était sale mais rien ne me sauta aux yeux. Il y avait un endroit qui aurait pu être celui où Trinity était tombée, mais ça pouvait aussi être quelqu'un qui avait traîné des pieds. Il n'y avait pas de sang sur le sol, et aucun objet n'avait été laissé derrière. C'était un échec total.

Je me retournai et marchai vers le parc Catherine, ignorant Masterson qui me suivait. Je tournai au coin et entrai par l'avant de Cracked, espérant trouver Blake.

Elle servait du café à un client et sourit quand j'entrai. Elle me fit signe vers une table, comprenant que si j'étais là, ce n'était pas juste pour le petit-déjeuner.

Quand Blake eut fini avec son client, elle apporta deux tasses et en déposa une devant chacun de nous. —Bonjour, messieurs. Petit-déjeuner ou information ?

—Petit-déjeuner, dit Masterson au moment où je disais : —Information.

Blake leva les sourcils et concentra son attention sur Masterson. —Salut, je suis Blake. Tu dois être nouveau en ville.

Il pâlit légèrement avant de hocher la tête. —Je viens de m'installer ce week-end. Je m'appelle Rowan.

—Enchantée. Que puis-je t'apporter pour le petit-déjeuner ?

Il prit un menu et Blake m'ignora pendant qu'il regardait. Je m'éclaircis la gorge mais elle continua à m'ignorer. Il finit par lever les yeux et dit : —Omelette western, bacon et pain au levain grillé.

—Je m'en occupe. Elle se tourna enfin vers moi. —Et pour toi ?

—Comment va Trinity ?

—Elle est secouée. Elle a dormi chez Fin et Rissa cette nuit. Elle dit qu'elle a peur de rentrer chez elle.

—Tu l'as vue ?

Blake secoua la tête. —Pas encore. C'était tard quand Fin nous a envoyé un message pour nous dire ce qui s'était passé. Ian a voulu m'accompagner jusqu'ici ce matin. Ça a vraiment perturbé les gens.

—Il n'y a pas de quoi s'inquiéter. C'est le même endroit qu'hier, lui dis-je calmement.

—Oui, sauf que notre amie s'est fait voler son sac à main, dit Blake en frissonnant. —C'est un peu effrayant. J'ai même pris ma voiture aujourd'hui au lieu de marcher.

—L'anse MacKellar est toujours sûr, Blake. Je trouverai celui qui a fait ça.

Blake sourit et hocha la tête. —Je sais. Et merci. Petit-déjeuner ?

Je levai les yeux au ciel et acquiesçai. —Eh bien, je suis là.

Blake sourit et partit passer notre commande.

—Tu ne peux pas promettre des choses comme ça, dit mon nouveau partenaire dès que Blake fut partie.

—Comme quoi ?

—Que tu trouveras le gars qui a fait ça. Si son amie a été volée, elle devrait avoir peur. Et dire que tu trouveras celui qui a fait ça ne va pas arranger les choses. Tu les empireras quand tu ne pourras pas résoudre l'affaire.

—Écoute, c'est ton premier jour. Je suis là depuis plus de quinze ans. Je sais comment cette ville fonctionne. Nous trouverons celui qui a fait ça. Nous n'avons pas beaucoup de criminalité, et nous résolvons toujours nos affaires.

Masterson me lança un regard noir et sirota son café. Le sentiment était réciproque, et je n'étais pas contrarié qu'il ne m'adresse pas la parole le reste du petit-déjeuner.

Putain de partenaires.

4

TRINITY

Dormir sur le canapé commençait à me peser. J'appréciais vraiment que Finley et Karissa me laissent rester chez elles, mais j'étais impatiente de rentrer chez moi. Trois nuits loin de chez moi ressemblaient plus à une fuite qu'à une guérison.

Le gérant de l'immeuble, Richie, m'avait dit qu'il avait immédiatement changé les serrures de mon appartement, mais j'étais toujours inquiète à l'idée d'y être seule. Finley m'avait accompagnée pour récupérer quelques vêtements, mais chaque seconde passée là-bas me donnait l'impression que quelque chose clochait. Mais je ne pouvais pas me cacher éternellement. Et je ne pouvais pas dormir sur un canapé pour toujours.

— Qu'est-ce que tu veux faire aujourd'hui ? demanda Karissa en me tendant une tasse de café et en s'asseyant sur le fauteuil en face du canapé.

Elle et Finley avaient été formidables. L'emploi du temps de Fin faisait qu'elle n'était pas à la maison autant que Rissa, mais aucune d'elles ne me faisait sentir que j'étais ridicule de rester chez elles. Elles ne me demandaient jamais combien de temps je comptais rester ou si j'étais prête à rentrer chez moi. Elles laissaient simplement paraître normal le fait que je dorme sur leur canapé au lieu d'être dans mon propre appartement, deux étages plus haut.

— Je crois que je dois rentrer chez moi, avouai-je en prenant une gorgée du café riche et corsé. Elles avaient du meilleur café que moi, mais même cela ne me donnait pas envie de rester.

— Quand tu seras prête, mais tu sais que tu peux rester ici aussi longtemps que tu le souhaites, dit Karissa.

J'acquiesçai. — Merci. J'ai juste l'impression que je dois être chez moi à nouveau. Je suis tellement habituée à être seule tout le temps, et pour être honnête, ça me manque un peu.

Karissa pouffa de rire et croisa une jambe sur l'autre. — Crois-moi, je comprends. Je suis pareille. Je suis exubérante et bruyante la plupart du temps, mais c'est parce que je suis seule si souvent et depuis si longtemps que j'en fais presque trop quand je suis avec d'autres personnes.

Je soupirai. — Je ne suis jamais avec d'autres personnes. Je suis juste seule à la maison.

— Tu es avec nous. Quand on sort toutes ensemble, dit Karissa, ses sourcils noirs se fronçant.

Je haussai les épaules. — Je sais, mais je suppose que je parle d'autres personnes. Des inconnus. Pas des personnes dangereuses, mais en général. Je crois qu'il y a une part de moi qui a peur de s'exposer.

— Qu'est-ce que tu veux dire ?

Je bus une gorgée de café et réfléchis à mes mots. — J'ai été mise en relation avec quelqu'un. Il a l'air génial. Drôle, intelligent et gentil. Il vit près d'ici, ce qui est mieux que le dernier qui habitait à Syracuse et ne me l'avait pas dit. Mais j'ai peur de rencontrer ce type.

— Et ça signifie que tu as peur des rencontres ?

— Je n'ai jamais connu mon grand-père. Il est mort il y a longtemps. Et mon père est décédé quand j'avais treize ans. Ma mère a fréquenté d'autres hommes après ça, mais ce n'était pas toujours génial, comme tu le sais. Je me demande juste si peut-être les rencontres valent vraiment la peine.

Karissa rit doucement. — J'ai eu quelques rendez-vous ces deux dernières années. Certains étaient des types sympas, mais aucun d'entre eux n'était un homme qui me donnait vraiment envie de plus que quelques sorties. J'ai eu des hommes qui n'étaient rien de plus que du sexe et des hommes qui n'étaient rien de plus que des amis qui m'embrassaient à la fin de la soirée. Je suis devenue cynique après la mort de ma mère. Je vois le monde comme mortel et dangereux. Même silencieusement, il peut te tuer. Et j'envisage de me faire enlever les seins, une des choses qui me rend attirante pour les hommes. Ma vie amoureuse va passer de la survie à mort et enterrée. Et ça me va totalement parce que je ressens la même chose que toi. Je ne sais pas si les rencontres en valent vraiment la peine.

— Dit la femme qui a créé une application de rencontres, dis-je avec un sourire narquois.

— Je sais, pas vrai ? rit Karissa. Je pense que s'il y avait un moyen de savoir que l'autre personne allait te rendre aussi heureuse qu'Ian rend Blake, ou Ramsey et Melody, ou Colin et Elise, ce serait différent. J'aimerais créer quelque chose qui te trouve vraiment une autre personne qui serait la bonne, qui mettrait fin à ta vie de rencontres pour toujours, ce serait génial.

— Tu sais, ça sonnait flippant. Mettre fin à ta vie de rencontres pour toujours, répétai-je avec une voix grave de bande-annonce de film.

Karissa et moi éclatâmes de rire.

— Mais ouais, acquiesçai-je, je suis d'accord avec toi. Ce gars avec qui j'ai été mise en relation, il pourrait être génial ou il pourrait être un parfait connard. Et je ne le saurai pas avant de lui donner une chance et d'apprendre à le connaître.

— Je pourrais faire des recherches sur lui pour toi, proposa Karissa.

Je secouai la tête. — Merci, mais non. Je ne vais pas encourager ton habitude.

Karissa me lança un regard noir. Quand elle avait lancé son application, elle avait fait des recherches sur tous ceux avec qui nous étions mises en relation. Elle savait que Blake et Ian étaient en relation même si Blake ne le savait pas, et cela avait créé quelques problèmes. Elle avait promis de s'améliorer, mais je ne prenais aucun risque.

Je ris. — Peut-être que je devrais simplement arrêter de lui envoyer des messages. Laisser ça s'éteindre et ne plus m'en préoccuper.

— Je pense que tu devrais lui envoyer un message parce que la vie est trop courte pour mourir seule.

— Tu penses que ça va t'arriver ? lui demandai-je, entendant la douleur et la peur dans sa voix.

Karissa haussa les épaules. — Je pense que j'ai étudié l'amour et les relations pendant des années quand je construisais À la Recherche du Héros Littéraire Parfait. J'ai cherché des raisons pour expliquer pourquoi les gens tombent amoureux et pourquoi ils cessent de l'être. J'ai lu plus sur les relations que je ne savais qu'il en existait. Et à la fin, il y a tellement de choses qu'on ne peut pas quantifier, tellement de pièces du puzzle qui doivent s'emboîter parfaitement, et tellement de fois où elles ne le font pas, que j'ai très peu d'espoir pour moi. J'ai de l'espoir pour tout le monde, parce que votre espoir n'a pas été brisé, mais le mien est presque parti. Surtout si je vais jusqu'au bout avec l'opération.

— Alors tu dois trouver un homme qui te voudra plus qu'il ne veut tes seins, lui dis-je.

Karissa pouffa de rire. — S'il en existe un. Peut-être que je devrais ajouter ça au questionnaire. Si votre partenaire perdait une partie de son anatomie pour sauver sa vie, voudriez-vous toujours être avec lui/elle ?

Je souris. — Quiconque répond non à cette question devrait être supprimé du site.

Karissa rit et hocha la tête. — Absolument.

KARISSA SE TENAIT à côté de moi pendant que je déverrouillais ma porte d'entrée. La clé se coinça un peu en entrant, provoquant une pointe de panique. Est-ce que la personne qui avait pris mon sac l'avait endommagée en essayant d'utiliser l'ancienne clé ? La clé entra complètement et tourna, déverrouillant ma porte avec un léger clic.

Je retirai la clé et pris une profonde inspiration, puis poussai la porte. Tout semblait identique à la dernière fois où j'étais là. Le couvercle de ma cafetière était relevé, attendant qu'une nouvelle cafetière soit préparée. Mes plats propres étaient sur l'égouttoir. Une pile de courrier que je n'avais pas encore traité s'affaissait au bord du comptoir. Une paire de tongs était contre le mur, attendant que je trébuche dessus.

Plus à l'intérieur, le reste de l'appartement n'avait pas changé non plus. Le salon était sombre à cause des rideaux tirés, mais rien n'était hors de place. Pour autant que je puisse dire, c'était le même désordre que j'avais laissé. Des livres de poche sur la table basse, mon iPad sur le canapé. Un sweat-shirt était par terre devant et la couverture pendait sur l'accoudoir.

Ma chambre avait la même apparence. Lit défait avec les draps à moitié sur le sol. Linge éparpillé partout dans ma chambre. La serviette que j'avais utilisée en dernier était sur le bord du lit, là où j'avais oublié de l'accrocher, comme toujours.

Mon bureau, la chose la plus proche d'être organisée dans mon appartement, était rangé et parfait. Rien n'était déplacé nulle part.

Mais j'avais toujours cette sensation de malaise.

— Qu'en penses-tu ? demanda doucement Karissa.

Je pris une inspiration et me tournai pour la regarder. Elle se tenait à côté de mon îlot de cuisine, m'observant. — Je pense que tout est là où je l'ai laissé, mais...

— Ça semble juste différent, compléta-t-elle.

J'acquiesçai. — Oui. Comme si quelqu'un avait pu être ici, mais n'avait laissé aucune trace.

— Richie a dit qu'il avait changé les serrures tout de suite, n'est-ce pas ? Je veux dire, il avait terminé avant même qu'on ne quitte O'Kelley's. C'était intelligent de l'appeler si vite.

Je plissai les yeux et secouai la tête. — Je ne l'ai pas du tout appelé. J'ai supposé que c'était vous.

Karissa secoua la tête et jeta un nouveau coup d'œil autour d'elle. — Pas moi. Et je ne me souviens pas que Finley l'ait appelé non plus. J'étais avec elle tout le temps.

— Alors comment diable a-t-il su ? murmurai-je.

— Laisse-moi vérifier avec Fin, dit Karissa, sortant son téléphone et envoyant un SMS à Finley.

Je me rongeai l'ongle et regardai Karissa, me demandant comment Richie aurait pu découvrir que j'avais été volée si Fin-

— Elle ne lui a pas dit, dit Karissa. Tu dois l'appeler. Tout de suite.

J'acquiesçai et cherchai son numéro. Je fis les cent pas en attendant qu'il décroche. Il ne travaillait normalement pas les samedis, mais il répondait toujours.

— Allo ? dit-il, son accent surexcité changeant le mot.

— Richie, salut. C'est Trinity Mayer.

— Salut, Trinity. Comment vas-tu ? Des problèmes avec la nouvelle serrure ?

— Non, ça va. Je viens d'arriver. Mais, euh, comment as-tu su qu'elle devait être changée ? Je pensais que Karissa ou Finley t'avait appelé, mais elles disent que non. Et elles pensaient que je t'avais appelé, mais ce n'est pas le cas. Et je ne sais pas comment tu as su...

— L'agent Rucker, dit Richie, coupant ma tirade paniquée.

— James ? lâchai-je, regardant Karissa. Elle hocha la tête comme si cela avait du sens pour elle. Il t'a appelé ?

— Ouais, eh bien, l'agent Rucker est un ami de tous dans la communauté. C'est le genre de gars qui aime s'assurer que les gens sont en sécurité et savent qu'ils sont en sécurité. C'est en fait lui qui a changé la serrure, mais je lui ai prêté mes outils et fourni la serrure pour que je puisse entrer si nécessaire.

— Pourquoi aurait-il fait ça ?

— Il a dit que tes clés et ton portefeuille avaient été volés. Il voulait que tu te sentes en sécurité. Mais il, euh, il m'a en fait demandé de ne pas te le dire, alors peut-être que tu pourrais garder ça entre nous ?

— Euh, ouais, bien sûr. Je, euh, ouais, bégayai-je, essayant de comprendre.

— Merci, Trinity. Hé, fais-moi savoir si tu as besoin d'autre chose.

J'acquiesçai. — Ouais, d'accord. Merci, Richie.

— À tout moment. À bientôt, Trinity.

— Au revoir, dis-je distraitement. Je fixai mon téléphone, me demandant ce qui venait de se passer.

— James est ami avec tout le monde. Ça a du sens qu'il ait appelé Richie pour s'assurer que tout allait bien. Je ne sais pas pourquoi je n'y ai pas pensé. Ou pourquoi tu n'y as pas pensé. Tu lui as parlé ce soir-là.

J'acquiesçai, prêtant à peine attention à Karissa.

— Tu lui as parlé depuis ?

Je secouai la tête.

— Il ne t'a pas dit qu'il allait changer tes serrures ?

Je secouai à nouveau la tête.

— Eh bien, comme je l'ai dit, c'est juste qui il est. C'est juste l'un de ces gars qui est gentil avec tout le monde, tu sais ?

Je ricanai. Trop tard, j'essayai de le dissimuler par une toux, mais Karissa n'était pas dupe.

— C'était pour quoi ça ? Tu ne penses pas que c'est un bon gars ?

— Pas avec moi. Il ne m'aime pas. Il me traite comme une merde tout le temps. Le premier jour où j'ai emménagé ici, il m'a traitée comme une criminelle ordinaire. J'ai presque quitté l'immeuble.

Je soutins le regard de Karissa, sachant qu'elle comprendrait.

Karissa secoua la tête. — Non, James n'est pas comme ça. Il n'a jamais... non. Qu'est-ce qu'il a fait ?

— Il a essayé de m'arrêter ! J'avais enfermé les clés de ma voiture ici, et les clés de mon appartement dans ma voiture, et j'essayais d'entrer dans ma voiture pour les récupérer.

Karissa leva un sourcil et baissa le menton. — Sérieusement ? Trin, j'aurais pensé que tu étais une criminelle si je t'avais vue. Tu essayais de t'introduire dans ta voiture ?

— Je sais que ça avait l'air suspect, mais il ne m'a pas laissée expliquer. Il a juste pété un câble.

— Et toi, quoi ? Tu es restée calme et tu as expliqué que tu n'essayais pas de t'introduire dans la voiture d'une personne au hasard mais que c'était ta voiture ?

— Eh bien, je... D'accord, j'ai crié en retour. Contente ?

Karissa tordit ses lèvres en luttant contre son sourire. Et perdit. Elle éclata de rire. — Tu te rends compte qu'il faisait son travail, n'est-ce pas ? Et que tu t'introduisais dans une voiture. Dans une ville si petite qu'il connaît pratiquement tout le monde. Crois-moi, je comprends le profilage, mais ce n'est tout simplement pas James. Vous ne vous êtes pas parlé depuis ? Il est sorti avec nous plein de fois.

— Et on ne se parle pas. Il était à O'Kelley's l'autre soir quand j'y étais et il m'a accusée d'être une traînée parce qu'un type était lourd et me draguait.

— Ça me laisse encore perplexe, dit Karissa. James Rucker ? Est-ce qu'on parle de la même personne ?

J'acquiesçai et lui fis un sourire sans humour. — Un seul et unique.

— Je ne l'ai jamais vu comme ça. Tu me fais vraiment perdre la tête maintenant.

— Je suppose que je fais ressortir le pire en lui.

— Ouais, eh bien, il a changé tes serrures, donc il veut quand même que tu sois en sécurité.

Je regardai autour et pris une inspiration. — Ouais, je suppose.

Karissa leva les yeux au ciel et ricana. — Peut-être qu'il a un faible pour toi et ne sait pas comment le dire.

— Ha ! Celle-là, elle est bonne.

Elle haussa les épaules. — On ne sait jamais.

Je secouai la tête. — Je suis assez sûre que si. C'est un adulte. Si tu penses qu'il ne sait pas comment dire à une femme qu'il l'aime bien, alors tu n'as pas été attentive. Il rentre avec une nouvelle femme presque chaque week-end.

— Peut-être que ce n'est pas lui qui a le béguin.

Elle sourit d'un air narquois.

Je ris. — Ouais, parce que j'ai vraiment envie de sortir avec un homme qui m'a accusée d'être une voleuse dès ses premières paroles, m'accuse d'être une traînée, puis m'accuse que c'est ma faute quand je me fais voler. Ouais, c'est un vrai bon parti.

Karissa pouffa. — D'accord, je dois être d'accord avec ça. Mais vraiment, il n'est pas comme ça. C'est un bon gars.

— Hum hum. Bien sûr. Je te crois sur parole.

Karissa gloussa. — D'accord, très bien. Je vais y aller si ça va. J'ai du travail à terminer. Fais-moi savoir quand tu veux activer ton application. Je peux la configurer n'importe quand ! Et on avait un accord, rappelle-toi ? Tu as accepté.

Je secouai la tête. — J'y réfléchis encore, avouai-je.

Karissa me serra dans ses bras et dit : — Pas de pression. Fais-nous savoir si tu as besoin de quoi que ce soit. N'importe quand. Au milieu de la nuit, peu importe. On est là.

— Merci, Riss.

Elle hocha la tête et fit un signe de la main en se dirigeant vers la porte.

La porte se referma derrière elle, et je pris une inspiration. Après un moment, j'allai verrouiller la porte, puis me tournai vers mon appartement.

— L'agent James Rucker, dis-je à moi-même en riant. Je n'aurais jamais pensé qu'il serait celui qui me ferait me sentir en sécurité. Surtout pas deux fois en une semaine.

J'AI PASSÉ l'après-midi à travailler. Je détestais ne pas me sentir à l'aise pour ouvrir la baie vitrée donnant sur mon balcon. La peur était une chose étrange, et elle était dans ma tête. La logique me disait que celui qui avait volé mon sac ne pouvait pas escalader le côté de mon immeuble et entrer par la porte vitrée coulissante, même si elle était ouverte, mais la logique n'avait pas sa place là où vivait la peur.

Quand mon estomac commença à grogner, je terminai le collier sur lequel je travaillais et tirai un rideau dessus pour protéger les pièces. J'avais appris à mes dépens que si je ne le faisais pas, je cognais inévitablement ma table ou faisais tomber quelque chose et devais tout recommencer.

Comme je n'étais pas rentrée chez moi depuis trois jours, je n'avais pas beaucoup de nourriture dans ma maison. J'ai envisagé de commander pendant environ trois secondes, puis j'ai décidé de manger une boîte de soupe et quelques crackers que j'avais trouvés au fond du garde-manger.

Les crackers étaient rassis et la soupe était juste correcte, mais c'était de la nourriture. Je me suis blottie sur le canapé avec la télécommande et j'ai allumé une comédie romantique dont Finley et Karissa parlaient la veille.

Le film était à moitié terminé lorsque mon téléphone vibra avec une nouvelle alerte. Je le pris tout en regardant l'écran où les personnages principaux s'embrassaient pour la première fois. Je soupirai, laissant leur bonheur me remplir.

Mon cœur fit un bond. C'était un autre message de mon nouveau match.

JPO

Si nous étions ensemble en ce moment, que ferions-nous ?

Je ricanai. Question intéressante.

FILLE DE DIAMANT

Eh bien, je regarde un film, alors peut-être ça ?

JPO

C'est une question ou une réponse ?

FILLE DE DIAMANT

MDR ! Les deux ?

JPO

Eh bien, c'est bon de savoir qu'on rirait. Comment s'est passée ta journée ?

> FILLE DE DIAMANT
>
> Bizarre, en fait.

JPO

Pas la réponse à laquelle je m'attendais.
Qu'est-ce qui était bizarre ?

> FILLE DE DIAMANT
>
> J'ai découvert que quelqu'un que je n'aime
> pas vraiment m'a rendu un service.

JPO

Pourquoi n'aimes-tu pas cette personne ?

> FILLE DE DIAMANT
>
> Il a juste cet air de supériorité. C'est l'un de
> ces gens qui pense qu'il est meilleur que tout
> le monde, et je ne gère pas très bien les gens
> comme lui.

JPO

Je vois exactement ce que tu veux dire.

> FILLE DE DIAMANT
>
> Désolée. Ça craint, n'est-ce pas ?

JPO

Oui, mais j'ai appris qu'on ne peut pas
changer les gens. Ils vont être qui ils sont.
Nous devons soit choisir de les accepter, soit
choisir de ne pas les laisser entrer dans nos
vies.

> FILLE DE DIAMANT
>
> C'est très profond et perspicace.

JPO

Deux choses que la plupart des gens
n'associeraient pas avec moi.

Je ris à nouveau. Il était drôle, et parler avec lui était encore mieux que le film. Cela faisait vraiment longtemps que ce n'était pas arrivé. Et même si je me sentais un peu déprimée à propos des relations, c'était agréable de flirter avec quelqu'un et de savoir qu'il ne me jugeait pas pour le jogging que je portais ou la serviette enroulée autour de mes cheveux ou les situations dans lesquelles je me retrouvais sans que ce soit ma faute.

Mais ce n'était pas une nuit pour penser à James Rucker. J'avais JPo à qui parler. Et il était tellement mieux.

5

Karissa et Finley ont proposé de me retrouver dans le hall pour qu'on aille ensemble à la soirée entre filles, mais elles étaient déjà sorties et ça me semblait ridicule de demander à mes amies de m'accompagner à travers notre petite ville.

Puis je suis sortie seule et j'ai réalisé que j'étais terrifiée. Je n'avais pas quitté soit l'appartement de Karissa et Finley, soit le mien, et être dehors, et seule, était un peu angoissant. Je n'étais pas sortie de l'immeuble depuis la nuit où j'avais été agressée. Un policier était même venu me voir pour essayer d'obtenir un portrait-robot du type. Pas que j'aie été d'une grande aide.

Le soleil de l'après-midi brillait encore, me donnant un éclat insolent et me disant que je me comportais stupidement. J'avais envie de faire un doigt d'honneur au soleil, et oui, je savais que ça paraissait fou. J'ai pris une profonde inspiration et me suis concentrée sur tout ce qui m'entourait. Des gens marchaient dans la rue. Je n'étais pas seule. J'allais bien.

J'ai regardé droit devant moi et me suis dirigée vers Petits ami du Livre Illimité, la librairie de Finley. Nous y organisions toujours nos soirées entre filles, et c'était clairement devenu un endroit où je me sentais à l'aise. Il était impossible de ne pas être à l'aise entourée de livres. Des livres sur des personnes qui tombent amoureuses et trouvent leur fin heureuse. Je voulais ça, mais ce n'était pas garanti. Tout le monde n'avait pas droit à une fin heureuse.

J'ai frappé à la porte d'Petits ami du Livre Illimité et attendu que Finley me laisse entrer. Elle fermait plus tôt le dimanche pour que nous puissions nous retrouver à l'arrière de sa boutique sans être interrompues par des clients.

— Salut, a dit Finley en ouvrant la porte. Comment vas-tu ?

J'ai souri et l'ai serrée dans mes bras. — Ça va.

— Vraiment ?

J'ai hoché la tête. — Oui. Et je ne vais pas craquer.

Finley a souri. — Bien. Pour ce que ça vaut, tu es courageuse. Je n'ai jamais eu peur comme ça ici. J'ai toujours considéré L'anse MacKellar comme petite et sûre, tu vois ?

Je comprenais. C'était l'une des nombreuses raisons pour lesquelles j'avais décidé d'y emménager. Grandir à Syracuse n'était pas si mal. Je me sentais en sécurité la plupart du temps. Même en déménageant de l'autre côté de la ville, loin de ma mère et ma grand-mère, je ne vivais pas dans la peur. J'étais seule sans elles, mais je ne craignais pas constamment pour ma sécurité. Les quelques fois où je m'étais retrouvée au mauvais endroit au mauvais moment, tout s'était bien passé. J'avais eu peur, mais je n'avais jamais été blessée. En déménageant à L'anse MacKellar, je pensais que ça n'arriverait plus. Qu'il n'y avait pas d'endroits dangereux. Être confrontée à la réalité était comme une gifle.

— Je sais, ai-je admis.

Finley a verrouillé la porte derrière moi et a passé son

bras autour de mes épaules. Elle m'a conduite à l'arrière où tout le monde, sauf Laura et Melody, était déjà assis.

— Salut, ont-elles toutes dit, leurs visages affichant la même expression inquiète.

— Comment vas-tu ? a demandé Blake.

J'ai haussé les épaules. — Ça va. C'est la première fois que je sors, et c'est un peu irréel. Je devrais être totalement bien, mais venir jusqu'ici a été un peu stressant.

— La nuit dernière était aussi sa première nuit chez elle, a dit Karissa aux autres. Tu as pu dormir ?

J'ai secoué la tête. — Pas vraiment. Le moindre bruit me faisait sursauter. J'ai essayé de faire une sieste sur mon canapé cet après-midi, mais même ça n'a pas été possible.

— Tu veux que je reste avec toi ? a proposé Karissa.

J'ai encore secoué la tête. — Non, mais merci. Je dois apprendre à me sentir en sécurité à nouveau.

— Ce ne sera pas facile, a dit Elise avec un sourire bienveillant.

Un coup à la porte m'a fait sursauter. Finley s'est levée pour ouvrir. Tout le monde a soigneusement évité de me faire une remarque, me laissant avoir mon moment de panique sans jugement.

J'ai pris une profonde inspiration et essayé de calmer mon cœur qui battait la chamade.

— Ça va ? a demandé Karissa.

J'ai hoché la tête et lui ai fait un faible sourire.

Finley est revenue avec Melody, Laura et Piper. Piper était serveuse chez O'Kelley's et je la trouvais gentille, mais je ne la connaissais pas bien.

— Piper était sur le point de partir quand je quittais O'Kelley's, alors je l'ai invitée, a expliqué Laura. Elle se plaignait de rentrer seule. Je me suis dit qu'elle pourrait apprécier un peu de compagnie.

Nous avons toutes approuvé et accueilli Piper. Elle

semblait un peu mal à l'aise, mais Blake lui a coupé une part de cake et lui a tendu les fraises et la crème fouettée. Piper a souri largement.

— Vous faites ça toutes les semaines ? a-t-elle demandé.

Nous avons hoché la tête.

— Punaise. Il faut que je sois plus souvent de repos les dimanches soir.

— Tu devrais. On parle d'hommes, de livres et on mange du gâteau, a dit Finley.

— Ça semble être une soirée parfaite, a dit Piper, en ajoutant de la crème fouettée à son gâteau. Merci de me laisser m'incruster.

— Tu es toujours la bienvenue, a dit Finley.

Piper a souri. Son regard s'est posé sur moi et son sourire a disparu. — Comment vas-tu ? Hudson est devenu fou depuis que tu as été agressée. Il ne nous laisse pas quitter le bâtiment s'il n'est pas avec nous. Aucun d'entre nous. On doit tous sortir ensemble. On a toujours été prudents, mais il a porté ça à un tout autre niveau.

— Je vais bien. J'espère qu'Hudson exagère, ai-je dit avec un sourire forcé.

— James semble inquiet aussi, a dit Blake. Ian dit qu'il fronce encore plus les sourcils que d'habitude ces derniers temps.

— Je me demande si ça a quelque chose à voir avec son nouveau partenaire, a dit Melody. Il vient juste d'arriver en ville et je ne pense pas qu'ils s'entendent bien pour l'instant.

— Colin est passé là-bas cette semaine, a dit Elise. Il a rencontré le type. Rowan quelque chose. Il a dit qu'il semblait un peu dur, comme s'il était en colère contre le monde entier.

— C'est peut-être pour ça que lui et James ne s'entendent pas. Trop de frustration dans un même duo. Laura a ri.

Nous avons toutes ri avec Laura.

— James reste un type bien, cependant, a dit Karissa. Pour

la plupart d'entre nous, du moins. Elle m'a lancé un regard appuyé que personne n'a manqué.

— Qu'est-ce qui s'est passé entre toi et James ? a demandé Blake.

— Rien, ai-je répondu trop rapidement. Ça n'a pas d'importance.

— Il a essayé de l'arrêter parce qu'elle tentait de forcer sa propre voiture. Le jour où elle a emménagé ici. Et elle ne nous l'a jamais dit, a précisé Karissa.

— Vraiment ?

— Pourquoi forçais-tu ta voiture ?

— Pourquoi tu ne nous l'as pas dit ?

— C'était il y a une éternité, ai-je dit. Et je ne connaissais aucune d'entre vous à ce moment-là. De plus, une fois que j'ai réalisé qui il était et que vous le connaissiez tous, je ne pouvais pas vous dire que je pensais qu'il était un crétin.

— Moi, je l'aurais fait, a dit Elise. Mais je ne peux rien dire de mal sur James. J'ai toujours pensé qu'il était vraiment gentil, même s'il est vraiment stupide quand il s'agit de femmes. On a failli coucher ensemble une fois. Il y a longtemps.

— Tu ne nous as jamais dit ça ! s'est exclamée Blake.

Elise a haussé les épaules, et j'ai essayé de refouler la nausée que je ressentais en les imaginant ensemble.

— C'était il y a une éternité. Je savais qui il était, mais je ne le connaissais pas bien. On était tous les deux chez O'Kelley's un soir et on jouait aux fléchettes et on flirtait. Il a dû intervenir dans une bagarre et il est parti. On n'en a jamais reparlé, et ça ne s'est jamais reproduit. On ne s'est même pas embrassés. Juste quelques frôlements et des paroles sexy, a dit Elise.

— Colin est au courant ? a demandé Laura.

Elise a secoué la tête. — Non, mais ce n'était rien. Et c'était avant que je rencontre Colin. Il y a des années.

— Tu ne penses pas que tu devrais lui dire ? ai-je lâché.

Elise s'est tournée vers moi en entendant mon ton sévère et a haussé un sourcil. Elle m'a souri narquoisement et dit : — Non. Parce qu'il n'y a rien à dire. Toi, par contre, tu as l'air de trouver ça très dérangeant.

J'ai ricané. — Pas du tout. Il me rend folle. Et pas dans le bon sens.

— Toi et James ? a dit Piper. Ouais, je peux tout à fait l'imaginer.

— Euh, non, ai-je protesté. Il me déteste, et c'est réciproque.

— Je ne pense pas qu'il te déteste, a dit Piper, en penchant la tête sur le côté. Il t'observe quand il est chez O'Kelley's. Il semble presque intrigué par toi. Comme s'il essayait de te comprendre.

J'ai secoué la tête. — Il essaie plutôt de trouver comment me chasser de la ville.

— Je le vois aussi, en quelque sorte, a dit Karissa. Il a changé tes serrures sans te le dire et a demandé à Richie de ne pas te le faire savoir. Il était là quand Hudson a appelé et il est resté avec toi jusqu'à ce que l'autre policier arrive. Il veillait sur toi. Je ne pense pas qu'il te déteste comme tu le dis.

J'ai levé les yeux au ciel. — Non. L'officier James Rucker n'est pas mon ami. Il ne veille pas sur moi. Il n'est rien du tout. Nous avons des amis en commun, mais à chaque fois que nous nous parlons, nous nous disputons.

— Je croyais que Orgueil et Préjugés était ta romance préférée, a dit Finley.

J'ai haussé les épaules. — Oui, et alors ?

Elle a souri d'un air narquois. — Tu ne vois vraiment pas ?

— Voir quoi ?

— Oh mon Dieu, tu as raison, a dit Blake. Je ne pouvais pas le voir non plus. Pas quand c'était moi.

— Le reste d'entre nous le pouvait, a dit Elise.

— Ouais, mais je ne pense pas que je voulais le voir. Je voulais croire que j'étais plus intelligente ou quelque chose comme ça, a dit Blake.

— Et comment ça s'est terminé ? a demandé Laura avec un ricanement.

— Vous voulez bien me dire de quoi vous parlez ? ai-je demandé.

— Tu es Elizabeth, et James est Darcy. Vous vous chamaillez constamment, vous prétendez ne pas vous supporter, mais en réalité, vous attendez tous les deux secrètement que l'autre fasse attention et dise quelque chose en premier, a expliqué Finley.

J'ai ricané et les ai regardées, attendant qu'elles rient de leur blague.

Elles ne l'ont pas fait.

— Non. Pas du tout. Elizabeth et Darcy étaient romantiques et doux. Ils étaient sarcastiques et protecteurs. C'était tellement différent. Ce n'est pas du tout nous. J'ai secoué la tête et croisé les bras sur ma poitrine. Elles étaient folles.

— Sauf que c'est totalement le cas. C'est exactement comme vous êtes. Je veux dire, je ne l'avais pas réalisé jusqu'à ce que tu commences à parler de comment tu ne l'aimes pas et qu'il n'est pas la même personne avec toi qu'avec tout le monde, mais je le vois clairement maintenant. Et avec Piper qui dit qu'il t'observe... définitivement, a dit Karissa avec un sourire satisfait.

J'ai levé les yeux au ciel et secoué la tête. — Vous lisez trop de romances si vous pensez que James et moi pourrions jamais avoir autre chose que de l'animosité entre nous.

— Le sexe énervé peut être vraiment chaud, a dit Melody. Parfois, je cherche la dispute avec Ramsey juste pour qu'il devienne un peu fou.

— Oh, il fait ça aussi ? Pour Ian, c'est la jalousie. On a vu

William au magasin l'autre jour avec sa nouvelle femme, et Ian était tellement en colère quand je l'ai serré dans mes bras. J'ai cru qu'il allait perdre le contrôle en plein parking. Il m'a plaquée contre la voiture et m'a embrassée jusqu'à ce que je sois haletante. Blake a fermé les yeux et a émis un murmure appréciateur.

— Colin est tellement posé que je ne pense pas que je pourrais l'exciter si j'essayais, mais il a ce regard sombre qui dit qu'il ne peut plus attendre une seconde. Quand je vois ça, je m'enfuis en courant, et il me traque. C'est diablement excitant, a dit Elise avec son propre sourire salace.

— Le sexe de réconciliation est définitivement le meilleur type de sexe, a confirmé Finley. Mais le sexe énervé peut être amusant.

— J'aime quand c'est suivi par ce sexe doux, lent et sensuel. Comme si tu ne pouvais pas te précipiter une seconde de plus et que tu dois profiter l'un de l'autre. Parfois, le sexe énervé me laisse insatisfaite, mais faire l'amour est toujours bon, a dit Karissa.

— Il faut avoir les deux, a dit Blake. Avec William, c'était toujours pareil. J'aurais pu tout prévoir jusqu'à ce qu'il dirait et quand. C'était ennuyeux. Le sexe était ennuyeux. Ça ne devrait jamais être le cas. Même si c'est du bon sexe, si c'est toujours la même chose, ça devient ennuyeux. C'est ce que j'aime dans le sexe avec Ian. C'est différent. Je ne sais pas comment, mais à chaque fois c'est différent.

Melody s'est penchée en avant et a hoché la tête, repoussant ses cheveux bruns en arrière. — Je suis d'accord. Surtout maintenant. Pendant si longtemps, nous dansions l'un autour de l'autre. Nous avions peur de dire ou de faire la mauvaise chose, mais maintenant, nous nous rappelons à chaque fois que nous sommes ensemble à quel point nous étions proches de nous perdre l'un l'autre. J'ai pleuré quelques fois.

— Pendant le sexe ? a demandé Finley.

Melody a hoché la tête. — Oui. Mais Ramsey a totalement compris.

— J'ai fait ça aussi, a admis Elise. Avoir quelqu'un dans ma vie qui m'aime tellement et me fait sentir que je peux être, dire et faire n'importe quoi est parfois bouleversant.

— Exactement, a dit Melody.

— Je veux ça, a dit Finley avec une moue. Je n'ai jamais eu ça. Aucun de mes ex n'était comme ça. Bien sûr, c'est pour ça qu'ils sont tous des ex.

— J'ai cru avoir ça une fois, a admis Piper. Il me faisait vraiment me sentir spéciale.

— Que s'est-il passé ? a demandé Laura.

Piper nous a fait un triste sourire. — Ça n'a tout simplement pas fonctionné. Nous voulions des choses différentes. Nous avons grandi ensemble, mais quand il s'agissait de nos avenirs, nous n'étions simplement pas compatibles. Je pense à lui parfois, mais je sais que je suis mieux avec quelqu'un d'autre. Quelqu'un qui veut vraiment les mêmes choses que moi.

— Tu l'as déjà recherché pour voir où il en est ? ai-je demandé.

Piper a secoué la tête. — Non. Je ne sais pas si je veux savoir. J'aime imaginer qu'il est heureux. Nos différences n'étaient pas des choses que nous pouvions surmonter. J'espère qu'il a trouvé ce qu'il cherchait et qu'il est heureux.

— Es-tu sur l'appli de Karissa ? a demandé Blake. À la Recherche du Héros Littéraire Parfait ?

— Bien sûr, a dit Piper avec un sourire. J'ai rencontré quelques gars décents grâce à ça. Aucun qui soit resté, cependant. Peut-être un jour.

— Trinity a eu un nouveau match la semaine dernière, a dit Karissa, me ramenant dans la conversation.

— C'est vrai, ai-je admis. Il est drôle et gentil.

— Ça semble prometteur, a dit Finley.

J'ai hoché la tête. — Je le pense aussi. Je n'étais pas sûre de lui donner une chance, mais je vais essayer.

— Et si ça ne marche pas, tu pourras toujours avoir du sexe énervé avec l'officier James Rucker, a dit Laura avec un sourire narquois.

J'ai gémi et levé les yeux au ciel pendant qu'elles riaient toutes de moi. Il était le dernier homme avec qui je voulais avoir des relations sexuelles, énervée ou pas.

Nous avons fini le cake et terminé la crème fouettée et les fraises. Je suis restée avec Karissa et Finley pour nettoyer. C'était devenu mon habitude, alors je me suis dit que ce n'était pas parce que j'avais peur de rentrer seule dans le noir.

Personne n'avait besoin de connaître la vérité.

— Désolée qu'on t'ait harcelée au sujet de James, a dit Karissa. Je pense vraiment que vous seriez bien ensemble.

J'ai secoué la tête. — Et moi je pense que vous êtes toutes folles.

Karissa a ri. — On ne sait jamais. Comment se passe ta semaine ? Je pensais travailler dans le parc un jour ou deux si tu as quelque chose que tu peux faire à l'extérieur.

J'ai réfléchi à mes projets. Je n'avais pas grand-chose de prévu, et une journée dans le parc semblait exactement ce dont j'avais besoin. — Ça me va. Un jour en particulier ?

Karissa a secoué la tête. — Pas vraiment. On vérifiera la météo pour être sûres qu'on ne se fera pas surprendre par la pluie.

— Ça me va.

Finley a passé l'aspirateur dans l'espace salon pendant que Karissa et moi rangions les étagères où nous avions fait tomber des livres. J'ai lu la quatrième de couverture d'un livre qui a attiré mon attention. Un coucher de soleil rose pastel mettait en lumière un couple dans les bras l'un de l'autre, à quelques secondes d'un baiser.

— C'est vraiment bon, a dit Finley quand elle a éteint l'aspirateur. Je l'ai lu l'autre jour.

— Mets-le de côté pour moi et je viendrai le chercher cette semaine, lui ai-je dit.

Finley a hoché la tête et glissé le livre sous le comptoir. Elle nous faisait souvent des réductions, mais nous refusions toutes qu'elle nous donne des livres gratuitement.

— Tout est prêt ? a demandé Karissa.

Finley a regardé autour d'elle et hoché la tête. — Oui, c'est bon. Rentrons.

Nous sommes sorties et avons attendu que Finley verrouille la porte puis nous sommes tournées vers notre immeuble. Mes yeux ont scruté les environs immédiats à la recherche de quelqu'un que je ne reconnaissais pas ou qui me donnait un mauvais pressentiment. Les seules personnes alentour étaient des couples et un autre groupe d'amis.

— Piper semble sympa, ai-je dit, me demandant ce qu'elles en pensaient.

— Oui, j'adore Piper. Elle remet Hudson à sa place. Elle ne se laisse marcher sur les pieds par personne, a dit Finley.

— Ils sont ensemble ? ai-je demandé.

— Oh, mon Dieu, non. C'est plus comme une relation frère/sœur. Piper a commencé à y travailler il y a des années. Elle a eu plusieurs emplois différents dans le coin, à l'Auberge L'anse MacKellar, à la boulangerie Cove, et même chez Island Designs. Elle est venue ici un été et n'est jamais repartie, a expliqué Finley.

— Je peux comprendre pourquoi, ai-je dit avec un sourire.

— Sans blague, a approuvé Karissa. Je n'ai jamais pensé à inviter Piper. Je me sens un peu mal qu'on ne l'ait pas fait avant.

Finley a haussé les épaules. — On s'est toutes plus ou moins retrouvées grâce à ta mère. On a rencontré Piper principalement par O'Kelley's. Elle est géniale, mais ça ne m'est jamais venu à l'esprit. Mais je ne pense pas qu'elle ait été vexée par quoi que ce soit.

Karissa a secoué la tête. — Non, elle est plutôt détendue. Il faut l'être pour travailler avec Hudson et son humeur parfois.

— Sa femme est morte, c'est ça ? ai-je demandé.

Finley a hoché la tête. — Il y a des années. Il ne s'en est pas vraiment remis. Je ne sais pas comment on fait.

— Ma mère ne se remettra jamais de la perte de mon père. Ce n'est pas facile.

— Je pense que quand on aime vraiment quelqu'un, une partie de soi ne se remet jamais de sa perte, a dit Karissa, s'arrêtant pour ouvrir la porte de notre immeuble.

Finley et moi sommes entrées avant elle. — S'est-il inscrit à À la Recherche du Héros Littéraire Parfait ?

Karissa a ri. — Peu probable. Je ne suis pas sûre mais j'en doute.

— On devrait lui présenter quelqu'un, ai-je dit.

Finley et Karissa ont échangé un regard et ont secoué la tête. — Pas une bonne idée, a dit Finley. J'adore Hudson, mais il doit être prêt à sortir avec quelqu'un. Sinon, il brisera le cœur de quelqu'un sans le vouloir. Il n'est pas encore prêt.

— Tu as raison, ai-je admis. Nous sommes arrivées à leur étage, et Finley et Karissa se sont éloignées des escaliers.

— Ça va aller pour monter seule ? a demandé Karissa.

J'ai souri et hoché la tête. — Ça va. J'espère que cette nuit sera meilleure. À bientôt.

— Bonne nuit.

— Bonne nuit.

J'ai monté les deux étages suivants et sorti mes nouvelles clés de ma poche. Je n'avais pas encore décidé si j'allais porter un sac à main à nouveau ou simplement garder ce dont j'avais besoin sur moi. Pour l'instant, je me contentais de ne pas avoir quelque chose que quelqu'un pourrait saisir et me prendre.

J'ai tourné au coin vers mon appartement et j'ai vu une silhouette devant ma porte. J'étais sur le point de crier quand il s'est levé et s'est tourné vers moi.

— Qu'est-ce que tu fous ici ? ai-je lâché.

L'officier James Rucker.

6

JAMES

J'espérais être parti avant son retour. C'était mon intention. Honnêtement, je ne savais même pas pourquoi j'étais là en premier lieu. Je voulais vérifier qu'elle allait bien. M'assurer qu'elle était en sécurité. Puis j'ai réalisé qu'elle n'était pas chez elle et je suis resté assis là une minute. Le simple fait d'être devant sa porte me faisait me sentir mieux. Comme si quiconque osait la menacer pouvait sentir que j'étais passé par là.

Je perdais définitivement la tête.

Je ne l'avais pas entendue monter les escaliers. J'étais certain que je l'aurais remarquée, mais je n'ai rien entendu jusqu'à ce que ses clés tintent dans sa main quand elle a tourné dans le couloir. À ce moment-là, il était trop tard pour disparaître sans qu'elle me voie.

—Je voulais vérifier que tu allais bien, ai-je avoué. M'assurer que tu ne faisais rien qui pourrait à nouveau attirer le danger dans ta vie.

Je ne savais pas pourquoi j'avais dit ça. Non, ce n'était pas vrai. Je savais exactement pourquoi je l'avais dit. Et j'ai obtenu ce que je voulais. Cette étincelle dans ses riches yeux bruns, ce feu qui disait qu'elle voulait me gifler. Cette colère qui m'excitait. Je n'avais jamais ressenti une telle passion de toute ma vie. J'avais eu des petites amies, des plans cul et des aventures d'un soir, mais aucune ne m'avait donné l'impression que je ne pouvais pas respirer sans apercevoir ce qui se cachait derrière ses défenses. Pas avant de rencontrer Trinity.

—Tu es un enfoiré de première classe, cracha-t-elle en marchant vers moi. Ses yeux étaient plissés, me transperçant du regard. Une légère rougeur montait sur ses joues brunes, que ce soit de colère ou d'embarras, je n'étais pas tout à fait sûr.

—On me l'a déjà dit.

Elle ricana. —Pas assez souvent. Comment oses-tu dire que c'était ma faute s'il a volé mon sac. Je n'ai rien fait de mal. Est-ce que tu m'aurais aussi accusée d'être responsable s'il m'avait agressée sexuellement ?

Une flamme me traversa, la colère chaude et rapide. Je m'approchai d'elle, sachant qu'elle lèverait les yeux vers moi. Son regard se fixa sur le mien et s'écarquilla quand elle vit mes yeux. —Aucune femme ne mérite ça. Aucune personne. Tu devrais pouvoir aller où tu veux et faire ce que tu veux. Ne te blâme jamais.

Elle leva les yeux au ciel et se retourna vers sa porte. —Dit l'homme qui n'arrête pas de m'accuser d'inviter le danger.

—Je veux juste te mettre en colère, confessai-je, les mots s'échappant sans réfléchir.

—Et pourquoi diable voudrais-tu faire ça ? demanda-t-elle, sa voix confuse alors que la serrure s'ouvrait avec un clic.

—Parce que j'adore l'étincelle dans tes yeux quand tu l'es.

Elle se retourna vers moi et leva les yeux. Je ne réalisais pas à quel point elle était petite jusqu'à ce qu'elle soit juste là devant moi, son regard verrouillé sur le mien. Ses yeux parcoururent mon corps, contractant chaque centimètre jusqu'à ce que je palpite de désir. Elle se lécha les lèvres et croisa à nouveau mon regard. La colère était toujours là, mais mêlée de désir. —Va te faire foutre, James, chuchota-t-elle.

Je m'approchai d'elle. Elle recula, son dos heurtant sa porte fermée. Son souffle se mêla au mien, tous deux respirant fort, nos poitrines se touchant presque à chaque inspiration saccadée. —Dis-le mot, Trinity.

J'avais à peine prononcé son nom qu'elle se hissa sur la pointe des pieds et écrasa ses lèvres contre les miennes. Je n'eus pas le temps d'être choqué par ce mouvement. Mes mains allèrent à ses hanches et je l'attirai contre mon corps, tous deux luttant pour le contrôle du baiser.

Elle gémit et recula. Elle tourna la poignée et me tira à l'intérieur de son appartement, puis verrouilla la porte. Je n'attendis pas pour la presser contre la porte et me pencher vers elle, lui faisant sentir exactement à quel point je la désirais.

Elle gémit et tira sur ma chemise. Quand elle glissa ses mains dessous, elle écarta largement ses doigts puis les recourba et fit courir ses ongles courts sur ma poitrine.

Je grognai, la morsure de ses ongles juste ce qu'il fallait pour faire passer mon sexe de palpitant à prêt à exploser. J'avais besoin d'être en elle, et ça devait arriver bientôt.

—Enlève tes vêtements. Maintenant, lui ordonnai-je, sans la laisser s'écarter de la porte.

—Alors recule, putain, me cracha-t-elle, poussant mon épaule. Tu as intérêt à avoir un préservatif.

—Toujours, grognai-je. J'avais besoin qu'elle pense que c'était quelque chose que je faisais tout le temps. Qu'elle n'était pas spéciale. Elle me détestait, et lui avouer que je fantasmais sur elle depuis des mois n'allait pas arriver.

Elle retira ses chaussures et enleva son haut. Son soutien-gorge rose pâle me dessécha la bouche. Elle était magnifique.

Je voulais tomber à genoux et me régaler d'elle, mais elle continuait à se déshabiller.

—Qu'est-ce que tu fais, bordel ? demanda-t-elle, arrêtant ses mouvements.

—Rien, bégayai-je. Rien. Je secouai la tête et me débarrassai rapidement de mes vêtements. Quand j'eus fini, elle se tenait devant moi nue, une magnifique déesse brune. J'étais complètement foutu. Elle était la femme la plus stupéfiante que j'aie jamais vue.

Puis elle me tourna le dos et se pencha à la taille, posant ses mains sur la porte d'entrée.

—Tu ne vas pas me laisser t'embrasser ? demandai-je, sachant dès que les mots sortirent que c'était une erreur.

Elle ricana. —On ne s'aime pas. C'est du sexe. Le sexe n'a pas besoin d'impliquer autre chose que toi glissant en moi jusqu'à ce que nous soyons tous les deux satisfaits.

Je n'aimais pas ça, mais je n'allais pas discuter quand on me donnait l'occasion d'être avec elle. J'enfilai le préservatif et pulsai quand je la regardai. Elle s'offrait, son corps parfait prêt pour moi. Je pouvais voir sa peau luisante entre ses cuisses. Encore une fois, je voulais tomber à genoux et lécher et sucer et la dévorer, mais elle avait clairement indiqué qu'elle n'était pas pour ça.

Je me positionnai derrière elle et m'alignai à son entrée. Je la taquinai un peu avec mon sexe, aimant le fait qu'elle gémisse à cette sensation. Quand son dos s'affaissa, je poussai en elle fort, lui volant son souffle et la faisant gémir. Son corps se resserra sur mon sexe, et je faillis jouir sur-le-champ.

—Tu ne devrais pas être aussi bon, dit-elle. Ce n'est pas juste.

—Je suis d'accord, dis-je avant de me retirer et de pousser à nouveau.

Elle gémit et arqua son dos puis rencontra mon coup

suivant avec une poussée de son propre chef. Mes mains allèrent à ses hanches, s'enfonçant dans sa chair pulpeuse. Je la tins là pendant que nous travaillions ensemble pour établir un rythme qui fit tourner mes yeux.

Je n'avais jamais été un amant égoïste, mais être avec Trinity me donnait envie de prendre d'elle. Je n'allais pas durer longtemps avec elle, mon sexe suppliant déjà pour une libération. Elle me baisait en retour, mais son corps n'était pas encore prêt à lâcher prise. J'avais besoin de la sentir, de l'avoir se resserrer autour de moi et crier mon nom.

Je glissai une main le long de son dos, laissant ce toucher délicat confondre ses sens, et l'autre autour de sa hanche et entre ses cuisses. Je pressai mon torse contre son dos pour pouvoir l'atteindre et gémis quand je frottai son clitoris.

—Oh, mon Dieu, murmura-t-elle.

—Presque, mais pas tout à fait, dis-je, embrassant son épaule. Jouis pour moi, Trinity.

Elle grogna et se cabra contre ma main, presque comme si elle essayait de me repousser mais que c'était trop bon pour résister. Je n'abandonnai pas, pinçant son clitoris entre mon doigt et mon pouce.

Ses mouvements devinrent plus erratiques, et son canal se resserra sur moi. Je léchai sa colonne vertébrale et appuyai fort sur son clitoris, frottant rapidement dessus, et elle explosa.

—Oui ! Oh, mon Dieu, oui ! Oh, oh, oh ! Oui ! cria-t-elle en jouissant.

Je grognai, la sensation de son orgasme sur moi suffisant pour me faire passer en surrégime. Je saisis à nouveau ses hanches et me pompai en elle, me déversant tandis qu'elle haletait et gémissait et tressaillait autour de moi.

Mes genoux menaçaient de céder alors que mon sexe gonflait et explosait, mais je tenais Trinity, puisant ma force de la sienne. Nous sommes restés comme ça, ses mains sur sa porte, mes mains sur son corps, jusqu'à ce que nous puissions tous deux respirer normalement.

Elle fit un mouvement pour se redresser. Je reculai et gémis à la sensation de glisser hors d'elle. Je m'éloignai, conscient du fait qu'elle ne m'avait pas regardé depuis qu'elle avait enlevé ses vêtements.

—Merci, marmonna-t-elle avant de ramasser ses vêtements et de faire un mouvement vers le reste de l'appartement.

—Ne devrions-nous pas parler de ça ? demandai-je.

—Non, dit-elle, continuant à s'éloigner.

Je la fixai, voulant grignoter et lécher sa colonne vertébrale de haut en bas. Elle se tourna et une porte se ferma, l'éliminant de ma vue.

Je fermai les yeux et secouai la tête. Elle en avait fini avec moi.

J'allai dans sa cuisine et enveloppai le préservatif usagé dans une serviette en papier puis l'enterrai dans sa poubelle. Je ramassai mes vêtements et les remis lentement, espérant qu'elle reviendrait et aurait une conversation. Quand j'eus fait traîner les choses aussi longtemps que possible, je l'appelai.

—Je pars maintenant. Verrouille ta porte.

—Je le ferai, répondit-elle, sa voix plus proche que je ne m'y attendais. Elle se tenait de l'autre côté de la porte de sa chambre, écoutant pour m'entendre partir.

Je soupirai et sortis, me demandant ce que j'avais bien pu penser.

JE ME FLAGELLAIS ENCORE MENTALEMENT mercredi quand je suis arrivé au travail. La dernière chose que je voulais était de devoir parler à mon nouveau partenaire toute la journée, mais je n'avais pas le choix. Masterson était là à m'attendre quand je suis entré, prêt à partir.

Il a remis en question chacun de mes mouvements toute la matinée jusqu'à ce que je sois sur le point de péter un câble contre lui. Il voulait savoir pourquoi j'avais laissé Mme Gregoire partir sans lui donner de contravention. Il a demandé pourquoi nous n'avions pas arrêté la voiture qui avait fait une embardée devant l'école. Il a remis en question ma décision de donner un avertissement à M. Albert au lieu de l'emmener quand il avait dix contraventions de stationnement dans le système. Masterson ne comprenait pas la vie dans une petite ville.

—Alors, on se contente de conduire toute la journée et de gaspiller l'argent des contribuables, ou on fait réellement des choses utiles ? Écrire quelques contraventions nous donne des revenus. Est-ce si difficile ?

Je pris une profonde inspiration et me rappelai que je perdrais mon travail et ma maison et probablement irais en prison si je lui foutais mon poing dans la gorge. Au lieu de choisir cette option, je décidai de vérifier auprès de Richie s'il avait entendu ou vu quelque chose.

—Reste ici, dis-je à mon partenaire, ne voulant pas qu'il me suive à l'intérieur du bâtiment.

—Pourquoi ? Qu'est-ce que c'est que cet endroit ? Je ne vais pas surveiller la voiture pendant que tu vas faire un coup rapide, grogna-t-il.

Je me retournai et le fusillai du regard. —Je serai de retour dans cinq putain de minutes.

Il ricana. —Pauvre femme. Tu devrais la traiter mieux que ça.

Je grognai. Ce connard allait certainement recevoir un coup de poing dans la gorge. Un jour.

Je m'éloignai, le laissant ricaner comme une vieille dame sur le trottoir. Le hall était vide et silencieux, comme je m'y attendais. J'espérais ne pas croiser Trinity, ni Karissa et Finley d'ailleurs.

Le bureau de Richie était au rez-de-chaussée près de l'arrière du bâtiment. Sa porte était ouverte et la musique filtrait dans le couloir à mesure que je m'approchais. Je frappai sur l'encadrement et entrai quand il leva les yeux et sourit.

—Bonjour, Officier. Comment allez-vous ? demanda Richie, se levant et offrant sa main.

—Bien, Richie. Des nouvelles ? Je lui avais dit plusieurs fois de m'appeler James, mais il refusait. Disait que c'était un signe de respect.

—Non, monsieur. J'aimerais bien. J'ai été à l'affût de quelqu'un qui pourrait passer et tenter quelque chose, mais je n'ai rien vu. Pensez-vous que nous trouverons qui a effrayé Trinity ? Ça fait une semaine.

J'acquiesçai. —Plus le temps passe, moins c'est probable, mais je n'abandonne pas. Lui as-tu parlé ?

—Trinity ? J'acquiesçai à nouveau. —Non, je ne l'ai pas vue. Mais ce n'est pas inhabituel. Elle est plutôt discrète, reste dans son coin. Elle est probablement chez elle si vous voulez monter lui parler.

Mon sexe tressaillit à cette pensée. Ses doux gémissements remplissaient mes oreilles et embrumaient mon cerveau. J'avais envie de la toucher et de l'embrasser à nouveau, mais elle en avait fini avec moi.

—Ça va. Je vais juste partir. Fais-moi savoir si quelque chose se passe.

—Je le ferai, Officier. Merci d'être passé.

J'acquiesçai et sortis du bureau. Je pensais encore à la douceur de la peau de Trinity et à quel point je voulais monter les escaliers en courant et avoir ce coup rapide que mon connard de partenaire pensait que j'avais quand je suis entré dans le hall.

Un gamin, pas plus de quinze ans, se tenait près des boîtes

aux lettres. Il regarda en arrière quand je suis entré. Ses yeux s'élargirent. Il tenait un sac à main, qu'il semblait sur le point de poser sur la table devant les boîtes aux lettres. Il le reprit brusquement.

—Excusez-moi, lui dis-je.

Aussi vite, il enroula ses bras autour du sac à main et s'enfuit. Son sac à dos ouvert rebondissait alors qu'il le jetait par-dessus son épaule et courait. Il sortit en claquant la porte d'entrée, s'éloignant à toute vitesse.

Je me précipitai après lui, criant dès que l'air frais frappa mon visage. —Hé ! Arrête !

Le gamin était devant moi, à bonne distance. Il regarda en arrière pour voir à quel point j'étais proche, et mon partenaire se plaça sur le chemin du gamin.

Il heurta Masterson, rebondissant sur la poitrine de l'homme et trébuchant en arrière. Masterson avait sorti son arme, la pointant sur le gamin, avant de se retourner pour voir dans quoi il avait couru.

Je me dépêchai, arrivant à leurs côtés en quelques secondes.

—S'il vous plaît, monsieur, supplia le gamin. Je suis désolé. Je sais que je n'aurais pas dû le faire. Ma mère... je ne peux pas aller en prison.

—Qu'est-ce que tu as fait ? exigea Masterson du gamin.

Sa lèvre inférieure trembla et des larmes remplirent ses yeux noisette. Sa chemise avait une tache près de l'épaule, et son jean était déchiré d'une manière qui était clairement due à l'usure et non à la mode. Ses vêtements étaient trop grands de quelques tailles. Ses cheveux étaient brossés mais avaient besoin d'une coupe, pas seulement d'une retouche. La saleté sur sa joue disait qu'il avait plus de problèmes que simplement tenir un sac à main qui ne lui appartenait pas.

—Je l'ai volé à une dame la semaine dernière. Elle marchait sur la Riverwalk, et je l'ai attrapé. Je pense qu'elle s'est fait mal, mais ma mère... nous n'avons pas de nourriture. Elle travaille deux emplois, mais mon petit frère et moi n'avons qu'un repas par jour. Ma mère a encore moins. Tout son argent va au paiement de la chambre que nous louons et à la dette que mon père sans valeur lui a laissée. Je ne voulais pas blesser cette dame. Je ne savais pas qu'elle se battrait, mais elle avait l'air d'avoir de l'argent. Je ne voulais pas ses affaires. Je sais que c'était mal, mais—

—Tourne-toi. Mets tes mains derrière ta tête, aboya Masterson au garçon.

Il baissa la tête et soupira, puis posa le sac à main et son sac à dos par terre. Il se tourna et mit ses mains derrière sa tête, croisant mon regard pour la première fois depuis qu'il était à l'intérieur du bâtiment.

Je connaissais la douleur dans ses yeux. J'avais vu ce désespoir dans le miroir plus de fois que je ne pouvais compter. Une larme coula sur sa joue tandis que Masterson lui lisait ses droits Miranda et lui mettait les menottes.

Je me penchai et ramassai le sac à main. Je savais ce que j'allais trouver avant de l'ouvrir, mais je devais savoir. Je trouvai son portefeuille sans trop de difficulté et soupirai lourdement quand le visage de Trinity me sourit depuis sa photo de permis de conduire.

—Qui est ta mère, gamin ? lui demandai-je sans lever les yeux.

—Anna Charlotte, dit le gamin avec un hoquet.

Je soupirai à nouveau. Je connaissais Anna. Elle avait grandi non loin de moi à Oak Hill. S'il y avait une chose comme des logements sociaux à L'anse MacKellar, c'était là où nous vivions. Une petite communauté d'immeubles de type appartement avec des loyers bas. Si vous aviez de la chance, vous obteniez un endroit avec une chambre, mais la plupart étaient des studios. Ils ne se souciaient pas du nombre de personnes qui restaient dans une unité, tant que le loyer était payé à temps.

Anna avait un an ou deux de moins que moi à l'école. Elle était intelligente, mais elle traînait avec des gens qui valorisaient d'autres compétences. Elle avait épousé son amour de lycée quand elle était tombée enceinte, mais il était le genre d'homme qui pensait que les femmes étaient jetables. Après la naissance du deuxième fils d'Anna, son mari était parti. Elle avait essayé d'aider ses parents et leur avait donné de l'argent pour quitter Oak Hill, mais ils avaient pris l'argent et s'étaient enfuis, laissant Anna seule avec deux jeunes garçons et sans soutien.

Ma mère vivait toujours là-bas et connaissait Anna, alors elle m'avait raconté toute l'histoire. Le mari était toujours le mari parce qu'elle ne pouvait pas le trouver pour divorcer, ce qui signifiait qu'Anna était responsable de ses dettes.

Elle ne pouvait pas gérer une chose de plus.

—Dans la voiture, dit Masterson, ouvrant la portière arrière pour que le gamin entre.

Le fils d'Anna fit ce qu'on lui disait, ne se battant pas du tout. Il était vaincu, et il le savait. J'avais été là. J'avais été le gamin qui avait volé quelque chose et s'était retrouvé en route pour la prison. Mais j'avais eu un flic qui veillait sur moi. Quelqu'un qui avait pris le temps de m'aider. Quelqu'un qui avait changé toute ma vie.

Il était temps que je rende la pareille.

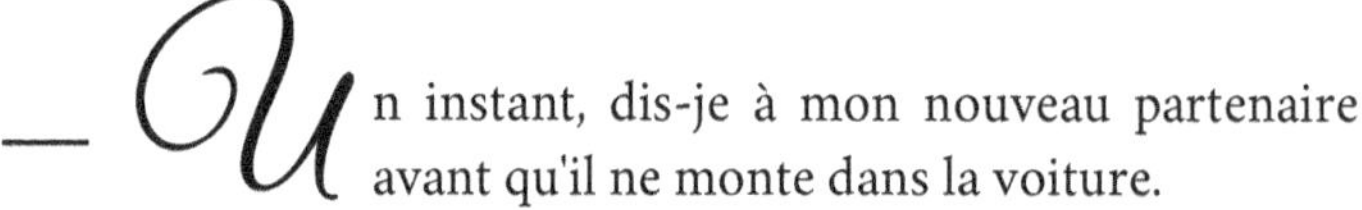

— Un instant, dis-je à mon nouveau partenaire avant qu'il ne monte dans la voiture.

— Quoi ? répondit-il, visiblement à court de patience.

— On ne l'emmène pas au poste.

— Tu plaisantes ? Pourquoi bordel ?

— Parce que c'est un gamin.

Masterson haussa les épaules. — Et alors ?

— Il mérite une seconde chance.

— Il mérite d'aller en prison. Sa mère paiera sa caution et il sera vite rentré.

— Sa mère n'a pas les moyens de payer sa caution.

Masterson souffla et secoua la tête. — Alors, on le laisse partir ? C'est pas le type que tu recherchais ? Celui qui a volé le sac à main ? Tu as changé les serrures de cette femme, tu es à fond sur elle, tu as trouvé le gars, mais maintenant tu ne veux pas qu'il paie pour ce qu'il a fait.

D'innombrables questions se bousculaient sur le bout de ma langue, mais je n'allais pas donner à mon nouveau partenaire la satisfaction de savoir qu'il avait deviné plus que ce que je lui avais dit sur Trinity. Je secouai plutôt la tête.

— Non, je ne veux pas qu'il paie pour tout. C'est un gamin. Il essayait d'aider sa famille. Il a fait une erreur, et il était là pour essayer de se racheter un peu. Ce n'est pas un mauvais gosse.

— Tu le connais ?

Je secouai la tête. — Je connais sa mère.

— Son père ?

— Pas de père. Il les a abandonnés. Laissant la mère criblée de dettes.

— Quel connard.

J'acquiesçai, sachant qu'aucun autre mot n'aiderait. Celui-là disait tout.

— Ça ne me plaît pas, dit Masterson. Mais je comprends.

J'acquiesçai une fois et acceptai cette petite victoire. Nous montâmes tous deux dans la voiture et je fis demi-tour pour quitter la ville. Personne ne parla tandis que je roulais vers l'autoroute 12 puis tournais vers le nord. Quand j'entrai dans le quartier où j'avais grandi, mes paumes devinrent moites et ma gorge se serra.

Je détestais être là. J'avais essayé de convaincre ma mère de partir, mais elle avait refusé. Elle disait toujours que c'était chez elle. Pas pour moi. Dès que j'ai pu, je me suis tiré de là. J'étais heureux de ne plus jamais remettre les pieds dans ce quartier. Mais en tant que flic, je n'avais pas le choix.

— Pourquoi on est ici ? demanda Joey.

La peur dans la voix du gamin me fit me demander s'il se passait autre chose. — Je pensais que tu vivais ici, Joey.

— C'est le cas, mais ma mère va me tuer. Vous ne pouvez pas lui demander d'argent maintenant. Elle n'en a pas. Elle fait de son mieux. Emmenez-moi plutôt en prison. Elle devra payer quelqu'un pour garder mon petit frère, mais ce sera moins cher que de me faire sortir.

La voix du gamin tremblait. Un petit hoquet indiquait qu'il pleurait à l'arrière.

— On ne va pas demander d'argent à ta mère, dit Masterson. On te laisse rentrer chez toi.

— Quoi ? Pourquoi feriez-vous ça ? J'ai volé cette dame.

— Tu vas recommencer ? demandai-je.

— Non. Jamais. Je suis désolé. Je n'aurais pas dû le faire. Mon frère n'avait rien mangé et ma mère a failli s'évanouir. Je voulais juste les aider.

Je me garai devant son immeuble et sortis de la voiture. J'ouvris sa portière et l'aidai à sortir, puis déverrouillai les menottes qui liaient ses poignets. Je le fis pivoter pour qu'il me regarde. — Regarde-moi, Joey.

Il prit une inspiration tremblante et croisa mon regard. Sa mâchoire était ferme et forte. Il ressemblait à son père, cet homme dont j'avais de vagues souvenirs du lycée. Cheveux châtain clair et yeux bleu-vert. Grand et mince mais fort. D'après ce que j'avais vu chez Trinity, je pensais que Joey avait environ quinze ans, mais debout là avec cette peur et cette détermination dans le regard, il paraissait beaucoup plus jeune.

Quand c'était moi qui sortais de l'arrière d'une voiture de police, je n'avais que treize ans. Mon frère en avait sept. J'avais volé des conserves de haricots à l'épicerie et m'étais fait prendre avec elles dans mes poches. Mon frère pleurait les week-ends parce que nous n'avions pas de quoi manger. Ma mère faisait de son mieux, mais l'école nous fournissait la plupart de nos repas. Le week-end, nous étions chanceux si nous avions un bon repas par jour. Les haricots étaient un aliment de base pour nous car ils étaient bon marché et duraient un moment, mais même les haricots coûtaient parfois trop cher.

Les gens qui n'avaient jamais eu de difficultés avec quelque chose d'aussi basique que d'avoir de la nourriture ne pouvaient généralement pas comprendre à quel point c'était effrayant de ne pas savoir si on allait bientôt manger à nouveau. Parce que ce n'était jamais juste la nourriture. À l'âge de Joey, il avait compris que si sa mère ne pouvait pas acheter de nourriture, elle ne pouvait peut-être pas non plus payer le loyer. Leur chauffage ou leur eau pouvaient être coupés. C'était une situation difficile, c'est le moins qu'on puisse dire.

— J'ai été à ta place. Je pointai l'immeuble à côté du sien. — J'ai grandi dans cet immeuble. Tu connais Mme Amelia ?

Joey acquiesça.

— C'est ma mère. Nous allons vous aider, toi et ta famille. Mais la seule façon dont je peux le faire, c'est si tu restes loin des ennuis. Tu me comprends ?

Joey acquiesça à nouveau, le soulagement inondant son regard.

Masterson resta près de la voiture pendant que j'accompagnais Joey jusqu'à la porte. La serrure extérieure était cassée, alors nous entrâmes directement dans l'immeuble. Je suivis Joey dans les escaliers jusqu'au deuxième étage. L'endroit sentait l'urine et la transpiration. Des voix se criaient dessus derrière des portes fermées trop minces pour permettre une quelconque intimité. Un bébé pleurait dans un appartement.

Joey s'approcha de la porte avec un numéro neuf et ouvrit la porte déverrouillée. Je l'examinai en entrant et vis que la poignée tenait à peine. Elle avait une serrure, mais une bonne poussée aurait fait sauter la porte de ses gonds.

— Je vais chercher ma mère, dit doucement Joey, baissant la tête en se dirigeant vers l'unique chambre.

Ils avaient de la chance d'avoir une chambre. La cuisine était sur la gauche, avec une petite table coincée dans l'espace exigu. Les murs jaune délavé et les comptoirs autrefois beiges me gifflèrent avec leur familiarité. Tous les appartements étaient conçus de la même façon, et c'était comme être chez ma mère, les souvenirs d'être ce gamin en difficulté remontant à la surface.

— Oh, mon Dieu, souffla une petite voix.

Je me tournai et la regardai, reconnaissant à peine Anna. Elle était grande, comme son fils, mais elle avait des courbes là où il était mince. Ses yeux avaient de lourds cernes en dessous, sombres et violets comme si elle n'avait pas bien dormi depuis une éternité. Ses cheveux étaient gras et filasses.

— Salut, Anna, dis-je avec un sourire que j'espérais rassurant.

— Que puis-je faire pour vous, Officier ? demanda-t-elle, croisant les bras sur sa poitrine.

— Laisse-moi t'aider, Anna.

Elle ricana. — Tu as quitté cet endroit si vite qu'on aurait dit que tu avais le feu aux fesses.

J'acquiesçai. — Je n'étais pas le seul.

Elle fronça les sourcils. — Ouais, eh bien, toi, tu n'es pas revenu.

— Pourquoi ne m'as-tu pas dit que les choses allaient si mal ?

— Ne te fais pas croire qu'on est amis, Officier. Je ne te connais pas et tu ne me connais pas.

Je soupirai. Elle avait raison. — Mais tu connais ma mère.

Un soupçon de sourire releva ses lèvres. — C'est vrai. Et Amelia est une vraie bouée de sauvetage, mais je ne peux pas la laisser me sauver.

— Sais-tu pourquoi je suis ici ? demandai-je, changeant la conversation d'une manière que j'espérais l'encouragerait à écouter.

Elle regarda Joey et secoua la tête. — Je suppose que c'est pour l'arrêter.

Je secouai la tête. — Pas aujourd'hui. Il m'a promis qu'il ne volerait plus.

Elle se tourna vers son fils et se plaça face à lui. Il était plus petit qu'elle d'une demi-tête, ce qui me fit penser qu'il était plus jeune que je ne l'avais supposé. Surtout quand sa lèvre inférieure tremblait.

— Tu as volé quelque chose ? À quoi pensais-tu ? Tu aurais pu être blessé. Pourquoi prendrais-tu quelque chose qui ne t'appartient pas ? Je t'ai dit tant de fois que je m'occuperai de tout.

— Matty avait faim, maman. Il pleurait. Et tu travailles tout le temps. Tu étais malade. Je sais que tu travailles dur, mais on n'a pas assez de nourriture. On n'en a jamais.

Anna me jeta un coup d'œil et ferma les yeux quand elle me vit l'observer, absorbant chaque mot qu'ils disaient. Après un moment, elle se tourna vers moi, mais prit la main de Joey.

— Matty a dix ans. Joey ici présent n'a que quatorze ans. Il surveille son frère après l'école pour que je puisse travailler. Je fais de mon mieux. Je ne savais pas.

— Je ne suis pas là pour te juger, Anna. Je veux aider. Mais nous savons tous les deux que la seule façon dont je peux t'aider est si tu me laisses faire.

— Quoi ? Tu veux être notre chevalier ? Allez, James, nous savons tous les deux que tu n'as aucun intérêt à être ici. Tu frémis rien qu'en te tenant dans cet endroit. Tu respires probablement par la bouche depuis que tu as mis les pieds dans ce bâtiment. Si je pouvais faire quoi que ce soit pour sortir mes garçons d'ici, je le ferais. Mais je n'ai pas de diplôme, j'ai à peine terminé le lycée, et je travaille déjà deux emplois à temps plein pour essayer de joindre les deux bouts. Ce n'est pas suffisant avec la dette que mon mari a mise à mon nom.

— As-tu demandé la faillite personnelle ?

Elle ricana. — Et garantir que ces garçons ne sortiront jamais d'ici ? Non merci.

— Que puis-je faire ? lui demandai-je. Elle savait ce dont elle avait besoin, mais elle allait aussi devoir accepter de l'aide.

— Rien. Il n'y a rien que tu puisses faire. Tu as amélioré ta vie. Moi, je ne fais que gâcher la mienne. Je vais trouver une solution. J'y arrive toujours.

— Anna-

— S'il te plaît. Ne fais pas ça, dit-elle, ses yeux me suppliant de laisser tomber. Elle ne voulait pas d'aide. Pas encore. Elle avait peur et elle était seule et elle en était arrivée au point où chaque personne d'Oak Hill se retrouve à un moment donné. Elle devait décider ce qu'elle allait faire. Si elle allait se battre ou si elle allait abandonner.

Anna ne voulait pas d'aide, mais c'était une battante. Elle trouverait un moyen, et si j'avais mon mot à dire, elle n'aurait pas à le faire seule.

En sortant de chez Anna, je pensais à contacter ma mère. Elle était la directrice du centre communautaire chargée des programmes pour les jeunes. Il y avait des frais, mais ils offraient des bourses en cas de besoin. D'habitude, elles étaient vite épuisées, mais s'ils avaient des places, cela pourrait aider Anna, ou permettre à Joey de trouver un emploi.

Une visite à ma mère était bien due, alors je décidai de ne pas appeler et d'aller la voir plus tard. Une décision qui s'avéra certainement justifiée quand j'aperçus l'air renfrogné sur le visage de mon nouveau partenaire.

— Y a-t-il quelqu'un dans cette ville que tu arrêteras vraiment ?

Je soupirai. — Tu ne comprends pas comment fonctionne cette ville. Tu ne peux pas embarquer tous ceux qui font quelque chose.

— Je pense que c'est toi qui ne comprends pas comment ce boulot fonctionne. Tu es censé arrêter les gens. Ce n'est pas notre travail de les juger, c'est notre travail de les arrêter et de laisser leurs pairs les juger.

Je me passai une main sur le visage et soupirai. — Joey a quatorze ans. Il a un frère qui a dix ans. Il a volé le sac à main de Trinity parce que son frère n'avait pas de nourriture. Joey n'est pas un gamin malveillant aux intentions mauvaises. Il essayait de nourrir son petit frère.

— Et tu penses que ça le rend acceptable ?

Je secouai la tête. — Non, mais je sais aussi que la position dans laquelle il se trouve n'est pas facile.

— Qu'est-ce que tu vas dire à la femme qui s'est fait voler son sac à main ? Que ce n'était pas grave parce que c'était un gamin ?

J'inspirai profondément et retins mon souffle. Je pensai à Trinity pendant une seconde et tout mon souffle s'échappa. Je pouvais encore sentir son parfum si je fermais les yeux. Goûter son baiser. Sentir son corps serré autour du mien. L'image d'elle penchée devant moi, son corps courbe glissant et prêt pour moi, me fit gonfler derrière ma braguette.

Je changeai de position sur mon siège et l'imaginai me regardant d'un air renfrogné. C'était facile puisque c'était généralement le cas. Mais cela se transforma en larmes. La peur dans ses yeux le soir où Joey a pris son sac à main était réelle. Et entrer et lui dire que c'était un gamin et que je l'avais laissé partir... Je n'étais pas sûr de comment elle le prendrait.

— Je m'occuperai de Trinity.

— Et du capitaine ?

— De lui aussi.

Masterson leva les yeux au ciel. — Je devrais juste monter à l'arrière.

— Pourquoi ?

— Parce que tu m'as menotté aussi. Je ne peux pas faire mon travail si tu ne vas pas réellement mettre quelqu'un en prison ou dresser une putain de contravention.

Je soufflai et reculai de la place de parking où nous étions. L'idée de menotter mon partenaire et de le jeter à l'arrière de la voiture avait un certain attrait, mais j'étais à peu près sûr que c'était une chose que je ne pourrais pas éviter si je le faisais.

QUAND MON SERVICE FUT TERMINÉ, je me dirigeai vers O'Kelley's. J'avais sérieusement besoin d'une bière, et peut-être d'un ou deux conseils. Hudson avait toujours les deux.

Je m'installai sur un tabouret au bout, comme d'habitude, et fis un signe de tête quand Piper posa une bière devant moi.

— Seul ce soir ? demanda-t-elle.

J'acquiesçai. — Ouais.

— Longue journée ?

J'acquiesçai à nouveau. — Définitivement.

— Tu veux quelque chose à manger ? Hudson est à l'arrière, mais je peux passer commande pour toi si tu es prêt.

— Merci, Piper. Des ailes épicées avec du roquefort et un panier de beignets de fromage.

— Je m'en occupe, dit Piper. Hé, Trinity.

Trinity prit le siège à côté de moi avant que j'aie eu une chance de me retourner et de la voir arriver. — Donne-moi la même chose que ce qu'il vient de commander.

— Des ailes épicées et des beignets de fromage ? demanda Piper.

— Oui. Et une bière. Et mets tout sur sa note. Il me doit bien ça, dit Trinity.

— Pour quoi ? demandai-je, la fixant. Être si proche d'elle

me donnait envie de tendre la main et de l'attraper. De la tenir. De la toucher. De l'embrasser. Tout ce qu'elle me laisserait faire.

Trinity haussa les épaules. — Tu fais toujours quelque chose. J'ai pensé qu'il était temps que j'en profite pour avoir un repas gratuit.

Piper gloussa en posant une bière devant Trinity et partit pour passer notre commande.

— Tu es juste venue ici pour manger gratuitement ? lui demandai-je.

Elle sirota sa bière et secoua la tête. — Non. J'ai reçu un appel aujourd'hui. Le type a dit que tu avais attrapé le gamin qui a volé mon sac à main. Et que tu l'avais laissé partir.

Elle haussa un sourcil parfaitement arqué et attendit. Sa peau brune brillait dans la faible lumière au-dessus du bar. Elle semblait éthérée, comme un cadeau juste pour moi. Sauf qu'elle n'était pas à moi et ne le serait jamais. Trinity n'avait jamais choisi de s'asseoir à côté de moi. J'avais peu d'espoir qu'elle reste longtemps. Et je savais que j'en serais responsable.

— Il a quatorze ans. Et il essayait d'obtenir de l'argent pour nourrir son frère de dix ans.

Elle soutint mon regard pendant un long moment. — Et tu crois que c'est la vérité ?

J'acquiesçai. — Oui. Je sais aussi où il habite, donc si tu veux que je l'arrête, je le ferai. Mais sa mère travaille deux emplois pour payer les factures. Son père les a abandonnés il y a des années et a accablé sa mère d'une tonne de dettes. C'est une bonne personne, et elle essaie juste de faire fonctionner tout ça. Joey, le gamin, il n'avait pas l'intention de te blesser ou de te faire peur. Il voulait juste s'assurer que son frère ait à manger.

Trinity hocha la tête pendant que je parlais puis soupira. — Est-ce que je peux faire quelque chose pour les aider ?

Eh bien, merde. Je suis tombé un peu amoureux d'elle à ce moment-là.

— Aider qui ? demanda Hudson, s'approchant de l'autre côté du bar.

— Le gamin qui a volé mon sac à main, expliqua Trinity.

Hudson me regarda, et j'acquiesçai.

— C'est une situation difficile, poursuivit Trinity, et je préfère les aider plutôt que de le voir voler quelqu'un d'autre.

— Je ne pense pas qu'ils accepteront la charité. Je connais la mère. C'est une femme plutôt fière, dis-je.

— Qui ? demanda Hudson.

— Anna Bradford. Maintenant Anna Charlotte.

Hudson secoua la tête. — Elle est d'ici ?

J'acquiesçai. — Elle a grandi dans mon quartier. Elle est plus jeune que nous. A épousé Nick Charlotte.

— Oh, dit Hudson, comprenant tout ce que je ne disais pas. Nick Charlotte était connu par à peu près tout le monde, même si c'était seulement par sa réputation. Ce qu'il avait fait à Anna était de notoriété publique. Elle n'était pas dans trop de cercles depuis la dernière décennie et demie puisqu'elle était occupée à élever ses garçons, mais tout le monde connaissait Nick.

— Ouais, acquiesçai-je. Son aîné a quatorze ans, le plus jeune en a dix. Ils connaissent maman, mais...

— Quatorze ans signifie que le gamin peut travailler. A-t-il essayé de trouver un emploi quelque part ? demanda Hudson.

Je secouai la tête. — Il surveille son frère pendant que leur mère travaille.

— N'y a-t-il pas des programmes après l'école ? demanda Trinity.

— Les gratuits sont toujours pris d'assaut. Et le reste coûte tous de l'argent. Généralement beaucoup d'argent.

— Peut-être que je pourrais couvrir le coût de ça, offrit-elle.

Je secouai la tête. — Je ne pense pas qu'elle accepterait.

— Il peut travailler ici, dit Hudson. Je pourrais utiliser un débarrasseur. Évidemment, cela voudrait dire trouver un endroit pour le frère. Il ne peut pas traîner ici pendant que son frère travaille. Je perdrais ma licence.

— Vraiment ? lui demandai-je. Tu ferais ça ?

Hudson acquiesça. — Si tu peux trouver une place pour le plus jeune frère, envoie-moi l'aîné. Ils pourraient accepter puisque ce n'est pas de la charité.

J'acquiesçai. — Merci, Hud. Ça compte beaucoup.

Il tapa sur le comptoir et s'éloigna. J'étais venu là pour des conseils et je repartais avec une solution potentielle. Cela semblait trop facile, mais ça pourrait marcher.

— Je suppose que c'est le type dont tout le monde me parlait, dit Trinity.

— Que veux-tu dire ? lui demandai-je.

Elle souffla un sourire et secoua la tête. — Je veux dire que tu n'es vraiment pas un con avec tout le monde. Juste avec moi.

Je me penchai et lui chuchotai à l'oreille : — J'ai été très, très gentil avec toi il y a quelques nuits si tu t'en souviens.

Son souffle se coupa et elle se pencha vers moi. Une teinte sombre apparut sur ses joues brunes et elle se lécha les lèvres. — Je n'ai pas pu l'oublier.

Eh bien, merde. Juste comme ça, j'étais à nouveau dur.

TRINITY

oir James déstabilisé était presque aussi excitant que le sexe violent que nous avions eu l'autre soir. Je disais la vérité quand j'affirmais que je n'avais pas pu m'empêcher d'y penser. De penser à lui. Il était devenu mon fantasme préféré, et même si je le détestais pour ça, je ne pouvais pas m'empêcher de me remémorer chaque seconde.

— Peut-être qu'on devrait recommencer un de ces jours, dit-il.

Je ricanai. Non pas parce que je n'en avais pas envie, mais parce que nous nous détestions. Je n'allais pas m'impliquer avec lui. Pas quand tout ce que nous faisions était nous disputer. Ou baiser. Mais c'était un événement unique.

— Ouais, je ne crois pas. De toute façon, j'ai rendez-vous avec quelqu'un ici.

Le feu dans ses yeux faillit me faire éclater de rire. L'énerver était amusant, aussi.

— Tu restes ici ou tu préfères que je mette ton plat à table quand il sera prêt ? demanda Piper en passant près de nous.

— À table, lui dis-je. Merci.

Elle hocha la tête et sourit en coin pour que James ne la

voie pas. Je lui fis un clin d'œil et réprimai mon propre sourire.

— Tu flirtes avec moi alors que tu as un rendez-vous ? cracha-t-il. Wow.

Je haussai les épaules, ne lui donnant pas la satisfaction d'une réponse, et glissai du tabouret.

— Je voulais juste de la nourriture gratuite. Je ne pensais pas que tu paierais si tu n'étais pas au courant. Te connaissant, tu essaierais de m'arrêter ou quelque chose comme ça.

— Dis un mot et je serai ravi de sortir mes menottes, dit-il, sa voix basse et sensuelle. L'éclat dans ses yeux disait qu'il y avait également pensé.

Cet homme était puissant. Je n'avais même pas besoin de passer dix minutes avec lui pour avoir envie de le traîner aux toilettes et de me pencher sur le lavabo. Mais je ne pouvais pas le faire. Je ne pouvais pas coucher avec lui à nouveau juste parce que c'était un sexe incroyable. C'était toujours avec l'officier James Rucker. L'homme qui avait presque réussi à me faire quitter la ville. Qui était gentil avec tout le monde sauf moi. Qui rendait très clair qu'il ressentait la même chose que moi.

— Crois-moi, je sais que tu saisirais n'importe quelle occasion pour me traîner hors d'ici, dis-je, laissant les mots flirteurs flotter entre nous. Mais pas ce soir.

Il fit la grimace tandis que je m'éloignais. Je me frayai un chemin à travers la foule, ses yeux fixés sur mon dos. Je savais que lorsqu'il verrait où je m'asseyais, il réaliserait que je m'étais moquée de lui. Je ne pouvais m'empêcher de savourer le fait qu'il saurait que je n'avais pas de rendez-vous comme il l'avait supposé, et que j'étais toujours disponible.

À l'exception du gars avec qui je parlais en ligne. Mais je ne le comptais pas encore. Nous ne nous étions pas rencontrés ni n'avions échangé beaucoup d'informations personnelles. Il pourrait devenir plus qu'un simple contact, mais je n'en étais pas encore sûre.

Je repris ma place entre Laura et Finley. Je bus une gorgée de la bière que j'avais emportée avec moi et jetai un regard en arrière vers James. Il secoua la tête et leva sa bière en salut, sachant qu'il s'était fait avoir. Je me contentai de sourire.

— C'était quoi ça ? demanda Piper en déposant mon assiette puis celles de Finley et Laura.

— Quoi ? demandai-je.

— Toi et James ? J'ai cru que j'allais devoir chercher le tuyau d'arrosage, dit-elle en s'éventant avec sa serviette de bar.

Je ris.

— J'aime bien l'embêter.

— Je croyais que tu le détestais, dit Finley.

— Oh, c'est le cas. Mais j'ai réalisé que c'est aussi amusant de jouer avec lui, dis-je, souriant à mon propre double sens privé.

— J'ai l'impression qu'il y a plus à cette histoire, dit Laura en penchant la tête et en se penchant en avant.

Je secouai la mienne, laissant mes boucles en spirale rebondir.

— Non. Il a été correct avec moi pour la première fois le soir où j'ai été volée. J'ai reçu un appel aujourd'hui m'informant qu'ils avaient trouvé le gars, et c'était juste un gamin. James l'a laissé partir. Je voulais juste lui demander et voir si c'était vrai.

— Tu sais qui c'était ? demanda Piper.

— Il a dit le nom, mais je ne le connais pas. La mère du gamin est d'ici et un peu plus jeune que lui et Hudson, mais je n'ai pas reconnu son nom. Anna quelque chose, peut-être.

Piper haussa les épaules.

— Je ne pense pas connaître une Anna. Tu vas porter plainte ?

— Non. Il essayait d'obtenir de l'argent pour acheter de la nourriture pour son frère. Je ne peux pas imaginer de meilleure raison. Il n'aurait quand même pas dû le faire, mais je comprends, lui dis-je.

Piper posa sa main sur mon épaule.

— Tu es une meilleure personne que je ne le serais. J'aimerais dire que je serais aussi indulgente, mais je ne sais pas si je le serais.

— Personne ne devrait avoir faim. S'il avait demandé, je lui aurais acheté de la nourriture. Peut-être qu'il apprendra ça et fera mieux la prochaine fois. Mais le forcer à faire des travaux d'intérêt général ou l'envoyer en prison ne résoudra rien pour lui. Il a besoin de savoir qu'il existe d'autres options.

— Tu parles comme James, dit Piper avec un sourire. Vous seriez vraiment parfaits l'un pour l'autre.

Je ricanai.

— Sauf pour le fait que nous nous détestons.

Elle haussa les épaules.

— Qui a dit que vous deviez vous apprécier pour avoir du très bon sexe ? On a déjà eu cette conversation. Vous n'avez même pas besoin de parler.

J'essayai de sourire narquoisement, mais le souvenir de notre spectaculaire partie de jambes en l'air contre la porte de mon appartement inonda ma mémoire. Piper avait raison. Nous n'avions pas besoin de parler. Pas du tout. Et pour une fois, je ne le détestais pas. Il me faisait tellement de bien que j'arrivais à peine à respirer après. Et si l'occasion se présentait, j'aurais du mal à le repousser à nouveau.

— Je ne sais pas, dit Laura. Je ne pense toujours pas que je pourrais coucher avec quelqu'un que je n'aime pas. À moins que ce soit quelqu'un que je ne connais pas bien. Mais si je le connaissais et ne l'aimais pas, je ne pense pas que je pourrais le faire.

— Tu serais surprise, dit Finley. J'avais un partenaire d'étude à l'université qui était un connard arrogant. Je le détestais. Un soir, nous étudiions tard et avons fini par coucher ensemble. Sans conteste, le meilleur sexe de ma vie. Le reste du semestre, nous étudiions puis faisions l'amour. Je ne l'ai jamais revu après ça, et je pense toujours que c'est un connard, mais le sexe était incroyable.

Laura renifla et secoua la tête.

— J'aimerais être plus comme toi. Sans jugement. J'aimerais juste pouvoir le faire.

— Avec qui coucherais-tu ? demanda Finley. Si tu devais choisir quelqu'un que tu n'aimes pas, qui serait-ce ?

Laura but une gorgée de son verre et se pencha en arrière.

— Je ne sais pas. Je n'ai pas vraiment pensé aux hommes depuis si longtemps.

— On doit vraiment te trouver quelqu'un, lui dis-je avec un sourire. Tu te sentiras mieux.

Elle rit.

— Tu crois que le gars serait dérangé si j'imaginais quelqu'un d'autre ?

Finley posa sa main sur celle de Laura.

— Oh, Laura. Tu ne lui dis jamais ça, et il ne le saura jamais !

Nous rîmes et hochâmes la tête. Tout comme je n'admettrais jamais avoir couché avec James. Jamais.

James était déjà parti quand j'ai quitté O'Kelley's ce soir-là. Je m'attendais à moitié à le trouver en train de m'attendre à ma porte quand je suis rentrée. J'essayai de ne pas être déçue quand il n'y était pas.

J'ai passé les jours suivants à enregistrer des vidéos et à créer de nouveaux designs. J'aimais l'idée de partager ce que je faisais avec de nouvelles personnes, des personnes comme moi. Tout le monde n'avait pas les moyens d'acheter des bijoux, mais cela ne signifiait pas qu'ils ne devraient pas avoir l'air sexy quand ils sortaient.

J'avais un rendez-vous avec Olive à Island Designs pour lui montrer certaines de mes nouvelles pièces. J'espérais qu'elle me laisserait proposer différentes options, mais je gardais aussi certains des articles que je préférais pour mon propre site web. Je me sentais un peu coupable, mais Olive m'assurait qu'elle comprenait parfaitement. Elle aimait l'idée de n'avoir que certaines choses dans sa boutique, et elle adorait promouvoir les entreprises locales. J'avais de la chance d'avoir rencontré quelqu'un comme elle. Grâce à Blake, bien sûr.

J'ai jeté mon sac sur mon épaule puis hésité. Même si je savais que le gamin qui avait attrapé mon sac à main était un cas unique, cela m'avait rendue plus consciente de mon imprudence depuis mon installation à L'anse MacKellar. Je savais ce que c'était que de devoir faire attention à tout. En vivant dans une petite ville, j'avais oublié. Et cela se voyait.

Avec mon sac en bandoulière, je suis partie visiter Olive. C'était une belle journée dehors avec le soleil brillant et la température encore chaude. Je savais que l'automne arrivait, mais pour quelques semaines encore, ce serait l'été. J'ai marché le long de la Promenade, affrontant la peur qui était en moi depuis la nuit où le gamin avait volé mon sac à main, et une partie de ma confiance. Je voulais lui pardonner et comprendre, mais cela ne signifiait pas que la peur disparaîtrait immédiatement.

Des gens faisaient du kayak dans la crique, leurs bateaux colorés se balançant doucement alors qu'ils se déplaçaient sur l'eau calme. l'Auberge L'anse MacKellar se dressait fièrement d'un côté de l'entrée de la crique avec l'ancienne maison familiale des MacKellar de l'autre côté. Deux structures massives qui semblaient déplacées dans une ville par ailleurs simple et pittoresque.

J'ai tourné dans la rue Joseph, coupant entre Cove Antiques et Pop My Corn en me dirigeant vers Island Designs. J'ai souri à quelques personnes que je reconnaissais. Cela me surprenait encore qu'après seulement un an, les gens sachent qui j'étais.

Olive était derrière le comptoir quand je suis entrée. Elle a fait un signe de tête vers l'arrière. J'ai souri et me suis dirigée vers son bureau officieux près de la machine de sérigraphie.

J'ai ouvert mon sac et sorti les articles que j'avais choisis pour montrer à Olive. J'avais du stock à réapprovisionner pour elle, mais les nouvelles pièces étaient celles que j'espérais qu'elle prendrait.

— J'entends dire que tes vidéos attirent beaucoup de trafic, dit Olive quand elle fut assez proche pour que je l'entende. Tu vas me mettre en faillite.

— Pas du tout, dis-je, en regardant autour de sa boutique bondée. Tu as tellement de choses que les gens ne peuvent pas trouver ailleurs.

— C'est là toute la beauté. Mais je sais que c'est un piège à touristes. Les gens viennent ici quand ils visitent. L'hiver est toujours calme.

— As-tu pensé à fermer en hiver ? Économiser un peu d'argent ?

Olive ricana.

— Et faire quoi ? Je m'ennuierais à mourir sans cet endroit où venir. Même si je n'ai qu'une ou deux personnes par jour, c'est plus que ce que je vois à la maison.

J'ai souri. Olive était mariée à son travail. Elle disait toujours que si elle avait pu s'en tirer en disant aux gens que c'était son amant, elle l'aurait fait. Elle l'aimait, et elle aimait parler aux gens et leur raconter les histoires qu'elle inventait sur la ville.

— Tu as des nouveautés pour moi ? Certaines viennent de tes vidéos ? demanda Olive.

J'ai hoché la tête et lui ai montré deux pièces que j'avais créées en direct sur ma chaîne YouTube.

— Je n'étais pas sûre de comment elles allaient tourner, mais elles sont plutôt géniales.

— Magnifique, dit Olive avec révérence, soulevant le bracelet et examinant toutes les perles.

C'était une chaîne reliée avec des perles suspendues à différentes boucles, de sorte qu'elle semblait torsadée même si ce n'était pas le cas. Elle avait une élégance presque surprenante en raison de la simplicité des matériaux, mais ça fonctionnait.

— Celui-ci se vendra certainement. Ce n'est pas un design facile, cependant. Tu penses que les gens pourraient le faire eux-mêmes ?

J'ai haussé les épaules.

— S'ils ont de la patience. J'ai des projets qui sont faciles et d'autres qui demandent un peu plus de soin, mais je pense avoir quelque chose pour tout le monde.

— Sauf les enfants, dit doucement Olive.

— Quoi ?

— Les enfants, répéta Olive. Les jeunes. J'ai eu quelques parents ici. Quand ils voient tes affiches, ils disent qu'ils aimeraient que tu fasses des vidéos de choses faciles pour les enfants. Je leur ai dit que je ne pense pas que ce soit ta clientèle cible.

— Non, je... J'ai fait une pause. Ça ne m'est jamais venu à l'esprit. Honnêtement, je ne suis pas sûre pourquoi. J'ai commencé à fabriquer des bijoux quand j'étais au lycée, mais il n'y a aucune raison pour que ce ne soit pas fait par des enfants plus jeunes.

— Tu dois savoir comment leur enseigner. Sais-tu parler aux enfants ?

J'ai ri.

— Bien sûr. Ce n'est pas si difficile.

Olive haussa les épaules.

— Peut-être. Et le centre de jeunesse ? Tu pourrais y aller et travailler avec eux avant de devenir trop prétentieuse.

J'ai souri narquoisement.

— Peut-être que je le ferai.

Olive hocha la tête puis rangea les pièces que je lui avais montrées dans une boîte.

— Qu'as-tu d'autre pour moi ?

Je lui ai montré le reste et lui ai remis tout ce que j'avais apporté avec moi. Nous avons discuté du prix et je suis partie avec un chèque qui me couvrirait pour la semaine suivante.

Après être passée à la banque, je suis allée au parc Catherine et me suis assise dans l'un des fauteuils surplombant la Crique. Quand j'ai visité L'anse MacKellar pour la première fois, je me suis assise dans le même fauteuil et j'ai imaginé ce que serait la vie si je m'y installais. J'en avais assez de l'agitation et du tumulte de la ville et voulais un rythme plus lent. Une partie de moi imaginait que je trouverais un homme dès le premier jour et que je serais installée et mariée un an après mon installation, mais ce n'était pas dans les cartes pour moi.

J'ai regardé la fresque de Blake représentant Mme Georgia. Je ne l'avais rencontrée qu'une fois et ne la connaissais pas bien, mais je pensais encore souvent à elle. C'était une femme incroyable qui avait élevé une autre femme incroyable. Je n'avais aucun moyen de savoir comment ma vie aurait changé si Mme Georgia était encore là, mais je ne pouvais pas imaginer que ça aurait été mieux.

Je lui ai souri et me suis levée, sachant qu'elle me regardait. Mme Georgia était l'ange gardien de nous tous. J'ai fait une prière silencieuse pour qu'elle soit avec Karissa alors qu'elle décidait si elle voulait une mastectomie ou non.

Sur le chemin du retour, j'ai aperçu Piper sur la Promenade assise sur un banc. Au lieu de passer devant elle comme je l'aurais fait en ville, je me suis arrêtée et me suis assise à côté d'elle.

— Salut, Trinity, dit-elle joyeusement quand elle leva les yeux. Comment vas-tu ?

— Bien. Tu profites du soleil ?

Elle hocha la tête.

— Oui. J'essaie de prendre mes pauses dehors autant que possible. C'est difficile de rester à l'intérieur toute la journée.

J'ai ri doucement.

— Je suis d'accord. J'avais l'habitude de garder ma portefenêtre ouverte quand je travaillais pour avoir de l'air frais.

— Avais l'habitude ?

— La peur paranoïaque m'a rattrapée.

Piper hocha la tête avec compréhension.

— Désolée. Ça craint de ne pas se sentir en sécurité.

— En travaillant dans un bar, je parie que tu as souvent ce sentiment.

C'était au tour de Piper de rire.

— Non. Si quelqu'un posait jamais la main sur moi ou sur quelqu'un d'autre, Hudson et James le tueraient. Hudson ne plaisante pas avec ce genre de chose, et James n'est jamais loin.

J'ai ricané et secoué la tête.

— C'est quoi la vraie histoire entre vous deux ? demanda Piper.

J'ai secoué la tête à nouveau.

— On ne s'entend pas. Jamais, et ça n'arrivera jamais.

— Tu vois, je trouve ça difficile à croire. Pas avec la façon dont il te regarde.

— Comme je l'ai dit avant, il attend probablement de voir quelque chose pour lequel il peut m'arrêter.

Piper arqua un sourcil.

— Je pense qu'il cherche quelque chose de très différent.

Tout mon corps s'est embrasé de chaleur. J'aurais voulu blâmer le soleil, mais il venait juste de se cacher derrière un nuage. J'ai essayé de produire des mots pour nier ce que Piper avait dit, mais l'éclat dangereux dans les yeux de James quand il m'avait poussée suggérait qu'elle pourrait avoir raison.

— Bon, peut-être que je me trompe, dit Piper en se levant.

J'ai hoché la tête.

— C'est le cas. Il ne m'aime pas.

Piper fixa l'eau pendant une seconde puis se tourna vers moi.

— Tu en es sûre.

J'ai encore hoché la tête.

Elle sourit narquoisement.

— Alors il ne se serait probablement pas autant énervé quand il a cru que tu avais un rendez-vous l'autre soir. Mais qu'est-ce que j'en sais.

Elle s'éloigna sans un mot de plus. Tout ce que je pouvais faire était de la regarder partir et d'essayer de me convaincre qu'elle avait vu quelque chose qui n'existait pas. Mais je n'étais même pas sûre de croire à ce mensonge.

Ou d'en avoir envie.

9

J'ai fait tout ce que j'ai pu pour éviter James et O'Kelley's pendant la semaine suivante. La dernière chose dont j'avais besoin, c'était que Piper, ou quelqu'un d'autre, pense qu'il se passait quelque chose entre James et moi. Piper n'est pas venue non plus à la soirée entre filles ce week-end, ce qui était encore mieux.

Mais cela m'a laissé un sentiment bizarre. Je n'arrivais pas à chasser ses paroles de ma tête, et je ne pouvais pas arrêter de rêver de James. Toute la nuit, j'imaginais qu'il se glissait dans mon lit et que nous enflammions les draps ensemble. Pendant la journée, je chassais impitoyablement les pensées de lui de mon esprit, mais le nombre de fois où je devais le faire était alarmant. Du genre alarmant comme un incendie à cinq alarmes.

L'autre chose à laquelle je ne pouvais m'empêcher de penser était la création d'options de formation pour les enfants. J'avais l'impression que je pouvais faire plus. Trop de jeunes finissaient par aller à l'université et en sortir avec plus de dettes que leur potentiel de gains, ou n'y allaient jamais parce qu'ils n'en avaient pas les moyens. Avoir un revenu stable était un rêve pour beaucoup de gens. J'avais une compétence qui m'avait été enseignée par ma grand-mère. J'avais continué à apprendre et à essayer de nouvelles choses, mais si elle n'avait pas été là pour m'encourager à le faire en premier lieu, je ne l'aurais jamais fait.

Je n'étais simplement pas sûre d'être assez douée pour enseigner aux enfants. Comme Olive l'avait dit, il fallait un certain tempérament pour les faire écouter. Les adolescents étaient plus préoccupés par les réseaux sociaux et les vidéos qui les divertissaient que par l'apprentissage d'une compétence. Ce qui signifiait que je devais en apprendre davantage sur la façon de parler aux enfants.

Merde alors.

J'étais en train de chercher des informations sur le centre pour jeunes qu'Olive avait mentionné lorsqu'une notification de À la Recherche du Héros Littéraire Parfait est apparue.

JPO

Je crois que je vais devoir me débarrasser du corps de mon collègue. Il me rend dingue aujourd'hui.

J'ai ri et secoué la tête.

FILLE DE DIAMANT

Probablement pas une bonne idée. Je connais un flic. Je me sentirais obligée de te dénoncer.

JPO

Tu connais un flic ?

FILLE DE DIAMANT

MDR, bien sûr. La vie dans une petite ville signifie que tout le monde connaît tout le monde. Je pensais que tu vivais près d'A-Bay ?

JPO

C'est le cas. Désolé, la peur a pris le dessus.
Je ne devrais probablement pas avouer
quelque chose à quelqu'un que je ne connais
pas.

FILLE DE DIAMANT

C'est probablement vrai. Je devrais dire aux
flics qu'un gars dont je ne connais pas le
nom, que je n'ai jamais rencontré et que je
ne peux pas décrire m'a dit qu'il avait enterré
un corps quelque part. Je suis une mine
d'informations.

JPO

Bon point. Tu es la personne parfaite à qui se
confesser.

FILLE DE DIAMANT

Hey ! Je serais complice ou quelque chose
comme ça. Je ne suis pas belle en orange.

JPO

Je parierais que tu es belle dans n'importe
quoi.

FILLE DE DIAMANT

Ou rien du tout ? N'est-ce pas comme ça
que cette phrase est censée finir ? Bien sûr,
c'est mieux en personne.

JPO

Alors peut-être devrions-nous nous
rencontrer un jour.

Mon sourire s'est effacé tandis que je digérais ses mots. Il
était parfait à travers le téléphone. Il disait toujours ce qu'il
fallait, il était gentil et doux et, dans ma tête, il était sexy avec
des mains incroyables et une langue encore meilleure.

Si nous nous rencontrions, tout cela pourrait changer. Et
s'il était impoli avec un serveur au restaurant ? Ou s'il était

l'une de ces personnes dont le rire est vraiment désagréable ? Ou si l'étincelle n'existait que lorsque nous n'étions pas en chair et en os ?

JPO

> Éventuellement. Pas de pression pour se rencontrer maintenant. Comment vont les choses ?

Une partie de moi a poussé un soupir de soulagement, mais une autre s'est sentie ridiculement déçue qu'il abandonne si facilement. Ce n'était pas juste puisque j'avais moi-même hésité à lui parler.

FILLE DE DIAMANT

> Ça va. J'envisage d'élargir mon entreprise pour essayer d'atteindre les enfants. C'est difficile d'y penser, cependant. Les enfants ont une concentration si limitée.

JPO

> C'est vrai. Je parlais à un adolescent l'autre jour et il n'était pas du tout intéressé par ce que je lui disais. Et c'est l'un des bons.

FILLE DE DIAMANT

> C'est ce qui m'inquiète. Je ne veux pas faire quelque chose qui finit par être inutile. Ce n'est pas que j'ai besoin de gagner de l'argent sur tout ce que je fais, mais j'ai vu les vidéos YouTube qui sont populaires en ce moment. Ce n'est pas moi.

JPO

> Tu veux dire que tu n'es pas une aspirante ado de 20 ans aux cheveux décolorés avec une voix aiguë qui te fait sonner comme si tu étais tombée dans la Vallée ?

J'ai pouffé de rire.

FILLE DE DIAMANT

Pas un seul mot de cette phrase ne me
décrit.

JPO

Dieu merci.

FILLE DE DIAMANT

Puis-je supposer sans risque que ce n'est
pas toi non plus ?

JPO

Bon sang, non. Ça me décrit parfaitement. Tu
devrais entendre mon gloussement avec ma
voix aiguë. On m'a déjà demandé si j'avais
déjà passé la puberté.

FILLE DE DIAMANT

Tu es méchant.

JPO

Ouais, eh bien, te parler me donne envie de
ne pas commettre de meurtre. J'aimerais
pouvoir entendre ton rire.

FILLE DE DIAMANT

Un jour. Désolée. Je suis prudente à la limite
de la paranoïa.

JPO

Ne t'excuse pas d'être prudente. Crois-moi,
ce n'est pas une mauvaise chose à mes
yeux.

FILLE DE DIAMANT

Merci. J'aime bien te parler.

JPO

Moi aussi.

Nous avons discuté encore quelques minutes, puis il a dit
qu'il devait retourner au travail. J'ai fermé l'application et je

suis retournée à ma recherche sur le centre pour jeunes qu'Olive avait mentionné.

L'adresse n'était pas trop loin, alors j'ai décidé d'aller voir. J'ai attrapé quelques perles, puis j'ai hésité et les ai remises à leur place. Si j'étais là-bas avec un groupe d'enfants, ils voudraient faire quelque chose eux-mêmes, pas seulement me regarder. J'irais simplement voir l'endroit et aviserais ensuite.

Je me suis garée dans le petit parking à côté du centre communautaire et j'ai regardé le bâtiment. Il avait certainement connu des jours meilleurs. La vieille brique était encore en bon état, mais un nettoyeur haute pression ferait des merveilles. Les fenêtres et les portes semblaient avoir été récupérées d'une prison. Le parking fissuré et les trottoirs étaient un accident en attente de se produire.

Je n'aurais pas dû être surprise par l'état de délabrement de l'endroit, mais après avoir vu le soin apporté à la plupart des bâtiments de L'anse MacKellar, il était surprenant de voir un tel état de délabrement.

J'ai fait un pas de côté pour éviter les pires fissures et j'ai monté les quatre marches jusqu'à la porte. Elle était verrouillée, et quand j'ai tiré dessus, un interphone que je n'avais pas remarqué auparavant a grésillé.

— Puis-je vous aider ?

J'ai appuyé sur le bouton et répondu :

— Euh, oui. Je voulais visiter le centre de jeunesse et me renseigner sur les opportunités de travailler avec les enfants.

La porte a sonné et je me suis précipitée pour l'attraper avant que la sonnerie ne s'arrête. Je suis entrée dans un vestibule avec un tapis rouge, aucune fenêtre et une lumière fluorescente vacillante. La porte devant moi n'avait pas de poignée, et la fenêtre à ma droite était condamnée.

Le déclic caractéristique du levier sur le côté opposé m'a avertie de reculer avant que la porte ne s'ouvre et ne me prenne les orteils. Une femme plus âgée aux cheveux gris et au regard perçant m'a scrutée.

— Suivez-moi, dit-elle sans me saluer.

J'ai acquiescé et je me suis déplacée derrière elle. Elle n'est pas allée loin, juste au bureau qui se trouvait de l'autre côté de la fenêtre condamnée, et m'a fait signe de m'asseoir sur la chaise en plastique près de la porte.

Elle est allée s'asseoir derrière le bureau, évitant de justesse une pile de papiers perchée sur le bord. Je n'étais pas sûre de comment ils tenaient en place et je me demandais si les papiers avaient simplement trop peur de la femme pour bouger.

— Nom, dit la femme en saisissant un stylo et en le positionnant au-dessus d'un formulaire.

— Trinity Mayer, ai-je dit automatiquement.

— Adresse.

J'ai incliné la tête et récité mon adresse et mon numéro de téléphone. Je me suis arrêtée quand elle a demandé mon numéro de sécurité sociale.

— Pourquoi avez-vous besoin de ça ?

La femme m'a regardée.

— Je croyais que vous aviez dit que vous vouliez travailler avec les enfants.

J'ai hoché la tête.

— C'est le cas, mais pourquoi avez-vous besoin de toutes ces informations ?

Ses sourcils se sont relevés. Elle a souri, pour elle-même, et a hoché la tête une fois. Elle a posé son stylo et a croisé les mains sur la paperasse qu'elle remplissait.

— Mademoiselle Mayer, savez-vous ce qu'est cet endroit ?

— Euh, n'est-ce pas le centre communautaire ?

Elle a hoché la tête.

— C'est le cas. Et cette partie est celle où les enfants

viennent. Certains dès la maternelle car nous sommes principalement un programme parascolaire.

— Euh, d'accord, ai-je dit, ne comprenant toujours pas pourquoi elle avait besoin de tant d'informations.

— Mademoiselle Mayer, je suis sûre que vous êtes une personne merveilleuse, mais tout le monde qui franchit cette porte ne l'est pas. Il y a des gens qui viennent ici pour faire du bénévolat parce qu'ils abusent des enfants, ils fantasment sur les enfants, ils enlèveraient ou violeraient des enfants si l'occasion se présentait. Quand je commence à leur poser ce genre de questions, ils se désistent et disent qu'ils n'ont plus de temps après tout. Parce qu'ils savent que si je fais une vérification de leurs antécédents, cela révélera quelque chose qu'ils ne veulent pas que je trouve. Alors, pardonnez-moi, mais c'est vous qui êtes venue à nous. Si vous n'avez plus le temps après tout, veuillez partir.

— Je suis désolée, me suis-je empressée de dire. Je n'y ai pas pensé. Je m'excuse. Non, je ne voulais pas... J'aimerais continuer, si c'est d'accord.

La femme a haussé un sourcil et hoché la tête.

J'ai répondu à chacune de ses questions. Quand elle a dit qu'elle avait besoin de trois références, je lui ai donné les noms et numéros de téléphone de Finley, Karissa et Laura. C'est seulement à ce moment-là qu'elle a posé une question qui ne servirait pas à vérifier mon identité ou à me contrôler.

— Pourquoi voulez-vous travailler ici ? a-t-elle demandé.

— Je suis créatrice de bijoux et je poste des tutoriels en ligne. J'ai réalisé qu'il y a un vide sur le marché en ce qui concerne les enfants. J'ai appris à concevoir quand j'étais adolescente, mais les enfants plus jeunes pourraient être intéressés. Je voulais avoir un aperçu, mais aussi redonner un peu.

La femme a hoché la tête.

— Je pense que c'est une excellente idée. Nous avons un

bon nombre d'enfants qui apprécieraient quelque chose comme ça. Cependant, nous n'avons pas d'autorisations de photographie des parents, donc vous ne pourriez pas enregistrer ici. Ils pourraient être vos cobayes, mais nous ne pourrions pas autoriser le tournage ou les photos sur place. Je suppose que vous fourniriez des kits pour qu'ils puissent faire le travail.

J'ai été surprise par la demande, mais j'ai acquiescé. C'était une excellente idée.

— Bien. Malheureusement, nous n'avons pas un gros budget, donc nous ne pourrions pas en payer beaucoup. Nous sommes toujours à la recherche d'activités pour les enfants et nous n'avons rien de tel, donc je pense que ce sera une bonne adéquation. Nous proposerons cela comme un cours auquel les enfants pourraient s'inscrire, mais nous devrions limiter le nombre en fonction du coût de chaque kit. Je suppose que votre temps est donné, n'est-ce pas ?

Elle a pris des notes et j'ai acquiescé.

— Bien sûr. Et je pourrais fournir les kits. Gratuitement.

Elle a plissé les yeux vers moi.

— Êtes-vous ici pour les bonnes raisons, Mademoiselle Mayer ?

J'ai hoché la tête.

— Oui. Et s'il vous plaît, appelez-moi Trinity.

— D'accord, Trinity. Je suis Amelia. Malheureusement, je dois vous mettre dehors car j'aurai bientôt des enfants qui arriveront. Je vous contacterai une fois que j'aurai vérifié votre crédit et vos antécédents et parlé à vos références. Ça ne devrait pas prendre trop de temps.

Je me suis levée quand elle l'a fait et je l'ai laissée me raccompagner hors du bureau et à l'extérieur. J'ai réalisé en m'éloignant en voiture que je n'avais jamais pu regarder l'endroit pour voir s'il y avait un espace que nous pourrions utiliser.

Au final, peu importait. Après avoir vu l'endroit, il était hors de question que je ne fasse pas quelque chose pour les aider. Même si je devais acheter des tables pour que les enfants les utilisent quand ils fabriquaient leurs bijoux ou faire des tutoriels sur un terrain de basket, je ferais en sorte que ça fonctionne.

J'AI INVITÉ FINLEY, Karissa et Laura à dîner ce soir-là pour les prévenir des appels potentiels d'Amelia. Et parce que mes amies me manquaient.

Je ne m'étais toujours pas habituée à avoir des gens autour de moi que je pouvais appeler et qui seraient là sans préavis. En ville, faire des choses avec d'autres personnes était un processus. D'abord, nous devions décider quoi faire, puis trouver où aller, puis quel horaire convenait à tout le monde avec leurs emplois du temps. C'était trop stressant et ennuyeux. Je n'avais jamais eu l'impression de vraiment m'intégrer avec les personnes avec qui je passais du temps. Et le fait que nous n'ayons pas gardé contact depuis mon déménagement prouvait que nous n'étions pas si proches de toute façon.

Un coup à la porte juste avant dix-huit heures m'a fait sourire avant même que j'y arrive. Quand j'ai vu Laura à travers le judas, mon sourire s'est élargi encore plus.

— Salut, ai-je dit en ouvrant la porte.

— Salut, a-t-elle répondu avec son propre sourire. Elle avait l'air business casual dans son legging noir et sa tunique lavande avec un grand sac hobo jeté sur son épaule. Seul le regard dans ses yeux disait qu'elle ne passait pas une bonne journée.

— Qu'est-ce qui ne va pas ?

Elle a secoué la tête et roulé des yeux.

— Je suis stupide.

— Nico ? ai-je demandé.

Elle a hoché la tête.

J'ai passé mon bras autour de ses épaules et l'ai conduite à l'intérieur. Elle s'est assise sur le tabouret que je lui ai indiqué et je lui ai versé un grand verre de vin. Elle m'a souri en guise de remerciement.

— Tu veux me dire ce qui s'est passé ?

Un coup à la porte nous a interrompues avant que Laura ne puisse répondre. Je suis allée laisser entrer Finley et Karissa. Elles étaient bruyantes et pleines d'entrain comme d'habitude, avec un plateau de quelque chose qui sentait délicieusement bon.

— Je vous ai invitées pour dîner. Vous n'aviez pas besoin d'apporter quoi que ce soit, leur ai-je dit alors que Finley déballait le plat. Ça avait l'air encore meilleur que ça sentait.

— Des bouchées de mac and cheese enroulées de bacon, a dit Karissa. J'ai vu la recette en ligne et je procrastinais aujourd'hui. Je voulais essayer quelque chose de nouveau.

— J'en ai besoin, a dit Laura, en en prenant une sur le plateau. Elle l'a fait sauter puis l'a laissée retomber sur le plateau. Chaud.

— Elles sortent juste du four, a dit Karissa. Désolée. J'aurais dû te prévenir.

J'ai sorti des assiettes pour que nous puissions déguster notre apéritif avant le dîner. J'ai versé du vin pour Finley et Karissa, puis j'ai rempli à nouveau celui de Laura et le mien.

— Tu en es déjà au deuxième verre ? a demandé Finley. Nous devons rattraper notre retard.

J'ai regardé Laura mais n'ai rien dit. Si elle voulait nous dire ce qui se passait, c'était à elle de décider. Je n'allais pas la pousser alors qu'elle souffrait visiblement.

— Nico voit quelqu'un, a dit Laura d'une voix tremblante.

— Il ne mérite pas ton temps, a dit Karissa. Écoute, j'aime

cet homme, presque autant que toi. Il m'a donné plus de temps avec ma mère, et je lui en serai toujours reconnaissante. Mais tu as passé trop de temps à souhaiter qu'il te remarque. Il est aveugle s'il ne peut pas te voir.

— Je ne suis que son infirmière. Je ne suis personne de spécial.

— Comment sais-tu qu'il voit quelqu'un ? a demandé Finley.

— Il me l'a dit.

— Quoi ? avons-nous toutes haleté.

Laura a inspiré profondément.

— Il m'a dit qu'il doit partir tôt demain parce qu'il a un rendez-vous en ville.

— Passe à autre chose, a dit Karissa.

— Je dois être d'accord avec elle, a dit Finley. Ce n'est pas facile, mais il n'est pas celui qu'il te faut.

Elle a acquiescé.

— Je sais. Je devrais simplement arrêter de penser que quelque chose va changer. Il ne voudra jamais de moi.

Elle a sorti son téléphone.

— Je dois accepter certaines de ces demandes et commencer à m'ouvrir. Ça ne vaut pas la peine d'être malheureuse et seule et de me demander si quelqu'un est là dehors.

— Bien joué, a dit Finley en levant son verre. Tu mérites mieux.

Laura a hoché la tête sèchement et a cliqué sur son téléphone. Nous l'avons toutes regardée pendant une minute, jusqu'à ce qu'elle lève les yeux. Ses joues ont rougi, et elle a posé son téléphone.

— Désolée.

— Il n'y a aucune raison d'être désolée, ai-je dit.

— Sauf si tu utilises une autre application que la mienne, a dit Karissa.

Laura a secoué la tête.

— Pas question. Je sais que si quelque chose m'arrivait, tu fournirais toutes les informations sur les personnes avec qui j'ai été mise en relation à la police pour qu'ils puissent retrouver mon corps.

— Tout à fait, a dit Karissa avec un sourire.

— Je n'y avais jamais pensé, ai-je admis. Bien sûr, j'essaie de ne pas penser au fait que quelqu'un devrait récupérer mon corps.

— C'est la chose la plus difficile pour moi concernant les rencontres en ligne, a dit Laura. J'ai du mal à faire confiance aux gens. Savoir que mes amis et ma famille ne sauraient jamais ce qui m'est arrivé si je disparaissais est dur. Pas que mourir serait génial, mais je pense que nous voulons toujours des réponses. Nous voulons savoir ce qui s'est passé. Nous voulons savoir pourquoi. Je préfère ne pas penser à mourir, mais si quelque chose arrivait, j'aimerais croire que celui qui en serait responsable serait traduit en justice.

— C'est sombre, ai-je dit.

Laura a haussé les épaules.

— C'est juste ma façon de penser. Mais j'en ai fini avec la peur de l'inconnu. Je ne suis pas heureuse en ce moment, alors je dois faire quelque chose. Peut-être que je rencontrerai le gars qui m'est vraiment destiné.

— Je l'espère, a dit Karissa. Est-ce pour ça que tu nous as invitées ? m'a-t-elle demandé. As-tu rencontré quelqu'un ?

J'ai pouffé.

— Non. Enfin, oui, mais pas comme ça. Je suis allée au centre de jeunesse aujourd'hui et j'ai proposé mon aide bénévolement. La femme là-bas a demandé des références et je lui ai donné vos noms.

— Elle m'a déjà appelée, a dit Finley. Je lui ai dit que tu donnes des coups de pied aux poussettes quand tu passes à côté et que tu frappes la nourriture des mains des sans-abri.

— Quoi ? ai-je haleté.

Finley a ricané.

— Tu penses vraiment que je dirais ça ?

J'ai ri avec elle.

— Elle a demandé depuis combien de temps nous nous connaissions et ce que je pensais de ton caractère. Elle fait juste son travail. Je ne le prendrais pas personnellement.

J'ai secoué la tête.

— Ce n'est pas le cas. Du moins, plus maintenant. Au début, je me demandais pourquoi je devais lui donner tant d'informations, mais je comprends. Ils doivent protéger les enfants.

— Exactement. Je pense que c'est standard. J'ai fait quelques petites choses là-bas avec leurs ordinateurs. Ceux qu'ils ont sont plutôt anciens. J'essaie de négocier pour en acheter de nouveaux. J'ai aidé pour quelques trucs, mais je n'ai pas travaillé avec les enfants. Je pense que c'est une excellente idée, a dit Karissa.

— Merci. J'ai hâte. Je pense que ce sera bon pour moi. Et elle m'a donné une excellente idée pour créer des kits. Je pense que je pourrais même parler à Melody d'ajouter un panier pour fête à ses options, comprenant un kit de fabrication de bijoux et un code privé pour voir une vidéo juste pour la fête. Qu'en pensez-vous ?

— Je pense que tu vas avoir besoin que j'étende cette application que j'ai créée pour toi, a dit Karissa.

— Oh, tu as une application, a dit Laura. Montre-moi.

J'ai tendu mon téléphone et laissé Laura jouer avec l'application. Elles en ont parlé pendant que je sortais le barbecue que j'avais acheté plus tôt du four. Ma bouche s'est mise à saliver alors que j'ajoutais la sauce et mélangeais le tout.

Nous avons apporté la nourriture sur les canapés et mis un film pendant que nous mangions. Nous avons échangé des idées sur le travail, la vie et les hommes. Il ne faisait aucun doute que j'avais trouvé ma place. Avec ces femmes incroyables comme amies.

Et peut-être avec mon match comme quelque chose de plus. Maintenant que je savais que Karissa pourrait transmettre ses informations aux flics s'il arrivait quelque chose.

D'accord, j'étais peut-être encore un peu paranoïaque. Mais si Laura pouvait être courageuse et essayer de passer à autre chose après Nico, je pourrais être courageuse et dire oui à une rencontre avec JPo un jour.

J'ai ouvert l'application et lui ai envoyé un message lui demandant s'il voulait toujours qu'on se rencontre.

JPO

Bien sûr que oui. Quand tu seras prête.

J'ai pris une respiration et souri en posant mon téléphone. J'étais prête à m'enraciner.

10

JAMES

Tout le commissariat bourdonnait quand je suis arrivé au travail. Il y avait un murmure sourd, comme lorsque quelque chose d'important s'était produit ou que nous avions fait une percée dans une affaire importante. Pour une petite ville, cela n'arrivait pas souvent, alors ça me mettait sur les nerfs.

Colin Jones se tenait dans le bureau du Capitaine Reynolds, hochant la tête. Ses bras étaient croisés sur sa poitrine pendant qu'il écoutait. Il n'était pas menotté, donc j'en ai déduit qu'il n'avait pas d'ennuis. À vrai dire, je ne pouvais pas imaginer Colin faire quoi que ce soit de mal, encore moins quelque chose d'illégal.

—Qu'est-ce qui se passe ? ai-je demandé au premier gars qui est passé près de moi. Il était jeune, l'une des recrues qui n'était avec nous que depuis peu. Comme tous nos commissariats étaient petits, nous faisions tourner les recrues et travaillions tous à les former.

—Un don. Ça doit être important. Je ne sais pas combien, mais quelqu'un a dit—

—D'accord, merci, ai-je dit sèchement avant de m'éloigner. Je n'avais pas de temps à perdre avec des rumeurs.

Je me suis assis à mon bureau et j'ai parcouru les rapports qui étaient arrivés pendant la nuit. Pas grand-chose ne s'était produit. Une intervention médicale avait envoyé des agents vérifier un couple dont le mari faisait une crise cardiaque. Un appel pour violence domestique avait amené des agents dans mon ancien quartier. Le dernier appel concernait un rapport d'ivresse publique à O'Kelley's pour quelqu'un qui faisait commander ses verres par d'autres personnes. Ce type était en train de cuver.

L'appel pour violence domestique était celui sur lequel je suis revenu. Oak Hill était généralement assez tranquille et les gens restaient discrets. Un appel à la police signifiait que quelqu'un avait peur. C'était aussi une bonne occasion de prendre des nouvelles d'Anna et de ses garçons.

Le Capitaine Reynolds avait fait venir Colin à notre réunion du matin. Il avait l'air complètement mal à l'aise, debout devant nous tous, à accepter les éloges qu'il recevait pour le don qu'il avait fait. Ces éloges étaient bien mérités, mais Colin était le genre de gars à rester en coulisses. Il pensait probablement qu'il pourrait simplement déposer un chèque et partir. S'il faisait un autre don, j'étais sûr qu'il l'enverrait par la poste.

—Nous pouvons faire beaucoup de bien avec cet argent, a dit le Capitaine Reynolds. Nous ne pouvons pas vous dire ce que cela représente pour nous.

—Eh bien, c'est en mémoire de quelqu'un qui, j'ai appris, était vraiment extraordinaire, a dit Colin avec un sourire.

—Beaucoup d'entre vous se souviennent de Luke Carter. Monsieur Jones est ami avec sa veuve, et il a voulu les honorer tous les deux par un don. Si certains d'entre vous ne sont pas encore allés à la Ferme d'Érable de la Famille Jones, vous devriez y faire un tour ce week-end et rendre la pareille à Monsieur Jones ici présent.

—Ce n'est pas nécessaire, a dit Colin rapidement. Je n'ai pas fait ça pour attirer des clients. C'était un remerciement à Madame Carter, qu'elle m'a demandé d'offrir à la ville. Elle adore L'anse MacKellar, et elle adore cette brigade. Je voulais rendre la pareille.

—Allez tous à la ferme, a insisté le capitaine, ignorant les paroles de Colin.

Nous avons tous ri.

—Merci, Capitaine. Je vais vous laisser travailler, a dit Colin. Il m'a fait un signe de tête en passant. J'ai levé un doigt pour lui demander d'attendre.

Le capitaine a passé en revue ce qui se passait et où nous en étions avec nos affaires en cours. Comme Masterson et moi n'avions rien d'ouvert, nous étions de patrouille pour la journée. Exactement ce que j'espérais... une journée coincé dans une voiture avec lui.

Colin était assis à mon bureau quand je suis sorti de la réunion. Je lui ai serré la main et me suis assis dans mon fauteuil pour les visiteurs.

—C'était vraiment génial, lui ai-je dit.

—Tu devrais goûter une de ses tartes. Elles sont géniales. En plus, elle a aidé Elise et l'a poussée vers moi. Je lui dois bien ça.

—Comment ça se passe entre vous deux ?

Colin a hoché lentement la tête, ses lèvres s'étirant en un sourire heureux. —Très bien. C'est la meilleure chose qui me soit jamais arrivée.

Le visage de Trinity a surgi dans mon esprit à ces mots. Je l'ai vite chassé. Trinity et moi n'étions rien, et certainement pas la meilleure chose qui soit.

—C'est super. Tu as réussi à la convaincre d'emménager ?

Colin a ri et secoué la tête. —Pas encore. Mais elle reste

chez moi plus souvent qu'autre chose. On en est à environ une nuit par semaine que l'on passe séparés.

—Ça doit être agréable, ai-je dit.

Il a acquiescé. —C'est vrai. Tu seras à O'Kelley's ce soir ? Tu as manqué les dernières semaines.

J'ai hoché la tête. J'évitais toute cette joie ambiante. Après la façon dont les choses s'étaient déroulées avec Trinity, je ne voulais pas affronter mes amis les plus proches et finir par leur dire que j'avais tout gâché avec elle. Je n'avais jamais avoué à aucun d'entre eux que j'avais essayé de l'arrêter le jour où nous nous étions rencontrés. Il valait mieux qu'ils pensent tous que nous étions simplement indifférents l'un à l'autre.

—Bien. À ce soir alors. Je dois y aller. Je ne pensais pas que ça prendrait autant de temps, a dit Colin en se levant.

—La prochaine fois, ai-je dit doucement, envoie-le par la poste.

—C'est déjà prévu, a confirmé Colin.

Je suis retourné à ma place et je venais à peine de m'asseoir quand Masterson s'est présenté devant moi pour me demander si j'étais prêt à partir.

—J'imagine que toi, tu l'es.

—Je suis prêt depuis un moment. Je t'attendais.

—Allons-y alors.

J'ai serré les dents et me suis forcé à laisser tomber. Il ne serait avec moi que pour quelques semaines encore, puis il serait indépendant. J'attendais ce jour avec impatience.

MASTERSON n'a rien dit quand j'ai conduit jusqu'chez Anna avant d'aller ailleurs. Il a haussé un sourcil vers moi, mais il a gardé la bouche fermée. Je me suis dit que c'était le mieux que je pouvais espérer.

Ma mère m'avait dit qu'Anna est généralement libre le jeudi, et comme c'était un jour d'école, j'espérais qu'elle serait plus disposée à me parler sans les garçons autour.

Masterson a dit qu'il allait parler à certains voisins au sujet de l'affaire de violence domestique de la nuit précédente. J'ai acquiescé, appréciant l'intimité qu'il me donnait pour parler à Anna. J'ai frappé à sa porte et attendu, secouant la tête une fois de plus en constatant que la porte d'entrée n'était pas sécurisée comme elle aurait dû l'être. Mais comme personne ne revendiquait vraiment la propriété, cela ne me surprenait pas. Les gens qui vivaient là avaient appris à s'occuper eux-mêmes des choses qu'ils jugeaient importantes.

Anna a ouvert la porte avec un torchon à la main. Son sourire s'est évanoui dès qu'elle m'a vu. Son regard a vacillé derrière moi comme si elle s'attendait à ce que quelqu'un d'autre soit là. Elle a reculé et fermé la porte après que je sois entré.

—Que puis-je faire pour vous, officier ? a-t-elle demandé doucement, un tremblement de défi dans la voix.

—Je t'ai laissé des messages. Pourquoi ne réponds-tu pas à mes appels ?

—Écoute, je sais ce que la plupart des gens pensent de moi. Je sais que je ne suis pas une femme de la haute société. Je sais que je suis de la racaille. Mais je ne suis pas une putain. Je ne vais pas te baiser pour garder mon fils hors de problèmes.

—Whoa, Anna, qui a parlé de ça ? Je n'ai jamais demandé ça. Je veux t'aider.

—Et les autres personnes qui vivent ici ? Tu veux les aider aussi ? Tu frappes à leurs portes ? Ou est-ce que tu t'en prends uniquement à la mère célibataire ?

J'ai reculé et essayé de voir les choses de son point de vue. —Anna, je suis désolé. Je n'ai jamais voulu te mettre mal à l'aise. Je veux vraiment t'aider. Et ça commence par une personne. Si je peux t'aider, peut-être que je pourrai aider quelqu'un d'autre après toi. Peut-être que ton départ d'ici inspirera quelqu'un d'autre à faire de même.

Elle a ricané. —Tu sais comment c'est ici, James. C'est débilitant. Ça te fait sentir que tu n'auras jamais une vie normale. J'étais sortie. J'étais libre. J'avais tout. Et puis tout a disparu. Je suis destinée à être ici. Je suis destinée à vivre cette vie. Je n'aurais jamais dû penser que j'étais meilleure que cet endroit.

Elle s'est retournée et est retournée à la cuisine. Un évier rempli d'eau savonneuse l'attendait. Elle y a plongé les mains et a commencé à frotter quelque chose avec fureur.

J'ai regardé autour de son appartement et essayé de ne pas laisser l'émotion me submerger. Ce qu'elle avait dit m'avait profondément touché. Depuis que j'avais déménagé, j'avais eu les mêmes pensées. Je ne méritais pas mieux que de vivre là. Ma maison était précaire. Je savais qu'elle pourrait m'être enlevée en un clin d'œil si je n'étais pas prudent. Anna avait tout fait correctement quand elle était partie. Elle s'était mariée, avait fondé une famille et avait essayé d'aider ses parents. Et toutes les personnes sur lesquelles elle comptait l'avaient trahie. Des gens qu'elle aimait, des gens qui disaient l'aimer. Pourquoi devrait-elle accepter mon aide ?

J'ai lutté pour mettre de côté mes propres craintes de me retrouver ici et j'ai suivi Anna à la cuisine. Je me suis tenu au milieu, la regardant faire la seule chose qu'elle pouvait faire pour améliorer l'endroit pour ses fils. Ma mère faisait la même chose. Je lui avais demandé pourquoi elle se donnait la peine de nettoyer alors que notre appartement était un tel taudis. Elle disait toujours que ce n'était pas l'endroit le plus chic ou le plus grand, mais qu'elle allait s'assurer qu'il soit propre et que nous soyons en sécurité et en bonne santé.

—Un de mes amis possède O'Kelley's. Il a dit que Joey pouvait débarrasser les tables pour lui après l'école.

—Je ne veux pas de charité, a dit Anna sans me regarder.

—En quoi lui offrir un emploi est-ce de la charité ?

Elle s'est retournée vers moi, ses yeux brûlant de colère. —A-t-il publié l'offre d'emploi ? Est-ce un poste qu'il cherchait à pourvoir ? A-t-il interviewé d'autres personnes ? A-t-il même rencontré Joey ?

Mes joues ont brûlé face aux réponses à ses questions.

—James, va-t'en. Laisse-nous tranquilles. Nous nous en sortirons. Nous l'avons toujours fait. Il n'y a aucune raison pour que tu t'inquiètes pour nous maintenant. Tu ne l'as jamais fait avant.

La finalité dans sa voix m'a frappé. Elle avait raison. Je n'étais pas revenu. Je restais dans ma maison et je craignais d'y retourner. J'étais tellement absorbé par mes propres problèmes que j'avais perdu de vue le fait que des gens y vivent toujours. Ils vivent dans un environnement dangereux, comptant sur le fait qu'aucun d'entre eux n'a rien qui vaille la peine d'être volé pour empêcher les gens d'entrer par effraction. Se faisant confiance qu'aucun d'entre eux n'est meilleur que les autres.

—Je suis désolé, Anna, ai-je dit doucement avant de sortir.

Mon esprit était envahi de pensées et de promesses brisées. Ma mère était restée là. Elle n'avait jamais voulu partir. Elle était fière du foyer qu'elle avait créé pour mon frère et moi. J'en avais toujours eu honte, et je l'avais encore. Je ne disais pas aux gens que j'y avais grandi. Je n'en parlais pas. Je me considérais comme meilleur, je gardais le nez en l'air et agissais comme si j'étais trop bien pour ça.

Je ne pouvais plus continuer ainsi. Je leur devais plus que cela.

Quand le sac de Trinity avait été volé, j'avais remplacé sa serrure sans y réfléchir. Ça ne m'avait coûté que du temps, mais c'était quand même quelque chose que je n'avais pas hésité à faire. J'étais entré chez Anna deux fois ces dernières semaines et j'étais passé les deux fois devant la serrure cassée de la porte d'entrée sans rien faire.

Il était temps que je change les choses pour les gens que j'avais été autrefois.

JE RÉFLÉCHISSAIS ENCORE à ce que je pourrais faire lorsque mon service s'est terminé et que je me suis dirigé vers O'Kelley's. Mon téléphone a sonné dans ma poche alors que je m'asseyais, et je l'ai sorti juste avant que Piper ne pose une bière devant moi.

—Tu n'es pas venu beaucoup dernièrement. Tout va bien ?

J'ai hoché la tête. —Juste occupé.

—C'est tout ? a-t-elle demandé, avec un regard entendu.

J'ai plissé les yeux vers elle, essayant de déterminer si elle savait quelque chose ou si elle essayait de me piéger. Je n'avais dit à personne que j'avais couché avec Trinity, mais ça ne voulait pas dire qu'elle l'avait gardé pour elle. Je ne voulais pas risquer de la croiser à O'Kelley's, ou ailleurs, depuis lors. Et je ne voulais pas écouter Ramsey, Colin et Ian parler de la façon dont leurs relations étaient formidables.

—Qu'est-ce que ça pourrait être d'autre ? ai-je demandé à Piper.

Elle a haussé les épaules et souri. —Je me demandais juste.

Elle s'est éloignée, me laissant penser qu'elle savait quelque chose. Mon téléphone a sonné de nouveau, et j'ai abandonné mes pensées sur Piper quand j'ai vu un message de À la Recherche du Héros Littéraire Parfait.

Je m'étais inscrit à l'application un soir où Karissa embêtait tout le monde pour qu'ils l'obtiennent. Je n'avais aucun intérêt pour les rencontres en ligne, et son application n'était pas vraiment meilleure pour moi, mais je m'y étais inscrit. J'avais ignoré les premiers matchs que j'avais eus, mais j'avais fini par échanger des messages avec quelques-unes. C'était sans pression et facile. J'avais rencontré une des femmes avec qui j'avais matché. Elle était magnifique et nous nous étions bien amusés, mais elle ressemblait plus à une sœur qu'à quelqu'un pour qui je pourrais tomber.

Celle avec qui je parlais dernièrement me faisait rire, quelque chose que je n'avais pas fait assez ces derniers temps.

FILLE DE DIAMANT

Tu veux toujours qu'on se rencontre un jour ?

JPO

Indique l'endroit et l'heure, et j'y serai.

Quand j'avais abordé le sujet la première fois, elle m'avait fermement repoussé, mais la semaine dernière, elle avait demandé si nous pouvions nous rencontrer. Je ne savais pas ce qui avait changé son avis, mais j'étais partant.

FILLE DE DIAMANT

Quelle est ta boisson préférée ?

JPO

Est-ce que la bière compte ?

FILLE DE DIAMANT

Bien sûr.

JPO

Parfait.

FILLE DE DIAMANT

Qu'est-ce qu'il y a de mieux dans ton travail ?

JPO

Aider les gens.

J'ai répondu automatiquement parce que c'était toujours

la raison pour laquelle j'avais décidé de devenir policier, mais la réponse m'a retourné l'estomac. Je n'aidais pas assez de gens, et pas d'une manière qui comptait.

FILLE DE DIAMANT

Très noble de ta part. Qu'aimes-tu faire
quand tu ne travailles pas ?

JPO

Passer du temps avec des amis.

FILLE DE DIAMANT

Y a-t-il d'autres femmes avec qui tu es
impliqué en ce moment ?

J'ai hésité. Une partie de moi voulait dire oui, mais Trinity et moi n'étions pas impliqués. Pas vraiment. Peu importait qu'elle soit celle à qui je pensais quand j'étais seul, même avant notre unique fois ensemble. Si nous étions quelque chose, je ne parlerais pas à quelqu'un sur une application de rencontres.

JPO

Non.

FILLE DE DIAMANT

Bien. La vie est trop courte pour être
malheureux. J'essaie d'adopter cette
philosophie en ce moment.

JPO

Toi et moi pareil.

FILLE DE DIAMANT

J'ai hâte de te rencontrer.

JPO

Moi aussi.

J'ai attendu qu'elle me réponde, mais elle ne l'a pas fait.

Quand j'ai vu qu'elle s'était déconnectée de l'application, j'ai fermé la mienne et pris ma bière.

Ian a pris la place à côté de la mienne pendant que je buvais. Il a hoché la tête et levé un doigt pour demander une bière. Hudson, de nouveau derrière le bar, l'a apportée.

—Je n'ai pas encore vu le gamin. Tu lui as parlé du travail ? Je l'attendais, a dit Hudson.

J'ai acquiescé et grogné. —J'appelle sa mère depuis que nous en avons parlé il y a des semaines. J'y suis allé aujourd'hui, et elle a dit qu'elle ne voulait pas de charité.

—En quoi lui offrir un emploi est-ce de la charité ? a demandé Hudson.

—J'ai dit la même chose, mais elle a demandé si l'offre avait été publiée et si tu avais interviewé quelqu'un d'autre ou si tu cherchais même quelqu'un pour le poste avant. Elle a aussi demandé si tu avais rencontré son fils.

—Merde, a soufflé Hudson.

J'ai hoché la tête. —Ouais, c'est exactement ce que je me suis dit. Je comprends, cependant. En vivant à Oak Hill, tu renonces à avoir un coup de chance. Tu décides que le monde est contre toi et que jamais rien ne marchera pour toi.

—Mais j'essaie d'aider, a protesté Hudson.

—Je sais. Mais Anna est le genre de personne qui veut une aide qu'elle a méritée. Si elle est payée un dollar de plus de l'heure parce qu'elle travaille dur, elle n'y pensera pas à deux fois. Mais si son fils prend un emploi parce que tu en as créé un pour lui, elle est offensée que nous pensions qu'elle ne peut pas s'occuper de sa famille.

—Je peux comprendre ça, a dit Ian. Blake est souvent comme ça. Quand nous nous sommes mis ensemble, sa mère a vomi partout sur son canapé. Ramsey et moi nous en sommes débarrassés pour elle, et elle était contrariée parce qu'elle n'avait pas l'habitude que des gens l'aident sans rien demander en retour.

—Anna pensait que j'essayais de coucher avec elle, ai-je admis.

—C'était le cas ? a demandé Hudson.

—Non ! Je veux juste les aider. J'ai été comme son fils. J'ai vécu là-bas et j'ai vu ma mère lutter pour maintenir les choses ensemble. Je sais comment sont leurs vies. Je voulais juste aider.

—Alors, aide. Achète un sac de courses, fais un barbecue dans le parking, répare quelque chose dans l'appartement. Aide-les, a dit Ian.

J'ai pris une profonde inspiration. —Je pensais justement à faire exactement ça. Ça vous intéresse de vous joindre à moi ?

Ian et Hudson ont échangé un regard et ont tous deux hoché la tête. —Absolument.

11

Le temps que Colin et Ramsey arrivent, Ian, Hudson et moi avions déjà généré près d'une douzaine d'idées pour aider Anna et les autres habitants de son quartier. Nous les avons informés de nos projets, et ils voulaient également participer.

— Je pourrais offrir des conseils juridiques gratuits, suggéra Ramsey. Peut-être même aider certains d'entre eux à obtenir des prêts ou établir des contacts avec d'autres personnes de la communauté.

— Je pense que toute initiative solidaire est bienvenue. Je dois avouer que je n'y ai pas passé beaucoup de temps depuis mon départ, leur confiai-je. Je n'aime pas y retourner.

— Revenir n'est jamais facile, dit Hudson, le regard distant.

— Tu crois que tu sortiras de nouveau avec quelqu'un un jour ? lui demanda Colin.

Si n'importe lequel d'entre nous avait posé cette question, Hudson serait parti, mais Colin avait ce don de faire sentir aux autres qu'il voulait simplement mieux les connaître. Colin ne savait pas juger les gens.

Hudson hésita puis haussa les épaules. — Je ne sais pas. Je n'imagine pas être avec quelqu'un d'autre qu'Hillary. Elle était tout pour moi. Ce n'était pas parfait, mais je l'aimais. L'idée de ressentir ça à nouveau, et de perdre quelqu'un d'autre, me terrifie.

— Je ne pense pas que cette peur disparaisse un jour, dit Ramsey. Je rentre auprès de Melody chaque soir et j'ai encore ces craintes. Mais j'ai la chance de savoir à quel point ça fait mal de perdre la femme qu'on aime et à quel point c'est merveilleux de pouvoir l'aimer à nouveau. Je comprends ce que tu veux dire quand tu n'es pas sûr de pouvoir aimer à nouveau. Quand Melody et moi étions séparés, l'idée qu'elle ne soit pas la dernière femme que j'embrasserais me tuait presque.

Hudson fixa Ramsey longuement et hocha la tête. — C'est pour ça que j'avais envie de te gifler quand toi et Melody n'arriviez pas à vous retrouver. Je donnerais n'importe quoi pour avoir Hillary à nouveau. On n'abandonne pas la femme qu'on aime. Pour rien au monde.

— Plus jamais, dit Ramsey solennellement.

— D'accord, dirent Ian et Colin à l'unisson.

— Puisque Hudson n'est pas prêt à sortir avec quelqu'un, et toi ? me demanda Colin.

Je ricanai et secouai la tête. — La dernière chose dont j'ai besoin, c'est d'une femme qui essaie de me dire quoi faire.

— Ça peut être sexy, dit Ian avec un sourire narquois. J'aime quand Blake devient autoritaire.

Hudson secoua la tête et s'éloigna en marmonnant quelque chose comme quoi il ne voulait pas entendre la suite.

— Elise est toujours autoritaire, mais quand elle devient autoritaire dans la chambre... ces moments-là ne me dérangent pas, dit Colin. Il sourit et but une gorgée de bière, perdu dans ses propres pensées.

— Attendez d'avoir des enfants. J'ai deux femmes qui me

disent quoi faire. Mais ça ne me dérange toujours pas, dit Ramsey. Quand vous aurez des enfants, ils vous mèneront par le bout du nez.

Je ricanai et secouai la tête. — Je n'ai déjà pas de femme et maintenant tu me donnes des enfants. Doucement. Et puis, je ne suis pas sûr de vouloir des enfants. Avec tout ce que je vois chaque jour ?

— Oh, s'il te plaît. On est à L'anse MacKellar, pas à New York, dit Ramsey avec un petit rire.

— Alors, c'est ici que tu traînes, dit quelqu'un en s'asseyant à côté de moi.

Je me retournai et gémis en voyant Masterson prendre place sur le tabouret à côté du mien.

— Tu vas me présenter à tes potes ? Il fit un signe de tête vers eux. — Je suis Rowan. Son nouveau partenaire. Je suis sûr que vous avez tous entendu dire quel connard je suis, à vouloir qu'il fasse des choses comme arrêter et verbaliser les gens.

Hudson s'approcha et demanda à Masterson ce qu'il voulait boire.

— Whisky. Avec des glaçons.

Hudson acquiesça, versa la boisson puis la fit glisser devant Masterson. — Tu ouvres une ardoise ?

Il me jeta un coup d'œil pour s'assurer que c'était quelqu'un à qui Hudson pouvait faire confiance pour payer. J'acquiesçai. — Hudson, voici mon partenaire temporaire, Rowan Masterson.

— Sans blague ? dit Hudson avec un sourire. Dans ce cas, le premier verre est pour moi. Il mérite quelqu'un qui va lui hérisser les plumes et l'énerver un peu.

— J'ai déjà quelqu'un comme ça dans ma vie. Je n'en ai pas besoin de deux, dis-je à voix basse.

— Ouais, eh bien, il me hérisse tout autant. Je n'arrive

toujours pas à croire qu'il a laissé partir le type qui a volé le sac à main, dit Masterson.

Hudson haussa les épaules. — C'est la vie dans une petite ville. On veille les uns sur les autres. On discute tous d'aider les familles d'Oak Hill. On échangeait quelques idées. Si tu veux participer, fais-le-nous savoir.

Masterson hocha la tête. — Ça me va. Peut-être montrer à la communauté qu'on n'est pas tous mauvais. Juste toi.

Ramsey et Ian pouffèrent. Je levai les yeux au ciel. Hudson se contenta de sourire.

— Tu devrais revenir. Ces idiots viennent ici presque tous les jeudis soir. J'habite ici, dit Hudson.

— Je pourrais faire ça. Merci. À condition qu'il ne me tire pas dessus demain, dit Masterson en se levant et en faisant glisser un billet sur le comptoir.

— J'ai dit que le premier verre est pour moi, dit Hudson en le repoussant d'un geste.

— Alors, mets-le de côté pour ce projet communautaire. Ça ne sera pas gratuit, dit Masterson.

Hudson acquiesça, et Masterson dit que c'était sympa de les rencontrer tous et s'éloigna. Ce ne fut pas long avant que les questions commencent.

— Il a l'air plutôt bien. Pourquoi tu ne l'aimes pas ? demanda Hudson.

— Ouais, je m'attendais à un connard, pas à un gars qui te taquine et fait un don pour une bonne cause, dit Ramsey.

— Je ne savais pas à quoi m'attendre, mais il peut revenir, dit Ian.

— Vous êtes tous nuls, leur dis-je.

— Je veux juste savoir qui d'autre dans ta vie te hérisse les plumes, dit Colin.

— Personne, marmonnai-je, regrettant de ne pas avoir gardé la bouche fermée.

— Oh, non, ce n'est certainement pas personne, dit Ramsey. Qui est-elle ?

— Quelqu'un qu'on connaît ? demanda Ian.

— Non. Je dois y aller, dis-je en finissant ma bière et en jetant quelques billets sur le comptoir.

— Est-ce que c'est Trinity ? demanda Hudson avec un sourire narquois dans la voix.

Je m'arrêtai juste assez longtemps pour que les autres le remarquent.

— Trinity ? Sans déconner. Je ne savais pas que vous étiez ensemble, dit Ramsey.

— Nous ne le sommes pas, protestai-je.

— Mais tu voudrais l'être, dit Ian, ce n'était pas une question. — Tu l'aimes bien. Pourquoi tu ne nous l'as pas dit ?

— Il n'y a rien à dire.

— Elle pense qu'il est un con. Principalement parce qu'il l'est quand elle est dans les parages, dit Hudson.

Je lui lançai un regard noir, mais il se contenta de se balancer sur ses talons avec un grand sourire.

— J'aime bien Trinity, dit Colin. Elle a flirté avec moi la première fois qu'on s'est rencontrés.

— Moi aussi, dirent Hudson et Ian.

— Et toi, James ? Est-ce qu'elle a flirté avec toi ? demanda Ramsey.

— Non, est-ce qu'elle a flirté avec toi ? rétorquai-je.

Ramsey ricana. — Je porte une alliance, donc non. Pourquoi n'a-t-elle pas flirté avec toi ? C'est une femme amicale et qui aime flirter. Qu'est-ce qu'elle n'a pas aimé chez toi dès le premier regard ?

Je tordis mes lèvres et essayai de trouver un moyen de leur dire sans avoir l'air d'un parfait con. Hudson m'épargna cette peine.

— Il a essayé de l'arrêter en guise de geste de bienvenue en ville.

— Tu as fait quoi ? demanda Colin.

Les autres connards éclatèrent de rire.

— Bon, je dois demander pourquoi, dit Ramsey. A-t-elle besoin d'un avocat ?

— Elle était en train de forcer sa voiture, marmonnai-je.

— Sa propre voiture ? Et tu allais l'arrêter ? demanda Ian.

— Je ne savais pas que c'était sa voiture, protestai-je.

— Pas étonnant qu'elle ne t'aime pas, dit Colin. Moi aussi, je penserais que tu es un con.

— Comment étais-je censé savoir ?

— Tu as demandé ? demanda Ian.

— Savez-vous combien de criminels mentent ? leur demandai-je.

— Probablement tous, mais Trinity n'est pas une criminelle, dit Ramsey.

— Je ne le savais pas !

Ils me regardèrent tous pendant une seconde, puis éclatèrent de rire. Encore une fois.

Je leur fis un doigt d'honneur à tous et sortis. Je les entendis m'appeler, mais je n'étais pas d'humeur à les écouter. Surtout parce que si je croisais Trinity dans la rue maintenant, j'aurais essayé de l'aider au lieu de l'arrêter.

Comme je l'ai fait avec Joey.

Je pris une profonde inspiration et ignorai le bourdonnement dans ma poche. Hudson et les autres iraient bien. Je devais m'excuser auprès de Trinity. Quelque chose qui était attendu depuis longtemps.

J'ouvris la porte de son immeuble et hésitai avant de me diriger vers les escaliers. Je pris une inspiration et secouai la tête. Je ne pouvais pas me présenter chez elle comme ça. Nous n'étions pas amis, encore moins des amis qui débarquent sans prévenir.

Je me retournai pour partir et m'arrêtai. Trinity me fixait, un air amusé sur le visage.

— Qu'est-ce que tu fais ? demanda-t-elle.

J'ouvris la bouche pour dire quelque chose et toutes mes pensées se concentrèrent sur les mini-shorts qu'elle portait et la façon dont une mèche de ses cheveux caressait le côté de son cou.

— Tu vas bien ? demanda-t-elle, les yeux plissés tandis qu'elle s'approchait de moi.

— Ouais, ça va, dis-je sèchement.

Elle recula d'un pas et secoua la tête. — Passe une bonne soirée. Elle me contourna en direction des escaliers, n'étant plus préoccupée.

— Je suis désolé, lâchai-je.

— Ne t'inquiète pas pour ça, dit-elle, sans s'arrêter.

— Pour avoir essayé de t'arrêter, criai-je après elle.

Ça l'a fait s'arrêter. Elle se retourna vers moi, les yeux flamboyants. Elle était à mi-chemin dans la première partie des escaliers et revint en volant vers moi pour se planter devant mon visage.

— N'ose pas entrer dans mon immeuble et m'humilier comme ça. Tu es désolé ? Bien. Tu es désolé. Peu importe. Tu es pardonné. Mais n'essaie pas de me faire passer pour une criminelle dans mon propre domicile où les gens peuvent t'entendre, siffla-t-elle.

Elle fit volte-face pour s'éloigner à nouveau et je saisis son bras. Elle s'arrêta et regarda ma main.

— Lâche-moi. Maintenant.

Je la relâchai et soupirai. Elle s'éloigna à grands pas, mais j'avais besoin de dire ce pour quoi j'étais venu. — Je suis désolé pour la façon dont je t'ai traitée depuis qu'on s'est rencontrés. Pour ne jamais t'avoir donné le bénéfice du doute. Pour toujours présumer le pire de toi. J'ai été prompt à laisser partir Joey, mais je ne t'ai pas accordé la même courtoisie. Je parle à tout le monde de leur situation, sauf à toi. Je n'aurais jamais dû te traiter comme je l'ai fait.

Et je voulais m'excuser pour avoir rendu ta vie plus difficile.

Je retins mon souffle pendant qu'elle se tenait sur ces marches, ne montant ni ne descendant. Il était tout à fait possible qu'elle s'en aille sans me parler, mais j'espérais que ce ne serait pas le cas.

Finalement, elle poussa un soupir exaspéré. — Si tu insistes pour avoir cette conversation, laisse-moi ranger mes courses et sortir du couloir pour que mes voisins ne me signalent pas pour avoir fait trop de bruit.

Je regardai autour du hall vide vers l'obscurité extérieure et hochai la tête. — D'accord.

Je la suivis dans les escaliers, faisant de mon mieux pour ne pas fixer ses fesses tout le temps et échouant. La façon dont ses jambes bougeaient, s'écartant à chaque marche montée, puis se caressant l'une l'autre en se croisant, ses fesses se contractant à chaque pas... ce n'était pas la seule chose qui se contractait.

Nous sommes finalement arrivés à sa porte et elle posa ses sacs pendant qu'elle déverrouillait et nous laissait entrer. Elle porta ses sacs à la cuisine et commença à tout ranger.

— Je peux aider ? proposai-je.

— Tu sais où vont mes courses ?

— Euh, non.

Elle me lança un regard qui disait *évidemment* et continua à se déplacer dans le petit espace, rangeant les choses dans des endroits qui semblaient spécifiquement taillés pour eux. Je l'observais pendant qu'elle se déplaçait, me demandant si elle se souciait même que je sois là.

Quand elle eut fini de tout ranger, elle ouvrit son frigo et sortit trois boîtes de nourriture chinoise. Elle les posa sur le comptoir entre nous et rencontra enfin mon regard.

— Je me dis que je serai mieux capable de digérer ce que tu as à dire après avoir mangé. Tu as faim ?

J'acquiesçai et gardai la bouche fermée. Elle était gentille avec moi. Relativement parlant. Je prendrais ce qu'elle m'offrait.

Elle mit la nourriture sur deux assiettes et les fit réchauffer avant de m'en tendre une et de prendre deux bières dans son frigo. Elle m'en tendit une et porta sa nourriture jusqu'au canapé. Elle mit un film, agissant comme si je n'étais pas là. C'était presque comique, et définitivement domestique. Comme si nous étions faits l'un pour l'autre.

Elle mangea son dîner et rit au film, m'ignorant pendant que je faisais de même. Quand elle eut terminé, elle posa son assiette sur la table basse et replia ses pieds sous elle. Elle s'appuya contre l'accoudoir du canapé et se tourna vers moi.

— Tu es prêt à parler maintenant ?

Je posai mon assiette et imitai sa pose, me tournant vers elle et m'appuyant contre l'accoudoir à l'autre bout du canapé.

Elle prit une profonde inspiration, se préparant pour moi. À ce moment-là, je vis à quel point mes actions l'avaient affectée et je les regrettais encore plus.

— Le jour où nous nous sommes rencontrés, commençai-je, je t'ai jugée. J'ai vu une étrangère dans une ville où j'ai vécu pratiquement toute ma vie, et j'ai tiré des conclusions hâtives. J'ai pris une décision à ton sujet avant de poser la moindre question, et ce n'était ni juste ni correct. Quand j'ai décidé de devenir flic, c'était parce que trop de personnes que je connaissais en grandissant n'avaient pas eu de chance. Je voulais faire une différence, aider les gens. Mais je n'ai pas fait ça avec toi et j'en suis désolé.

Elle laissa échapper un souffle tremblant et hocha la tête. — Merci. Sa voix était faible, comme si elle retenait ses émotions.

— Je sais que j'ai été un con depuis, et je m'en excuse aussi.

Elle eut un petit rire et secoua la tête comme si elle ne me croyait pas.

— Tu penses que je mens ?

Elle me regarda. — Tu crois vraiment que je vais croire que tu as été un con avec moi pendant un an et que tu vas simplement dire désolé et que tout va bien ? Quoi ? On est censés être amis maintenant ? Tu seras toujours un con.

— Et tu penses vraiment que dire ça va arranger les choses ?

Elle rit et déplia son corps pour se lever. Elle porta son assiette à la cuisine et la mit dans l'évier, puis me lança un regard noir. — Tu es entré chez moi. Tu t'es présenté chez moi. Tu as dit que tu voulais me parler et t'excuser. C'est toi qui as commencé tout ça. Je n'ai pas le droit d'avoir mes propres sentiments à ce sujet ?

— J'essaie de m'excuser et tu agis comme si je faisais quelque chose de mal.

Elle secoua la tête. — Non, tu agis comme si tu n'avais jamais rien fait de mal. Tu sais ce que c'est de vivre dans une ville où tu n'es pas sûre si tu vas être arrêtée à tout moment parce que tu as été ciblée ? Ou de t'inquiéter que la moindre petite chose que tu fais va énerver quelqu'un qui a l'autorité de te jeter en prison ? Tu as eu une sorte d'épiphanie ou quelque chose aujourd'hui et tu te présentes chez moi et exiges que je t'écoute, et maintenant tu me dis que je ne suis pas assez gentille et indulgente. Sors d'ici.

— Non, dis-je. Je me levai et marchai vers elle.

— Pourquoi diable pas ?

— Parce que tu ne veux pas vraiment que je parte, Trinity.

Elle ricana. — Je ne sais pas de quoi tu parles.

— Je pense que si, dis-je doucement, en me rapprochant d'elle. Je pense que tu es tout aussi excitée en ce moment que moi. Je pense que tu veux que je te jette sur ce canapé que tu viens de quitter en trombe et que je te baise jusqu'à ce que tes voisins crient. Je pense que tu meurs d'envie que je sois en toi à nouveau, tout comme je meurs d'envie d'être en toi.

Je m'arrêtai, enhardi par la façon dont ses paupières s'abaissèrent à moitié et dont sa langue sortit pour humidifier ses lèvres.

— Je ne sais pas ce qui se passe entre nous, Trinity, mais je ne franchis pas cette porte maintenant à moins que tu me dises que tu ne me désires pas autant que je te désire.

— Je ne te veux pas, souffla-t-elle, sa voix tressaillant avec le mensonge.

— Si, tu me veux bien, dis-je doucement. Mais si tu ne peux pas l'admettre devant moi, alors qu'il n'y a personne d'autre autour, je ne vais pas insister.

Je retournai au canapé et pris mon assiette et ma bière. Je terminai la bière et portai les deux où elle se tenait dans la cuisine.

L'air entre nous pulsait de désir. Je la frôlai en posant mon assiette dans l'évier avec la sienne et me penchai près d'elle quand je mis ma bière sur le comptoir derrière elle.

— On était bien ensemble la dernière fois, Trin. Peut-être qu'un jour, on pourra découvrir si c'était un coup de chance ou si on enflamme les draps à chaque. Putain. De. Fois.

J'embrassai sa joue, m'attardant alors que je respirais son parfum pour l'emporter avec moi. Je commençai à m'éloigner et elle saisit mes bras.

— Je te déteste.

— Je ne t'ai jamais demandé de m'aimer.

— Je déteste avoir envie de toi.

— Crois-moi, le sentiment est réciproque.

Elle gémit en se jetant sur moi, enroulant son corps autour du mien comme si elle craignait que je parte.

Si seulement elle savait.

12

TRINITY

Mon cerveau essayait d'ordonner à mon corps de reculer, mais il n'y avait aucune chance que mon corps l'écoute. Je le voulais. C'était plus que ça. J'avais besoin de lui. Pas seulement du sexe, mais de lui. J'avais besoin d'un homme qui n'essaierait pas de me dire des mots doux ou d'être doux et tendre. J'avais juste besoin de sexe.

Ses mains brûlantes parcouraient mon dos pendant que sa langue dansait dans ma bouche. J'ai gémi et sucé sa langue, adorant quand ses doigts s'enfonçaient dans mes hanches. Il s'est penché, la différence de taille nous obligeant à plier ensemble, et m'a dirigée vers le salon.

Nous avons trébuché, nous nous sommes embrassés et nous nous sommes précipités vers le canapé, nos vêtements volant déjà au moment où nous avons atteint ce doux atterrissage. Il m'a tirée sur lui, son sexe se nichant entre mes cuisses et me touchant juste au bon endroit.

La dernière fois que nous avions fait l'amour, j'avais joui, mais je m'étais précipitée hors de la chambre juste après parce que je n'avais pas fini quand lui avait terminé. La dernière chose que je voulais était de lui demander de m'aider. Non. J'avais juste besoin de quelques minutes supplémentaires seule et du désir qui pulsait déjà en moi pour finir.

Cette fois, je n'étais pas sûre de pouvoir attendre qu'il parte pour utiliser son souvenir afin de hurler mon chemin vers un autre orgasme.

— Viens ici, a-t-il murmuré, m'attirant vers lui.

Mon ventre nu a touché le sien et nous avons tous deux inspiré brusquement. Sa peau était chaude et douce contre la mienne, un contraste saisissant avec la sensation rugueuse de ses mains calleuses sur ma peau. Je me suis penchée en avant alors qu'il se relevait, chacun revendiquant le baiser qui flottait dans l'air entre nous.

Il a poussé contre moi, son sexe glissant plus profondément entre mes cuisses, et a empoigné mes fesses, me maintenant contre lui tandis que mon corps se tortillait pour une libération. Ma culotte était trempée, et mes mamelons étaient durs, le rembourrage doux de mon soutien-gorge ne faisant rien pour bloquer la sensation de lui de l'autre côté du coton.

Ses mains ont remonté rapidement et ont dégrafémon soutien-gorge, le faisant glisser le long de mes bras jusqu'à ce que ses mains travaillent entre nous et enveloppent mes seins nus.

Je me suis écartée de son baiser avec un gémissement, et il m'a poussée vers le haut, ses mains étant le seul support pour mes seins trop grands. Il a pétri et taquiné ma chair avant de rouler mes mamelons entre ses doigts en gémissant.

— Tu es tellement magnifique, a-t-il murmuré.

Je l'ai regardé, mais il ne me regardait pas. C'était la première fois que je n'étais pas déçue de trouver un homme qui parlait à ma poitrine au lieu de mon visage et j'ai presque ri.

James s'est redressé et a léché un de mes mamelons. Ma tête est tombée en arrière, la sensation de sa langue douce et humide sur mon corps transformant mes entrailles en lave en fusion. J'ai doucement ondulé sur ses genoux, profitant de son corps tandis qu'il profitait du mien.

Il a gémi son approbation et a changé de côté, léchant mon autre mamelon dans sa bouche et le suçant fort. Un petit cri s'est échappé de mes lèvres, mais il n'a pas arrêté. Il a souri contre ma chair et m'a mordillée avant de presser sa langue à plat contre mon sein.

J'ai maintenu sa tête en place et l'ai chevauché sans honte. J'aimais le sexe et j'avais eu assez d'amants pour savoir ce qui me faisait jouir, mais je n'étais pas toujours libre avec un homme et prenais rarement ce dont j'avais besoin. Avec James, je me fichais de ce qu'il pensait de moi. Il me jugeait déjà. Le sexe n'allait pas changer ça, alors j'allais me faire plaisir.

— Putain de merde, a-t-il gémi, se poussant contre moi tandis que je me cambrais contre lui.

L'orgasme que je voulais était juste hors de portée. J'ai essayé d'y arriver, mais il y avait trop de couches entre nous. Mon short en coton et ma culotte ne cachaient pas grand-chose, mais le short qu'il portait était trop épais pour me laisser le sentir comme j'en avais besoin.

J'ai gémi et reculé, hésitant entre prête à abandonner et prête à le faire moi-même. James a appuyé sur mes épaules jusqu'à ce que le milieu de mon dos heurte l'accoudoir du canapé. J'étais toujours à califourchon sur lui, ses jambes coincées entre les miennes. Il a glissé ses mains le long de mes cuisses et a glissé un doigt sous le bord de mon short.

Tout mon corps a tressailli à ce contact intime. Il a tiré mon short et ma culotte sur le côté avec son autre main et a tracé ma fente avec un doigt délicat.

— Ne te retiens pas avec moi, Trinity, a-t-il dit, rencontrant mon regard pour la première fois depuis que je m'étais jetée sur lui.

La connexion à ce moment-là m'a terriblement effrayée. Il me voyait. Pas seulement physiquement, mais moi. Tout de moi. Il regardait dans mon âme et une partie de moi savait qu'il était le seul qui verrait autant de moi qu'il le faisait en cet instant.

Puis son regard est tombé sur mes cuisses écartées et il a taquiné mon clitoris. Mon corps s'est tendu. J'étais déjà sensible et au bord, et juste une touche m'avait préparée à perdre la tête. James le savait et s'est rapidement éloigné de mon clitoris, écartant ma chair alors qu'il explorait nonchalamment.

Son doigt est à peine entré en moi avant qu'il ne ressorte. Il a traîné l'humidité autour de moi, ses doigts n'offrant aucun soulagement.

— S'il te plaît, ai-je gémi, secouant mes hanches vers lui.

— Tu es sûre que tu es prête? a-t-il demandé, une lueur taquine dans les yeux.

— C'est censé être du sexe, James. Rien de plus. On ne s'aime pas.

Le sourire moqueur a quitté son visage. Pendant une demi-seconde, j'ai craint d'avoir blessé ses sentiments. Puis j'ai craint qu'il ne parte.

Puis il a poussé deux doigts en moi et a pressé son pouce contre mon clitoris et j'ai failli jouir instantanément.

— Oh, oui, ai-je gémi. Mon corps s'est étiré pour s'adapter à ses doigts tout en se contractant autour d'eux. La pression sur mon clitoris était parfaite. Proche. Si proche.

L'humidité recouvrait ses doigts tandis qu'il les pompait d'avant en arrière. Mes yeux se sont fermés alors que l'orgasme se précipitait vers moi, remontant dans ma gorge et gelant dans mes poumons. James pompait plus fort, ses doigts s'enfonçant plus profondément en moi, son pouce glissant sur ma peau.

La climatisation s'est mise en marche, l'air froid soufflant sur mon corps exposé et me rappelant à quel point j'étais ouverte et vulnérable pour un homme que je me disais ne pas aimer.

Puis il a murmuré : — Jouis pour moi, Trinity. Jouis.

Mon nom sur ses lèvres m'a fait basculer. J'ai gémi et crié et enfoncé mes ongles en lui. Mon esprit est devenu vide et tout ce que je pouvais faire était de laisser mon corps libérer tout ce que James avait construit en moi.

Alors que je redescendais de mon sommet, chaque terminaison nerveuse en moi disait d'y retourner immédiatement. Ses doigts me caressaient paresseusement, établissant un rythme qui m'allumait d'une manière différente. Le premier était de la baise, mais la lenteur était autre chose. Quelque chose de plus profond. Plus sombre. Quelque chose qui menaçait plus que juste mon corps le voudrait.

Je ne pouvais pas le faire.

— En moi, ai-je dit fermement. Maintenant.

Son regard s'est fixé au mien et il a retiré ses doigts. Je me suis levée pendant que nous enlevions le reste de nos vêtements. Il a sorti un préservatif et s'est assis sur le canapé pour le dérouler. Puis il m'a regardée et a tendu la main vers moi.

Je n'ai jamais aimé être au-dessus. Mes cuisses étaient trop grandes pour que je puisse m'adapter à la plupart des hommes, et je détestais la façon dont mon corps tremblait et rebondissait à chacun de mes mouvements. Cela me faisait me sentir comme la grosse fille qui n'appartenait pas vraiment là.

Mais la chaleur dans ses yeux quand ils ont parcouru mon corps disait qu'il ne voyait rien de tout cela. James voyait la femme que j'essayais d'être. La femme à la silhouette voluptueuse qui était fière de son corps. La femme qui aimait manger et profiter de tout ce que la vie avait à offrir.

Y compris lui.

J'ai rampé sur lui et gémi quand il nous a ajustés ensemble. Son sexe gonflait en moi, me remplissant. Je suis restée là quelques secondes, m'habituant à sa sensation.

J'ai posé mes mains sur ses épaules et les siennes sont allées à mes hanches. Ensemble, nous avons établi un rythme, nos corps se rencontrant puis se séparant, puis s'écrasant à nouveau ensemble. Nous avons bougé plus vite à chaque coup, comme si nous ne pouvions pas en avoir assez.

Toutes les pensées ont quitté mon esprit. Ce n'était plus l'agent James Rucker entre mes cuisses, mais James. C'était un homme qui me rendait folle pour plus d'une raison. Il était magnifique et gentil, et il se souciait des personnes dans sa vie. C'était un homme bien, et un pour lequel je savais que je pourrais tomber si je me laissais faire.

Mais je ne pouvais pas. Je ne pouvais pas tomber amoureuse de lui.

Ses mains ont glissé le long de mes cuisses, sur mon ventre, et ont enveloppé mes seins qui rebondissaient. Il en a amené un à sa bouche pendant que je continuais. La sensation supplémentaire de ses lèvres et de sa langue et de ses dents sur mes mamelons m'a envoyée plus rapidement vers un autre orgasme.

J'ai rejeté la tête en arrière et abandonné toute retenue pour me laisser aller. Je l'ai chevauché fort, me frottant contre lui et prenant exactement ce dont j'avais besoin. Il a sucé plus fort ma chair et s'est poussé contre moi, me laissant établir notre nouveau rythme et nous rendre tous les deux fous.

Mon énergie diminuait à chaque coup punissant. Mon corps n'était pas habitué à ce niveau d'effort pendant si longtemps. Alors que mes mouvements faiblissaient et que mon orgasme se rétractait, James a pris le relais.

Il m'a poussée et s'est précipité hors du canapé, me guidant rapidement pour m'allonger. Il s'est installé entre mes cuisses une fois de plus, se précipitant silencieusement pour retrouver exactement où nous étions. Son premier coup était dur et profond et a dit à mon corps de se préparer parce que le train de l'orgasme arrivait rapidement.

— Oh, mon Dieu, ai-je gémi, écartant mes jambes plus largement pour lui permettre d'aller plus profondément.

Il a pompé en moi, son visage flottant au-dessus de moi dans un masque de détermination. La sueur perlait sur son front alors qu'il serrait la mâchoire et s'enfonçait en moi encore et encore. Il a fermé les yeux à un moment, puis les a ouverts pour regarder entre nous et voir où il entrait en moi.

Il s'est tenu sur une main et a tendu l'autre entre nous. Ses doigts ont trouvé mon clitoris et l'ont taquiné. Le doux mouvement de ses doigts et le coup punissant de son sexe ont confondu mon corps. Un mouvement me poussait plus haut et l'autre me ramenait, encore et encore, jusqu'à ce que mon corps fonce à toute vapeur et se fracture.

J'ai crié à nouveau, hurlant son nom et m'accrochant à lui. J'avais besoin de sentir son poids sur moi, d'avoir son corps pressé contre le mien. L'énormité des sensations m'a submergée et m'a fait me sentir douloureusement seule sans son toucher.

Il s'est enfoncé sur moi, me pressant dans les coussins moelleux. Il a embrassé mon cou et mes épaules et jusqu'à l'endroit doux derrière mon oreille. Il n'a rien dit, m'a juste rassurée qu'il était là avec ses baisers.

Tout ce temps, son corps caressait le mien. De longs coups doux. Des caresses d'amour.

C'était du sexe. Tout ce que nous avions était du sexe. Il n'y avait pas de sentiments impliqués. Nous ne nous aimions pas quand nous n'étions pas nus. Mais ça ne semblait pas être le cas quand il me tenait et m'embrassait et me faisait l'amour.

J'ai inspiré d'un souffle tremblant et j'ai essayé de mettre de côté les émotions menaçant de monter et de s'enrouler autour de tout ce que je ressentais pour James. Je ne voulais pas l'aimer. Je voulais l'utiliser et le jeter dehors.

Il s'est reculé suffisamment pour rencontrer mon regard. La même guerre que je menais avec moi-même se reflétait dans ses yeux. Il a brossé les cheveux de mon visage et a embrassé le bout de mon nez. Il m'a regardée, son regard passant de mes lèvres à mes seins à mes yeux, me scannant entièrement pendant qu'il glissait dans et hors de mon corps.

Le seul avertissement que j'ai eu qu'il était sur le point de jouir est quand ses yeux se sont fermés pendant une seconde. Il a murmuré mon nom puis s'est immobilisé profondément en moi, son sexe gonflant puis se libérant en moi.

Il s'est abaissé sur moi, embrassant à nouveau ma peau nue. J'ai enroulé mes bras autour de lui et me suis simplement laissée arrêter de combattre tous les sentiments à l'intérieur.

À quel point je l'aimais vraiment me faisait peur. Je ne voulais pas l'aimer, mais je l'aimais. Beaucoup. Nous avions mal commencé quand nous nous sommes rencontrés, mais si la situation avait été différente, nous ne nous détesterions peut-être pas autant.

Bon sang, la façon dont nous venions de mettre le feu à mon canapé, la plupart des gens diraient que nous ne nous détestions pas du tout.

Ma peau a finalement commencé à refroidir, et James s'est reculé. Il ne m'a pas regardée alors qu'il se retirait de mon corps et se levait. Il est allé à la cuisine, me donnant une vue fantastique de ses fesses nues, et a attrapé un essuie-tout.

Quand il est revenu, il a pris ses vêtements et a commencé

à s'habiller. Il y avait une partie de moi qui était déçue qu'il n'essaie pas de rester, mais une autre partie de moi savait que son départ aussi rapidement que possible était pour le mieux.

J'ai attrapé mes vêtements et me suis habillée rapidement, ignorant mon soutien-gorge et ma culotte puisque je n'avais pas l'intention de sortir.

— Je ne... a-t-il commencé. Il ne me regardait pas. Il a pris une respiration et a réessayé. — Je ne suis pas venu ici pour ça. Rien de tout ça. Je voulais juste te dire que je suis désolé pour la façon dont je t'ai traitée.

J'ai hoché la tête. — Merci.

Il a hésité, comme s'il débattait de dire autre chose. Son regard a dérivé vers mes lèvres puis est revenu brusquement vers ce qu'il trouvait si fascinant derrière moi.

— Euh, donc, je devrais y aller.

J'ai acquiescé et l'ai suivi jusqu'à la porte. Il s'est retourné vers moi, et j'ai failli lui rentrer dedans.

— Ça... je ne sais pas ce que c'est.

— Est-ce que ça doit être quelque chose? ai-je demandé.

Il a ouvert la bouche puis l'a fermée brusquement. Il a ouvert la porte et a hoché la tête une fois. — Verrouille derrière moi.

J'ai encore acquiescé.

Il m'a regardée une fois de plus puis m'a donné un sourire hésitant et a tiré la porte entre nous.

J'ai verrouillé, le regardant à travers le judas alors qu'il marchait dans le couloir jusqu'à ce que je ne puisse plus le voir.

J'ai soupiré et me suis appuyée contre la porte. Tout ce qui avait à voir avec lui était mélangé pour moi. Je ne savais pas si je l'aimais ou non. Si je voulais être avec lui ou non. Si nous fonctionnions ensemble ou non.

Ou s'il voulait quelque chose de tout ça. Il est apparu, deux fois maintenant, et nous sommes tombés l'un dans l'autre. J'ai toujours pensé que les gens qui disaient qu'ils ne savaient pas comment c'était arrivé étaient stupides, mais maintenant je comprends. Il y avait une attraction, une force invisible, qui me faisait sentir comme si je n'avais pas le choix que de coucher avec lui. Et pas parce qu'il était là et qu'il était pratique ou parce qu'il m'a forcée, mais parce qu'il était James. Il était un homme auquel je n'avais pas pu résister depuis notre rencontre. Que ce soit pour des joutes verbales ou au lit, je ne pouvais pas lui résister.

Je me suis éloignée de la porte et suis allée dans ma cuisine. Quand tout le reste semblait sens dessus dessous, nettoyer m'aidait à me concentrer. C'était une tâche que je pouvais accomplir, quelque chose sur quoi j'avais le contrôle. J'en avais besoin.

Je venais juste d'ouvrir l'eau quand il y a eu un coup à ma porte. J'ai soupiré et fermé l'eau, me souvenant seulement que mon soutien-gorge et ma culotte étaient au milieu du salon quand je suis arrivée à la porte. C'était probablement Finley ou Karissa, mais j'ai quand même regardé par le judas.

J'ai reculé quand j'ai vu James debout de l'autre côté de ma porte. Je l'ai déverrouillée et ai demandé : — Tu as oublié quelque chose?

Il a hoché la tête et a fait un pas vers moi. Il a glissé un bras autour de mon dos et a tiré mon corps contre le sien. Ses lèvres sont venues se sceller sur les miennes, sa langue se précipitant dans ma bouche surprise ouverte.

Il nous a penchés en arrière, me forçant à m'accrocher à lui avant de tomber. Le baiser était urgent et insistant, exigeant que j'y prête attention, et à lui. Quand il s'est retiré, presque aussi rapidement qu'il s'était jeté sur moi, il m'a fixée jusqu'à ce que je puisse me concentrer sur lui.

— C'est définitivement quelque chose pour moi, Trinity.

— Oh.

Il a embrassé ma joue, puis m'a lâchée et s'en est allé.

Je l'ai regardé s'éloigner, un sourire courbant mes lèvres.

— Verrouille ta porte, a-t-il appelé dans le couloir juste avant de tourner le coin.

— Je vais le faire, ai-je répondu. Bonne nuit.

— Bonne nuit, a-t-il dit, déjà hors de vue.

Je suis retournée à l'intérieur et j'ai verrouillé ma porte, puis je me suis à nouveau appuyée contre elle et j'ai souri.

— 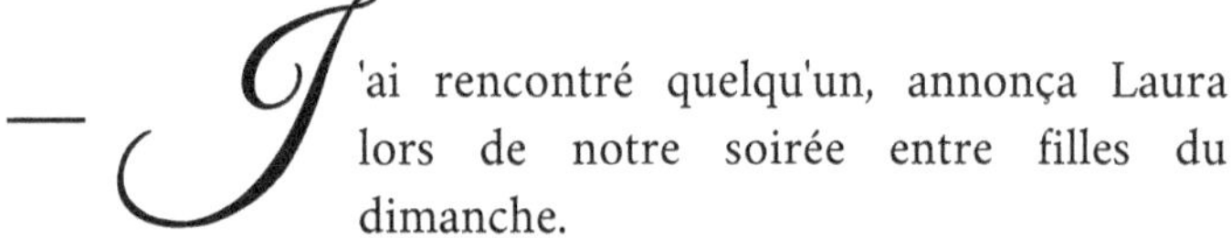'ai rencontré quelqu'un, annonça Laura lors de notre soirée entre filles du dimanche.

— Félicitations, avons-nous toutes répondu, comme si elle était quelqu'un qui avait du mal à rencontrer des hommes.

Laura était magnifique. Elle était douce, drôle et une personne formidable. Mais elle avait déménagé à L'anse MacKellar à cause du Dr Allison. Elle avait trouvé son cabinet en ligne et avait décidé de changer de vie. Elle était impressionnée par lui avant même de le rencontrer, et son impression s'était transformée en attirance une fois qu'elle avait commencé à travailler pour lui.

Je ne la blâmais pas. C'était un bel homme. Je ne l'avais pas rencontré, mais je l'avais cherché sur internet. Miam. Ce qui me dérangeait chez lui, c'était qu'il ne semblait pas la remarquer. Jamais.

— Où l'as-tu rencontré ? demanda Elise.

— À la Recherche du Héros Littéraire Parfait. Nous discutons depuis une semaine, mais je n'étais pas sûre. Il vit à

A-Bay, alors nous avons décidé de nous rencontrer hier soir, expliqua Laura.

— Et j'imagine que ça s'est bien passé ? demanda Blake.

Laura hocha la tête, un sourire flottant sur ses lèvres.

— Oui. Nous ne sommes pas tombés au lit ni rien de tout ça, mais nous nous sommes amusés. Il embrasse vraiment bien. Et j'ai hâte de le revoir.

— Tant mieux pour toi, dit Finley. Il était temps que tu passes à autre chose après le Dr Je-ne-vois-rien.

Nous avons toutes acquiescé. Laura sourit tristement.

— Je sais. J'aurais aimé que ça marche avec lui, mais ce n'était pas censé être. Alors, je vais voir qui d'autre est disponible et essayer de trouver mon propre bonheur. J'adore toujours mon travail, mais je n'ai pas besoin d'aimer mon patron. Ou d'être amoureuse de lui.

— Bravo, lui dis-je. Ce n'est pas facile de lâcher prise, mais je pense que c'est la meilleure chose pour toi.

Elle hocha la tête.

— Je suis d'accord. Bon, assez parlé de la pathétique Laura. Qu'est-ce qui se passe pour tout le monde ?

— Eh bien, je donne mon premier cours cette semaine au centre de jeunesse. J'ai reçu l'appel vendredi pour me dire que j'étais approuvée comme bénévole, leur annonçai-je.

De nouvelles félicitations firent le tour de la pièce. J'étais enthousiaste à l'idée de cette opportunité. Pouvoir atteindre les personnes avec qui je voulais travailler, mais les atteindre avant qu'elles ne deviennent adultes, c'était génial. J'espérais trouver quelques enfants vraiment intéressés et désireux d'apprendre. J'étais sûre qu'il y en aurait certains plutôt indifférents, mais Amelia avait dit qu'il y avait beaucoup d'opportunités pour les enfants, donc ils ne me rejoindraient que s'ils avaient un certain intérêt.

— Qu'est-ce que tu vas leur enseigner ? demanda Karissa.

Je levai mon poignet et montrai à tout le monde le

bracelet que j'avais fabriqué cet après-midi. C'était un design en boucles assez simple et moins précis. Si les enfants faisaient quelque chose de travers, ça ne se verrait pas dans le produit final.

— Ça a l'air cool, dit Piper. Et probablement facile à comprendre pour ces enfants. Tu devrais faire des cadeaux pour Noël ou des trucs à thème pour les fêtes. Ça pourrait être amusant.

J'acquiesçai.

— J'ai réfléchi à des options comme ça. Amelia a dit que les enfants sont jeunes, donc j'ai besoin de projets faciles. Ils n'ont pas d'enfants plus âgés que la quatrième là-bas, et même ce groupe d'âge est très limité. Ce sont surtout des enfants du primaire.

— Ce qui signifie que ça doit être rapide avant qu'ils ne perdent patience. Amber adorerait s'entraîner avec toi si tu as besoin d'un cobaye. Elle est jeune, donc ce serait à cette extrémité de l'échelle. As-tu pensé à avoir deux projets très similaires pour que les enfants plus âgés et les plus jeunes puissent y travailler ? demanda Melody.

Je secouai la tête.

— Que veux-tu dire ?

— Amber ne peut se concentrer sur quelque chose qui la met au défi que pendant environ dix minutes. Elle est distraite quand les choses sont difficiles. Les enfants plus âgés, ceux de CM1 ou CM2, peuvent se concentrer plus longtemps. S'ils ont un design similaire un peu plus compli-qué, je pense que ça fonctionnerait pour tout le monde, expliqua Melody.

— Ça a du sens, mais je n'y avais jamais pensé. Je vais devoir essayer de déterminer la difficulté de ce design. Tout ça est beaucoup plus compliqué que ce que j'avais imaginé, dis-je.

— Mais ce sera amusant. Et une fois que tu auras préparé

quelques kits, j'ajouterai cette option à mon site web pour commencer à les expédier comme activité de fête. Je pense que les enfants aimeront, et si tu indiques un groupe d'âge recommandé, les parents adoreront, dit Melody.

— J'espère. Je suis enthousiaste à propos de cette option, dis-je avec un sourire. J'avais hâte de voir des photos et des vidéos d'enfants créant leurs propres bijoux.

— Et nous pourrons ajouter un lien vers le site de Melody sur ton appli pour connecter les deux, dit Karissa.

— Tu as une application ? demanda Piper. Comment est-ce que je rate tout ? Je dois venir ici plus souvent.

Je secouai la tête.

— Karissa m'en a construit une, mais je ne lui ai pas encore demandé de l'activer. Elle est magnifique, cependant. Regarde ?

Je lui tendis mon téléphone.

Piper balaya et tapota l'écran pour naviguer dans l'application, montrant des choses à Blake alors qu'elles examinaient chaque détail. Je m'adossai et mangeai ma part de gâteau à la vanille de Finley.

— C'est super. Tu devrais définitivement l'activer. Karissa a fait un travail incroyable, dit Piper en me rendant mon téléphone.

— Vraiment incroyable, dit Karissa avec un sourire. Je lui répète sans cesse que ça aidera son entreprise d'avoir une application et de pouvoir atteindre ses clients plus facilement. Elle peut envoyer des alertes quand elle a de nouveaux stocks et offrir des promotions réservées aux utilisateurs de l'application. C'est parfait.

— Si modeste, la taquina Finley. Mais sérieusement, elle a raison. C'est agréable de pouvoir envoyer quelque chose à mes clients. J'ai des gens qui ne veulent pas s'inscrire aux emails mais qui collectionnent les applications et sont heureux de télécharger l'application. J'ai un panneau à la caisse avec le code QR pour qu'ils la téléchargent sur place. Et pour les nouveaux utilisateurs, je leur offre une réduction, donc les gens veulent l'obtenir. Il n'y a vraiment pas d'inconvénient.

— Je ne me sens pas assez importante pour avoir une application. Je crois que c'est ça. Comme si je jouais encore avec les perles de ma grand-mère et que je n'étais pas quelqu'un qui devrait gagner de l'argent en faisant quelque chose que j'aime tant, avouai-je.

— Crois-moi, dit Finley, je comprends. J'ai commencé à lire les romans d'amour de ma mère quand j'étais à l'école primaire. Pauvre Blake, elle était scandalisée quand je lui ai lu un passage d'un livre vraiment juteux. Nous n'avions aucune idée de ce que tous les mots signifiaient, mais nous savions qu'ils étaient cochons. Et maintenant, je peux faire ça tous les jours, sauf que je sais ce que tous les mots signifient.

— Mais je suis toujours scandalisée quand tu me les lis, taquina Blake.

— Tu es tellement prude, plaisanta Finley.

— Comparée à toi, absolument, dit Blake avec un sourire. Mais c'est ce que j'aime chez toi. Tu me surprends toujours, et tu me fais rire.

Finley envoya un baiser à Blake.

Ce que Finley avait dit m'a vraiment touchée. Elle avait raison. Nous avions la chance de pouvoir faire des choses que nous aimions, d'avoir des emplois qui correspondaient à qui nous étions et à qui nous avions été. Je me sentais insuffisante parce que je n'avais pas un tas de diplômes prestigieux ou des tonnes de formation, mais j'aimais mon travail. J'aimais le partager avec les gens. Et je me retenais sans aucune raison, juste parce que j'avais peur.

— Tu sais quoi, Karissa ? dis-je. Elles me regardèrent toutes. Active-la.

— C'est ce qu'elle a dit, lança Elise avec un ricanement.

Tout le monde rit et applaudit.

— Bravo, dit Laura. Tu devrais partager ton talent avec le monde. Tu seras tellement heureuse de l'avoir fait.

J'acquiesçai.

— J'espère.

J'avais beaucoup de choses à méditer, mais mon travail n'était pas quelque chose sur lequel je devais débattre. J'aimais mon métier, et Laura avait raison. Il était temps de le partager.

JE PRÉPARAI mon sac le mardi après-midi et le fermai nerveusement. J'étais aussi prête que je pouvais l'être, mais j'étais toujours anxieuse. Je n'avais jamais enseigné à un groupe de personnes auparavant, et encore moins à un groupe d'enfants.

Je ne savais pas combien viendraient, alors j'ai préparé vingt kits. J'ai suivi le conseil de Melody et j'en ai fait certains un peu plus petits pour les enfants plus jeunes, et d'autres plus grands pour les enfants plus âgés. Je me suis dit qu'un bracelet était assez simple, et comme ce n'était pas très grand, il pourrait être terminé en moins de vingt minutes pour la plupart des enfants.

Je me suis garée dans le parking et me suis dirigée vers la porte. J'ai attendu que quelqu'un me fasse entrer, souriant à Amelia lorsqu'elle a ouvert la porte.

— Les enfants devraient bientôt arriver. Tu dois t'installer avant qu'ils ne t'envahissent. Je t'ai mis sur la scène. Quand tu auras terminé, tu devras bien balayer la zone car une classe de danse utilise cette scène plus tard ce soir. On ne peut pas risquer qu'une perle roule sous le pied de quelqu'un et qu'il se blesse, me dit Amelia en marchant.

Je me dépêchai de la suivre à travers le vaste espace du

gymnase. Des paniers de basket étaient aux deux extrémités avec des supplémentaires de chaque côté. Les lignes décolorées sur le sol usé donnaient l'impression que d'autres jeux pouvaient être joués sur la même surface, mais le rack de ballons de basket rendait évident que les enfants ne choisissaient pas d'autres options.

Amelia grimpa les cinq marches jusqu'à la scène et s'arrêta devant la première table, la main sur le bas de son dos.

— Ça va ? lui demandai-je.

Elle laissa échapper un rire.

— Non, mais je vais survivre. Y a-t-il autre chose dont tu as besoin ? Tu peux déplacer les tables si tu veux. Je n'étais pas sûre de comment tu les voulais.

— Je pourrais. Je vais y réfléchir un moment.

Amelia regarda sa montre et grimaça.

— Tu n'as guère plus d'une minute. L'école primaire termine maintenant. Les enfants seront bientôt là. Je leur ai demandé de s'inscrire, mais peu l'ont fait. D'autres vont probablement arriver si tu as de la place pour eux. On verra comment ça se passe aujourd'hui.

J'acquiesçai, me sentant un peu dégonflée. Si peu d'enfants s'étaient inscrits, me trompais-je en pensant qu'ils voulaient faire ça ? Je pourrais être à la maison en train de travailler sur de nouvelles pièces au lieu d'enseigner aux enfants.

Je secouai la tête et me réprimandai. Même si un seul enfant se présentait intéressé à apprendre, c'en était un que je n'atteindrais pas autrement. J'allais essayer, et peut-être que plus d'enfants viendraient la semaine prochaine.

Je décidai de laisser les tables comme elles étaient et de me concentrer sur la préparation des kits pour que les enfants puissent s'asseoir et commencer à explorer. Je voulais trouver des petits postes de travail pour eux afin que les perles ne roulent pas de la table, mais je n'avais pas pu trouver ce genre de chose localement. J'en avais vingt commandés, mais il faudrait encore une semaine ou deux avant qu'ils n'arrivent, alors nous devions faire attention.

Le claquement de la porte me fit sursauter et je laissai tomber un kit. Il heurta la table avec un bruit métallique rapidement noyé par les cris des enfants qui se précipitaient dans le bâtiment.

Des garçons se ruèrent vers les ballons de basket avant même d'enlever leurs sacs à dos, s'emparant de celui qu'ils voulaient revendiquer comme le leur. Certaines filles les rejoignirent, essayant de leur arracher l'équipement pour l'utiliser elles-mêmes. Peu de temps après, Amelia sortit et siffla pour attirer leur attention.

— Vous savez tous que vous devez ranger vos affaires dans un casier avant de commencer à jouer. Si vous avez un sac à dos sur vous, allez le ranger maintenant ou le ballon que vous tenez m'appartient. Et n'oubliez pas, Mme Trinity est ici avec nous pour la première fois aujourd'hui. Si quelqu'un veut apprendre à faire un bracelet, elle a des kits pour vous et vous expliquera comment faire, dit Amelia par-dessus le brouhaha.

Quelques enfants jetèrent un coup d'œil dans ma direction et je souris, faisant de mon mieux pour paraître amicale et accueillante. Je vis deux petites filles qui m'observaient et me montraient du doigt, hésitant entre me rejoindre sur la scène ou rester avec les autres enfants sur le terrain. Je leur fis signe, et l'une d'elles me répondit. Son amie n'avait pas l'air très enthousiaste, mais elles marchèrent toutes les deux vers moi.

— Bonjour, mesdemoiselles, dis-je trop joyeusement. Je suis Trinity. Je suis ravie de vous rencontrer toutes les deux.

L'une des filles sourit et se présenta comme étant Heather. L'autre fille dit que son nom était Meghan. Je leur demandai si elles voulaient s'asseoir et travailler sur un bracelet pendant quelques minutes.

— Combien de temps ça va prendre ? demanda Meghan.

Je haussai les épaules.

— Ça dépend de toi. Pour beaucoup de gens, ça prend environ vingt minutes.

Meghan soupira dramatiquement.

— Ça ne me laissera pas beaucoup de temps pour jouer.

— Eh bien, pourquoi ne pas essayer ? Si tu es rapide, ça ne te prendra peut-être pas si longtemps, proposai-je, souriant à nouveau et espérant qu'elle resterait. Heather regardait déjà les perles sur les tables et cherchait un ensemble qu'elle voulait faire, mais si Meghan partait, je savais qu'Heather le ferait aussi.

— D'accord, dit Meghan. Elle se laissa tomber sur la chaise la plus proche d'elle et prit le sac devant elle. Qu'est-ce qu'on fait avec ça ?

Je souris et pris le sac que Heather regardait pour le lui donner. Elle me sourit avec reconnaissance et je pris le sac devant elle pour faire une démonstration.

— D'abord, nous allons sortir les rubans. À la fin, votre bracelet ressemblera au mien. Nous allons simplement tisser le ruban à travers les perles. Vous pouvez le faire comme vous voulez. Je vous suggère de garder les perles dans votre sac pour qu'elles ne roulent pas.

Heather prit ses trois rubans et glissa une perle sur les trois ensemble comme je leur ai montré. Elle ajouta une perle sur deux des rubans et la glissa près de la première perle. Puis elle changea les deux rubans sur lesquels elle ajoutait une perle et continua, faisant ressembler son bracelet à une unité fluide et homogène.

Meghan prit une direction différente.

— Ça a l'air stupide, dit-elle, jetant son bracelet sur la

table. Elle ajouta toutes ses perles à un ruban et les utilisa toutes avant de pouvoir ajouter des perles aux autres rubans.

Je pris un autre sac de la table suivante et le lui tendis.

— Pourquoi n'utilises-tu pas ces perles sur un autre ruban ?

Elle me lança un regard noir, toute l'attitude de son petit corps concentrée sur moi comme un rayon laser. Si elle n'avait pas été si minuscule, j'aurais été intimidée, mais elle ne pouvait pas avoir plus de CE2. Elle avait du caractère, cependant.

— Elles ne vont pas ensemble. Ça aura l'air encore plus stupide si je fais ça.

Je forçai un sourire et allai à la table quelques mètres plus loin pour lui rapporter ces deux sacs. Ils s'accordaient suffisamment bien pour qu'elle puisse les utiliser. Elle leva les yeux au ciel, mais se remit au travail.

— Comment ça a l'air ? demanda Heather.

— C'est magnifique, la complimentai-je. Son bracelet était quelque chose qui pourrait être vendu dans un magasin. Elle avait définitivement un talent naturel pour le design, jusque dans les perles qu'elle utilisait sur chaque ruban.

— Merci. Comment je peux le porter ? demanda-t-elle.

— Je peux t'aider à le finir, lui dis-je. Je pris le bracelet et ajoutai l'extrémité opposée aux rubans après avoir vérifié qu'il s'adapterait à son petit poignet. Elle sourit et le mit, le montrant à son amie.

— Qu'en penses-tu, Meghan ?

Meghan haussa les épaules et fronça les sourcils devant sa propre création.

— Il est bien. Mieux que le mien.

Heather sourit et dit :

— J'aime le tien. Il a l'air cool. J'aime toutes les perles que tu as utilisées.

Meghan haussa les épaules, mais les coins de ses lèvres se relevèrent légèrement.

— Merci.

— Attention ! cria quelqu'un, juste avant qu'un ballon de basket ne s'écrase contre le bord de la table où les filles étaient assises.

Meghan laissa tomber son bracelet et la moitié des perles rebondirent. Les sacs ouverts sur la table tremblèrent avec la vibration du ballon de basket et des perles se répandirent. Le ballon de basket rebondit contre une autre table et roula autour de la scène, comme une machine à flipper.

— On peut récupérer ça ? cria l'un des garçons vers nous.

Je me tournai et le regardai fixement, mais il ne comprenait pas pourquoi ce serait mieux s'il venait chercher le ballon lui-même. Je soufflai et le ramassai, le lui relançant.

— Essayez de le garder là-bas, dis-je.

— On va essayer, cria-t-il en retour, déjà parti et m'ignorant.

— Ça va ? demandai-je aux filles.

— Eh bien, c'était une perte de temps, dit Meghan en levant les yeux au ciel. Je savais que j'aurais dû dire non. Mon bracelet est nul et maintenant il est ruiné. C'est stupide. Je veux juste aller jouer.

Meghan jeta son bracelet sur la table et s'éloigna d'un pas lourd. Je fixai son dos, me demandant ce que j'étais censée faire.

— Je peux emporter ça à la maison ? demanda doucement Heather.

Je la regardai ramasser les perles tombées du bracelet de Meghan dans un sac et y ajouter le bracelet qu'elle était en train de fabriquer.

Comme je ne répondais pas tout de suite, elle leva les yeux vers moi et dit :

— C'est bon. Je sais que ça coûte de l'argent et je ne peux pas avoir des choses gratuitement.

Je secouai la tête.

— Non, Heather, c'est bon. Tu vas le finir pour elle ?

Heather acquiesça.

— Je veux le faire. Je pense qu'elle a fait du bon travail, mais Meghan n'aime pas être trop fille. Elle veut être un garçon, mais quand nous sommes juste entre nous, elle dit qu'elle aime les trucs de fille. Elle n'a qu'un père, par contre, et il veut qu'elle fasse des choses de garçon.

Mon cœur se serra pour cette petite fille au caractère bien trempé qui ne savait pas comment être elle-même. En même temps, mon esprit tournait avec des options qui pourraient fonctionner pour les garçons ou les filles. Peut-être que je pourrais trouver des perles qui ressemblent à des ballons de basket ou de baseball ou d'autres choses comme ça. Quelque chose qui permettrait à Meghan de faire quelque chose de féminin mais d'une manière qu'elle ne détesterait pas.

— Je trouve que c'est très gentil de ta part de vouloir aider ton amie. Je pense qu'elle aimera ça. Et elle a fait un excellent travail. Vous avez toutes les deux très bien travaillé. Merci d'être venues ici aujourd'hui. J'espère que vous me rejoindrez à nouveau la semaine prochaine.

Heather hocha vigoureusement la tête et sourit largement. Elle fourra le sac dans sa poche et s'élança de la scène à la recherche de son amie.

Je regardai autour de l'espace ouvert et pas un enfant ne croisa mon regard. Ils étaient plus intéressés par ce qu'ils faisaient. Mais ma journée était un succès parce que j'avais touché une fille, peut-être deux.

Je restai là encore trente minutes, au cas où quelqu'un se lasserait du basket ou des jeux vidéo, puis je commençai à ranger mes fournitures. Je ne pensais pas que nous avions fait tomber des perles sur le sol, mais juste au cas où, j'allais balayer comme Amelia me l'avait demandé.

Je mis mon sac de côté et pliai toutes les tables pour pouvoir les dégager. Il y avait une autre pile dans le coin, alors j'y ajoutai les miennes et trouvai un balai à proximité. Je venais de porter la dernière table à la pile quand j'entendis des pas sur la scène.

Pensant qu'un enfant avait changé d'avis, j'affichai un sourire et me tournai pour accueillir quelqu'un. Seulement pour me retrouver face à face avec un James qui n'avait pas l'air très heureux.

La dernière personne que je m'attendais à voir au centre communautaire était Trinity. Un regard vers ma mère m'a indiqué qu'elle savait que Trinity et moi nous connaissions, mais qu'elle ne voulait pas me le dire. J'allais devoir lui parler plus tard. D'abord, je devais savoir ce que Trinity faisait là.

— Pourquoi es-tu ici ? ai-je exigé.

Son regard a glissé sur mes bras croisés puis sur ma posture campée avant de revenir à mon visage. Elle n'avait pas l'air plus heureuse que moi. — Je travaille.

— Tu travailles ici ? ai-je lâché. Si elle avait des problèmes d'argent, le centre communautaire était le dernier endroit où elle devrait prendre un emploi. Ma mère a commencé à y travailler quand mon frère et moi étions à l'école primaire pour que nous puissions y aller gratuitement. Elle travaillait aussi comme serveuse le soir et dans une station-service quand nous étions à l'école. Aucun de ces emplois n'était à temps plein, et aucun n'était bien payé.

— Du bénévolat, en fait. Je... je voulais apprendre à des enfants à fabriquer des bijoux. J'ai appris quand j'étais au lycée et que j'ai emménagé chez ma grand-mère, mais il n'y a aucune raison que des enfants plus jeunes ne puissent pas apprendre. C'est une compétence qui pourrait les aider quand ils seront plus grands, a-t-elle expliqué. Son haussement d'épaule indiquait qu'elle n'aimait pas avoir à se justifier.

— Monsieur James ! a appelé l'un des enfants depuis le terrain de basket. — Vous allez jouer avec nous aujourd'hui ?

Je me suis retourné et n'ai eu aucun mal à sourire aux enfants qui se tenaient au bord de la scène. J'ai hoché la tête. — J'arrive dans quelques minutes. Je voulais parler à Mademoiselle Trinity. Vous l'avez rencontrée aujourd'hui ?

Un autre garçon a levé les yeux au ciel et a dit : — Ma sœur était là-haut, mais ces trucs, c'est pour les filles. Nous, on a joué au basket.

J'ai relevé ma manche et leur ai montré le bracelet que je portais. Il n'était ni brillant ni sophistiqué, mais c'était quand même un bracelet, et c'était Trinity qui l'avait fait. — Les garçons peuvent aussi porter des bijoux. Les garçons peuvent porter ce qu'ils veulent. Et les filles aussi. Si ce n'est pas pour toi, c'est d'accord, mais ça ne devrait pas être « pas pour toi » parce que tu penses que c'est seulement pour les filles.

Les garçons ont hoché la tête et sont retournés lentement vers le terrain de basket. Je n'avais pas encore réussi à les convaincre, mais je n'abandonnais pas l'idée d'enseigner aux garçons qui traînaient dans le coin que les filles et les garçons n'avaient pas de limites quant à ce qu'ils peuvent ou ne peuvent pas faire.

Un garçon a mis un peu plus de temps à retourner sur le terrain de basket, et j'ai pensé qu'il pourrait demander quelque chose à Trinity, mais l'un de ses amis l'a rappelé et il est parti précipitamment sans un mot.

Je me suis retourné vers Trinity. Elle me regardait attentivement, ses sourcils noirs froncés. — Quoi ? ai-je demandé.

Elle a secoué la tête et est passée devant moi avec le balai et la pelle. — J'essaie encore de te comprendre.

— Ce que tu vois, c'est ce que je suis, ai-je menti. Ce n'était pas du tout vrai, mais elle n'avait pas besoin de savoir qui j'étais vraiment. Bien qu'il soit probable qu'elle le découvre assez rapidement.

— Je ne pense pas que ce soit vrai, a-t-elle dit.

Quand ma mère m'avait demandé d'installer les tables et les chaises sur la scène, elle ne m'avait pas dit pourquoi. Alors que Trinity commençait à balayer la scène vide, j'ai compris pourquoi j'avais passé une heure la veille à tout préparer. C'était pour Trinity.

Et elle avait tout rangé toute seule et balayait maintenant le sol.

— Je peux le faire, ai-je proposé, en tendant la main vers le balai qu'elle tenait.

Elle s'est écartée d'un mouvement. — Je m'en occupe. J'ai dit à Mme Amelia que je nettoierais. Il y a un cours de danse plus tard ce soir et elle voulait s'assurer que personne ne se blesse.

J'ai acquiescé. Je le savais déjà puisque c'était la raison pour laquelle j'étais là. Maman m'avait demandé de passer pour ranger toutes ces tables et chaises que j'avais installées la veille.

Ça ne me dérangeait pas d'aider. Certains des meilleurs souvenirs que j'avais en grandissant se trouvaient au centre communautaire. Le côté jeunesse était aménagé comme un club-house pour les enfants afin qu'ils puissent faire leurs devoirs, jouer à des jeux et passer du temps avec leurs amis. Un bus amenait les enfants des écoles primaires et collèges pour qu'ils n'aient pas à marcher, et les parents venaient les chercher après le travail. C'était un endroit sûr pour les enfants quand ils n'avaient pas de parent à la maison en fin de journée.

C'était le seul emploi que ma mère n'avait jamais quitté. Elle avait laissé le restaurant et la station-service quand un emploi mieux payé s'était présenté dans un cabinet médical, mais elle avait refusé d'abandonner son poste au centre communautaire. Maintenant, elle travaillait comme directrice et supervisait tous les programmes pour la jeunesse.

— Pourquoi me regardes-tu ? a demandé Trinity par-dessus son épaule.

— J'ai proposé d'aider.

— Et j'ai dit non. Va-t'en.

— Je suis là pour aider.

Elle a ricané. — Tu ne savais même pas que je serais là, et maintenant tu me dis que tu es là pour m'aider. Qu'est-ce que ça veut dire ?

— Merci d'avoir nettoyé, Trinity, a dit maman, nous rejoignant sur la scène. — Mon fils te cause des problèmes ?

— Fils ? a bafouillé Trinity, son regard dansant entre nous. Elle a pris une respiration et a forcé un sourire. — Je ne savais pas qu'il était votre fils.

— Est-ce un problème ? a demandé maman, plissant les yeux vers moi. — Je pensais que la journée s'était très bien passée, et j'espérais que tu accepterais de revenir. Peut-être un autre jour. Nous avons des enfants qui ne viennent que le mardi et le jeudi, et d'autres qui ne viennent que le lundi, mercredi et vendredi, donc si tu pouvais alterner les jours où tu viens, tu toucheras différents groupes d'enfants. Mais si c'est un problème...

Maman s'est tue, laissant ses mots menaçants planer dans l'air. Il était clair qu'elle me choisirait plutôt que Trinity, et je ne voulais pas que Trinity renonce à quelque chose qu'elle voulait faire.

— C'est bon, maman. Nous sommes juste surpris puisqu'aucun de nous ne s'attendait à voir l'autre ici, ai-je dit fermement.

— Je ne vois pas pourquoi c'est important.

J'ai secoué la tête. — Ça ne l'est pas. C'était juste une surprise. J'ai jeté un coup d'œil à Trinity, qui hochait silencieusement la tête.

— D'accord, c'est bien. Alors, Trinity, pourras-tu revenir la semaine prochaine ?

Elle a souri et acquiescé. — Oui, avec plaisir.

— Bien. Puisque Trinity a déplacé toutes les tables et les chaises, tu es libéré, Jimmy. Tu peux partir. Je sais que tu n'aimes pas être ici. Trop de souvenirs de quand tu étais enfant.

J'ai souri. — J'allais rester pour jouer avec les enfants, si ça ne te dérange pas.

Maman s'est illuminée, ses yeux bruns s'éclairant. — Bien sûr. Les enfants adoreraient ça. Ils demandent toujours quand tu vas venir les voir.

Maman m'a tapoté la joue puis a remercié Trinity d'être venue et a quitté la scène.

— Lui as-tu demandé de me laisser faire ça ? a soufflé Trinity.

Mes sourcils se sont haussés. — Je n'avais aucune idée que tu serais là. J'ai installé les tables hier soir et j'étais ici pour les ranger avant la danse.

— Elle a dû faire une vérification des antécédents. Comment ne savais-tu pas qu'elle me laissait travailler ici ?

J'ai pris une respiration et l'ai lentement expirée. — C'est l'une des nombreuses questions que j'ai l'intention de lui poser plus tard.

— Veux-tu que j'arrête de travailler ici ? a-t-elle demandé doucement.

— Non. Je ne t'empêcherais jamais de faire quelque chose que tu aimes. On dirait aussi que tu as eu une bonne participation.

Trinity a ricané et a rangé le balai contre le mur. Je l'ai suivie, voulant une minute sans tant de regards indiscrets.

Elle est restée face au mur pendant un long moment et a secoué la tête.

— Qu'est-ce qui ne va pas ?

— J'ai eu deux filles, a-t-elle sifflé, se retournant pour me faire face. — Deux. Je pensais avoir vingt enfants, mais j'en ai eu deux. Je veux être heureuse d'en avoir touché ne serait-ce qu'un, mais j'ai l'impression d'avoir échoué. Ce n'est pas une bonne participation. C'est pathétique.

J'ai souri, ce qui n'a fait que la mettre plus en colère.

— Tu trouves ça drôle ?

J'ai secoué la tête. — Je ne ris pas de toi pour avoir eu deux enfants. Je ris de toi parce que tu penses que c'est une mauvaise chose. Ces enfants... ces enfants viennent ici parce que la vie à la maison n'est pas géniale. Beaucoup d'entre eux n'ont qu'un seul parent à la maison. Les programmes sont peu coûteux parce que beaucoup de ces enfants sont aussi ceux qui obtiennent des repas gratuits ou à prix réduit à l'école. Ils viennent de familles qui n'ont pas grand-chose. Et avec tout ça, ils sont déjà différents de leurs camarades de classe. On se moque déjà d'eux et essayer quelque chose de nouveau n'est pas facile. Ces enfants veulent se fondre dans la masse, pas se démarquer. Alors deux enfants qui étaient prêts à te rejoindre... c'est une excellente participation à mon avis.

L'ombre d'un sourire a relevé ses lèvres.

J'ai incliné la tête vers le terrain de basket. — Pourquoi ne viens-tu pas me laisser te montrer comment tirer au panier ?

Ses sourcils se sont levés et elle a souri. — Je pense que je peux faire ça.

CETTE FEMME m'a botté les fesses au basketball. J'étais tout fier pendant environ cinq minutes, lui montrant comment tenir le ballon et faire pivoter son poignet, puis je lui ai dit de se placer sur la ligne des lancers francs pour tirer. Elle l'a réussi. Rien que du filet.

J'ai su que j'étais dans le pétrin. Non seulement elle pouvait tirer au panier, sans effort, mais elle avait l'air bien en le faisant et tous les garçons tombaient sous son charme.

Ils n'étaient pas les seuls.

— Je pense que tu me dois un dîner de victoire, a-t-elle dit avec un large sourire.

J'ai secoué la tête. — Je pense que tu me dois un dîner puisque tu m'as arnaqué.

— Je n'ai rien fait de tel. Tu as supposé que puisque je fabrique des bijoux, je ne peux pas jouer au basket. Tu n'es que des paroles en l'air, disant à ces garçons qu'ils peuvent tout faire, puis tu penses que je suis une femme impuissante qui ne peut même pas tenir un ballon de basket, encore moins te botter les fesses.

— Mademoiselle Trinity, vous ne pouvez pas dire ce mot, lui a dit une des petites filles.

Les joues de Trinity ont rougi et elle s'est accroupie devant la fille. — Tu as raison, Heather. Je n'aurais pas dû dire ce mot. Merci de m'avoir corrigée.

Heather a rayonné puis s'est éloignée en courant, les compliments la rendant heureuse.

— Où as-tu appris à jouer ? lui ai-je demandé.

Elle a regardé le panier et a dit : — Mon père. Il adorait jouer. Nous avions un panier au-dessus de notre garage quand j'étais petite. Quand nous avons déménagé, je n'ai joué que pendant les cours de gym. Je voulais essayer d'intégrer l'équipe de l'école, mais nous avons déménagé avant la saison et ils avaient déjà choisi l'équipe dans ma nouvelle école.

L'année suivante, je fabriquais des bijoux avec ma grand-mère.

— On dirait que c'était comme faire du vélo pour toi.

Elle a souri. — C'était un peu ça. En plus, c'était amusant de te battre.

J'ai ri bruyamment et secoué la tête. — Je pense toujours que j'ai été arnaqué.

Elle a secoué la tête. — Tu es mauvais perdant. Où as-tu appris à jouer ? Je savais que tu jouais au baseball, mais je ne savais pas que tu jouais aussi au basket.

— Tu te renseignes sur moi ?

Elle a ricané. — Pas du tout.

J'ai souri et regardé autour du gymnase usé avec la peinture défraîchie et le plancher en bois plus vieux que moi. — J'ai appris ici. Sur ce sol.

Elle a plissé les yeux et incliné la tête en question.

— Mon frère et moi, nous étions ces enfants en grandissant. Mère célibataire, vivant dans un appartement délabré, pas assez de nourriture la plupart du temps, et comptant sur un étranger pour nous apprendre quelque chose parce que notre mère travaillait trois emplois juste pour essayer de joindre les deux bouts.

Elle a soutenu mon regard pendant une minute. Je n'étais pas sûr si elle me jugeait ou essayait de décider si je mentais, mais c'était dit.

Je n'avais jamais parlé à personne de la façon dont j'avais grandi. Je détestais ça. On se moquait constamment de moi pour les repas gratuits que j'obtenais de l'école et les vêtements d'occasion que je portais. L'enfant le plus riche de l'école avait fait un don et ma mère me l'avait rapporté. Je ne m'étais pas rendu compte que ça lui avait appartenu jusqu'à ce que j'arrive à l'école portant ses vêtements rejetés et qu'il me le fasse remarquer. Je n'avais jamais été aussi honteux de ma vie.

Être au centre communautaire était différent. C'était le seul endroit où je sentais qu'on ne me jugeait pas. Tous les autres étaient comme moi. Nous étions tous un peu usés aux bords et un peu en retard sur tout.

C'est pourquoi j'attribuais au centre communautaire le mérite d'avoir intégré les équipes de baseball et de basket au lycée. Le baseball était mon sport, mais nous n'avions pas l'argent pour que je joue en Ligue Mineure. Ce n'est que lorsque j'ai pu jouer pour l'école, et avoir de l'équipement fourni gratuitement, que j'ai joué. Mais la confiance que j'ai gagnée en moi-même et l'utilisation de la salle de musculation gratuite au centre communautaire ont rendu tout cela possible.

Attendre que Trinity se moque de moi et dise que je n'étais pas assez bien pour elle était comme si quelqu'un tirait lentement mes entrailles. L'anse MacKellar n'était pas une ville riche, mais je savais que je ne me mesurais même pas aux standards de L'anse MacKellar.

La dernière chose à laquelle je m'attendais était qu'elle s'approche de moi et dise : — Si tu penses que je vais te laisser échapper au paiement de mon dîner, tu n'as pas fait attention à qui je suis.

Elle m'a souri d'un de ces sourires provocateurs et s'est retournée, ajoutant un petit rebond à son pas alors qu'elle me narguait avec ses courbes sublimes.

Mon Dieu, elle était parfaite.

— C'est une femme sympathique, a dit ma mère à côté de moi.

J'étais si perdu à regarder Trinity que je n'avais même pas remarqué l'approche de ma mère. — Elle l'est. Bien que je te l'aurais dit si tu m'avais appelé à son sujet.

Maman a haussé les épaules.

— Pourquoi ne m'as-tu pas appelé ?

Elle a croisé les bras et s'est tournée vers moi. — Tu n'es

pas la seule personne que je connais au commissariat. De plus, te demander de l'aide me donne toujours l'impression que je contourne le système.

— Pourquoi ? Tu sais que ça ne me dérange pas.

Maman a haussé les épaules. — J'ai pensé que tu ne voudrais pas faire celle-ci.

— Pourquoi ?

— Les références qu'elle m'a données étaient des personnes que tu as mentionnées. J'ai supposé que tu la connaissais, et je ne voulais pas te mettre dans une position inconfortable ou violer des confidences. Alors j'ai demandé à quelqu'un d'autre de le faire.

— Qui ?

Maman a haussé les épaules et détourné le regard.

— Maman, qui ?

— Ton partenaire.

— Masterson, ai-je grogné.

— Il est très gentil.

— Non, il ne l'est pas. C'est un crétin.

— Jimmy Rucker. N'utilise pas ce langage dans cet endroit.

J'ai serré la mâchoire jusqu'à ce qu'elle craque. J'ai secoué la tête parce qu'il n'y avait aucune raison de discuter avec elle. Ma mère avait toujours dirigé d'une main de fer, mais elle avait eu plein de moments où elle était douce comme une plume avec mon frère et moi. Parler mal de quelqu'un et jurer étaient deux de ses lignes dures. Elle ne laissait jamais passer ni l'un ni l'autre. Jamais.

— Je ne l'aime pas, maman. Je pense que c'est un abruti arrogant sans compassion pour les gens de cette ville. Il veut arrêter tout le monde.

— N'est-ce pas ton travail ?

J'ai levé les yeux au ciel. — N'es-tu pas celle qui me dit toujours de regarder au-delà de la première impression des gens ? Que si tu ne vois que la surface, tu manqueras les meilleures parties ?

— Oui, c'est pourquoi tu dois chercher plus chez Rowan. C'est un homme bien, et tu ne lui donnes pas une vraie chance.

— Mais-

— Jimmy, tu ne vas pas me faire changer d'avis sur lui. Laisse tomber. Vas-tu venir dîner bientôt ?

— Pourquoi ne viens-tu pas chez moi ?

Elle a secoué la tête. — Ta maison est trop chic pour moi. Pourquoi ne viens-tu pas au vieil appartement ?

J'ai soupiré. — On verra, maman.

Elle a hoché la tête et embrassé ma joue. — Allez, file, mon chéri. Je vais finir et rentrer à la maison. Je t'aime.

— Je t'aime aussi, maman.

Je suis sorti, sautant par-dessus les fissures du trottoir, trébuchant presque sur quelques nouvelles. J'ai fait tournoyer mes clés autour de mon doigt et sifflé en marchant vers mon pick-up.

Et j'ai laissé tomber mes clés quand j'ai contourné l'arrière et trouvé Trinity appuyée contre ma portière.

— Salut, ai-je dit, me penchant pour ramasser mes clés et me sentant comme un idiot.

— Salut. Je commençais à penser que je devrais simplement partir.

— Désolé. Je ne savais pas que tu m'attendais. Je parlais à ma mère.

— Tout va bien ?

J'ai hoché la tête. — Oui, tout va bien. On discutait juste.

— Tu la vois souvent ?

J'ai levé un sourcil et me suis adossé à mon pick-up à côté d'elle. — Tu as vraiment attendu ici pour me poser des questions sur ma mère ?

Elle a souri et baissé le menton. Puis elle a secoué la tête. — Non, ce n'est pas pour ça.

— Alors pourquoi es-tu encore là, Trinity ? ai-je demandé, ma voix baissant d'un ton.

— Parce que tu me dois un dîner, a-t-elle dit.

J'ai ri. — D'accord. Où veux-tu aller ?

— Oh, et je peux choisir ? Je pense que je vais apprécier ça.

J'ai ri et hoché la tête. Elle n'était pas la seule.

15

Je m'attendais à moitié à ce que Trinity choisisse un restaurant ridiculement cher pour le dîner, mais elle m'a surpris en suggérant de prendre à emporter et de faire un pique-nique au parc Catherine.

— Tu es sûre que ça te convient ? lui ai-je demandé tandis que nous nous asseyions. Je n'avais pas de couverture pour nous installer, alors nous avons pris quelques chaises et équilibré notre nourriture sur nos genoux.

Elle a hoché la tête en sirotant son milkshake. — C'est parfait. La soirée est magnifique. C'est exactement le temps que je préfère. Frais mais pas désagréable pour être dehors. J'essaie d'en profiter au maximum avant l'arrivée de l'automne.

— Tu n'aimes pas l'automne ? ai-je demandé en déballant mon sandwich et en prenant une bouchée.

Elle a secoué la tête. — Non, j'adore l'automne. C'est juste que je ne suis pas très fan de ce qui vient après.

J'ai ri. — L'hiver ?

Elle a frissonné. — Ne prononce même pas ce mot.

J'ai ri à nouveau. — N'as-tu pas grandi à Syracuse ? Ce n'est pas vraiment réputé pour sa chaleur.

Elle a secoué la tête. — Je n'ai pas dit que je voulais y retourner ou que c'était plus chaud. Juste que je n'aime pas le froid. J'ai sérieusement envisagé de déménager quelque part comme San Diego où il fait toujours environ vingt degrés, mais je pense que les quatre saisons me manqueraient.

— Donc, tu n'aimes pas l'hiver, mais tu n'es pas prête à y renoncer ?

— Je n'ai jamais prétendu être logique ou facile à comprendre.

J'ai souri. — Ça, c'est certain.

Nous avons échangé un sourire et mangé nos sandwichs en silence pendant une minute. Un jeune couple avec un chien lançait un frisbee sur l'herbe devant nous. Un couple plus âgé se promenait main dans la main le long de l'eau. Les doux bruits de la ville nous entouraient. L'eau clapotait au bord du rivage. Les mouettes volaient au-dessus de nos têtes. C'était agréable de passer du temps avec elle.

— Tu aides souvent ta mère ? a-t-elle demandé en froissant son emballage et en le jetant dans le sac.

J'ai acquiescé et rangé mes déchets avec les siens. — J'essaie. J'ai une relation un peu amour-haine avec cet endroit. On y a passé beaucoup de temps en grandissant, et dès que j'ai pu, je me suis éloigné de tout ce qui me rappelait mon ancienne vie.

— Mais tu vis toujours ici ?

J'ai ri doucement. — J'ai envisagé de déménager des tas de fois. Mon frère est parti pour l'université et n'est jamais revenu. Il est marié, a un enfant, un chien et une maison avec une clôture blanche. Il est heureux et ne veut absolument pas revenir. Mais ma mère est toujours là. Je ne me sens pas capable de la laisser.

— Elle semble être plutôt indépendante.

J'ai ricané. — Tu n'as pas idée. Je pense qu'elle me demande de l'aider uniquement pour que je sois obligé d'aller la voir.

— Tu ne vas pas voir ta mère ? a demandé Trinity.

— Si. J'essaie de la faire venir chez moi, cependant.

Trinity a hoché la tête. — Je comprends. Je ne pense pas que je pourrais retourner voir ma mère dans la maison où j'ai grandi. Perdre mon père et voir nos vies changer à ce point... ce serait difficile d'y être. La maison de ma grand-mère, c'est différent. Ça ne me dérange pas autant d'y être.

— J'ai essayé de convaincre ma mère de déménager. Je lui ai même proposé de vivre avec moi—

— Sérieusement ?

J'ai haussé les épaules. — Je ne veux pas qu'elle reste dans cet endroit. Oak Hill est délabré et ce n'est pas sûr. Surtout pour une femme vivant seule.

— Penses-tu vraiment qu'elle ne peut pas se débrouiller toute seule ?

J'ai pris une inspiration et hésité à dire oui, mais au fond ce n'était pas la vérité. J'ai regardé Trinity. — J'ai détesté grandir là-bas. J'ai détesté grandir comme je l'ai fait. J'étais toujours responsable de mon frère, et on était seuls à la maison la plupart du temps. Ma mère occupait trois emplois. Quand j'y retourne, j'ai l'impression d'être un raté. Comme si je n'aurais jamais dû en sortir. Et Anna... la mère de Joey ?

Trinity a hoché la tête en signe de compréhension.

— J'ai grandi avec elle. Elle vivait là-bas. La voir elle et ses garçons...

— Ça te fait culpabiliser, a-t-elle complété.

J'ai soutenu son regard et acquiescé. — Oui. Pourquoi j'ai pu m'en sortir et pas elle ? Et pire encore, j'étais jaloux d'elle quand elle s'est mariée. Je voulais ça. Je voulais une famille. Je lui en voulais d'avoir ce que je désirais.

— Ce n'est pas ta faute si les choses n'ont pas fonctionné pour eux, a dit Trinity doucement.

J'ai souri. — Je sais, mais je me sens quand même comme un con. Tu me l'as dit assez souvent.

Elle a souri. — Eh bien, tu l'es généralement avec moi.

J'ai souri et soutenu son regard pendant un long moment. Assez longtemps pour que ses yeux deviennent sombres et désireux. Pendant un instant, j'ai oublié où nous étions et me suis penché vers elle. Puis le chien a aboyé, et nous sommes sortis de notre transe.

— Hum, alors, euh, je devrais te raccompagner chez toi ?

Elle s'est levée en souriant. — Je pense que je peux me débrouiller pour faire quelques pâtés de maisons toute seule.

— Et si tu me laissais quand même te raccompagner chez toi ?

Elle a incliné la tête, ses boucles foncées glissant sur son épaule. Le regard dans ses yeux indiquait qu'elle n'était pas sûre de ce que je pensais, mais mes intentions étaient définitivement honorables. Cette fois. Je voulais passer quelques minutes de plus avec elle. Je l'aimais bien. Beaucoup.

Elle a hoché la tête et attendu pendant que je jetais nos déchets dans la poubelle la plus proche. Quand je suis revenu vers elle, elle m'a bousculé avec son épaule puis a enroulé sa main autour de mon bras.

Je l'ai regardée et souris. — Tu es prête à être vue avec moi en public et à montrer que nous nous apprécions maintenant ?

Elle a haussé les épaules. — Tu préférerais que je te lâche ?

— Putain, non.

Elle a souri et fait glisser sa main pour entrelacer ses doigts aux miens. — Je ne t'aime toujours pas.

J'ai ri doucement. — Compris.

Nous sommes passés devant O'Kelley's, laissant le grondement de la foule être notre conversation pendant un moment. Une fois le bruit derrière nous, sans être interrompu, j'ai demandé à Trinity : — Savais-tu que ma mère travaillait au centre communautaire avant d'y aller ?

Elle a secoué la tête. — Pas avant qu'elle ne le dise aujourd'hui. Pourquoi ?

J'ai haussé les épaules. — Je ne savais pas que tu envisageais d'y travailler. Et elle a fait comme si de rien n'était pour ne pas me le dire. Elle a demandé à mon coéquipier de faire une vérification de tes antécédents.

— C'est un problème ?

J'ai secoué la tête. — Non. C'est juste que... je ne laisse pas beaucoup de gens entrer dans cette partie de mon monde.

— Tu veux dire que tu ne veux pas que je sois bénévole là-bas ? a-t-elle demandé en s'éloignant.

— Non. Trinity, non. Je... je t'aime bien. Je sais que les choses entre nous ont été...

— Bizarres ?

J'ai laissé échapper un rire. — On peut dire ça. Quand les gens voient d'où je viens, il y a un changement. Et ce n'est pas un bon changement.

— Tu penses que je vais te détester maintenant parce que tu as grandi sans beaucoup d'argent ? a-t-elle demandé.

Je n'ai pas répondu, ce qui était une réponse en soi.

— Eh bien, je ne t'aimais déjà pas avant, alors ça ne va vraiment rien changer.

J'ai éclaté de rire et secoué la tête. — J'ai vraiment envie de t'embrasser maintenant.

Elle a levé les yeux vers moi et souri. — Merci de me faire confiance avec ton passé.

— Merci de ne pas t'enfuir loin de moi.

Nous avons continué à marcher en silence. J'ai tenu la porte pour qu'elle entre dans son immeuble et l'ai suivie dans les escaliers. Arrivée à sa porte, elle a tâtonné avec ses clés.

— Tu veux entrer ?

J'ai acquiescé et me suis penché vers elle. Elle m'a regardé, le désir dans son regard. — J'adorerais, mais je ne vais pas le faire.

Elle a chassé le voile de ses yeux et les a plissés. — Quoi ? Pourquoi ?

J'ai glissé ses boucles derrière son oreille et embrassé son front. — Parce que je ne veux pas simplement te baiser, Trinity. J'ai embrassé sa joue. — Je veux te toucher. J'ai embrassé son oreille. — Je veux te tenir contre moi. J'ai embrassé sa mâchoire. — Je veux te rendre folle jusqu'à ce que tu ne puisses pas t'empêcher de tomber amoureuse de moi.

Elle a laissé échapper un rire surpris.

J'ai embrassé son nez. — Je te l'ai déjà dit, ce n'est pas juste du sexe pour moi. Je me suis amusé ce soir. J'ai envie de te revoir. Et j'espère que tu seras d'accord.

Elle a hésité un moment puis a hoché la tête.

Je me suis penché lentement, soutenant son regard jusqu'à ce que ses yeux se ferment et que nos lèvres se scellent. Ses lèvres se sont entrouvertes sous les miennes, me laissant entrer tout en prenant le contrôle. Sa langue a glissé le long de la mienne. Elle a enroulé ses bras autour de mon cou et a collé son corps au mien. Elle a gémi doucement dans ma bouche et exprimé son approbation quand j'ai enroulé mes bras autour de sa taille pour la serrer davantage.

Nous nous sommes écartés, haletant à l'unisson, nous regardant avec rien qu'un souffle entre nous.

— Je devrais y aller, ai-je murmuré.

Elle a acquiescé. — Je sais.

Je l'ai embrassée à nouveau, lentement et profondément, jusqu'à ce que je ne sois plus sûr de pouvoir m'arrêter.

Elle s'est écartée une fois de plus. — Bonne nuit, Officier.

J'ai secoué la tête et fait un pas en arrière. — Bonne nuit.

Elle est entrée chez elle et a fermé la porte à clé entre

nous. Je n'ai pas pu m'empêcher de sourire tout le long du chemin jusqu'à chez moi.

PENDANT LES JOURS SUIVANTS, j'ai réfléchi à ce que je devais faire à propos de Trinity. Je l'aimais vraiment bien, et nous nous rapprochions certainement. Je ne l'avais pas revue depuis notre dîner, mais je voulais la voir pendant le week-end.

Ce qui signifiait que je devais rompre avec la femme avec qui j'avais été mis en relation sur À la Recherche du Héros Littéraire Parfait.

Je savais que c'était un comportement de connard, mais je parlais aux deux depuis un moment. Les choses avec Trinity... je ne m'attendais jamais à ce que ça arrive. La femme sur l'application... elle était géniale. Facile à parler, drôle, gentille. Je pourrais vraiment l'apprécier. Mais elle n'était toujours pas réelle pour moi. Trinity l'était.

Je devais mettre fin aux choses avec la femme de l'application, mais je n'étais pas sûr de la meilleure façon de le faire sans être un con. La seule raison pour laquelle j'y mettais fin était qu'il n'était pas juste vis-à-vis de Trinity ou d'elle que je parle aux deux. Ce n'était pas parce que je ne l'aimais pas. Si je pouvais les fusionner en une seule personne, ce serait parfait.

Je fixais mon téléphone, l'application ouverte, avec un nouveau message prêt à envoyer à fille de diamant lorsqu'-Hudson s'est arrêté devant moi avec une bière.

— Ça va ?

J'ai hoché la tête. — J'essaie de trouver comment rompre avec quelqu'un que je n'ai jamais rencontré.

— Au moins, tu sais qu'elle ne te jettera pas un verre au visage ou ne fera pas quelque chose de fou, a dit Hudson.

Je l'ai regardé et j'ai suivi son regard vers un couple qui se disputait. Le gars dégoulinait, essuyant ce qui était autrefois sa boisson sur son visage. La femme se tenait au-dessus de lui en lui criant dessus.

Après quelques secondes, elle est partie furieuse et il a regardé autour de lui comme s'il pensait que tout le monde dans le bar n'avait peut-être pas remarqué.

J'ai grimacé pour lui. — Ouais, c'est vrai.

— Avec qui romps-tu ? a demandé Hudson. Et pourquoi ?

— Je parlais avec cette femme sur l'application que Karissa a créée. Elle est super, mais je dois mettre fin à cette relation.

— À cause de Trinity ?

J'ai reculé. — Ouais. Et comment diable le savais-tu ?

Hudson a ricané. — S'il te plaît. Tu fais toujours des conneries stupides autour d'elle. Tu es un sacré veinard qu'elle ait même daigné te regarder une deuxième fois.

J'ai acquiescé. — Je sais. Et je ne veux pas tout gâcher en continuant à parler à cette autre femme. Quand Trinity et moi... la première fois, c'est juste arrivé. Elle n'était pas contente de ça, et—

— Qu'est-ce que tu veux dire par "elle n'était pas contente" ? a grondé Hudson, se penchant près de moi et me faisant face.

J'ai calmement soutenu son regard et secoué la tête. — Pas comme ça. C'était totalement consensuel. Je ne forcerais jamais une femme.

Il m'a fixé pendant une autre minute avant de hocher la tête et de reculer.

— Quoi qu'il en soit, elle m'a détesté pendant si longtemps qu'elle n'était pas heureuse que nous ayons couché ensemble, même si je ne l'ai pas forcée. La deuxième fois était différente, mais je n'étais toujours pas sûr de ce qu'elle ressentait. Puis elle s'est portée volontaire au centre communautaire.

Les sourcils d'Hudson se sont levés et il s'est penché en arrière, bras croisés. — Vraiment ?

J'ai acquiescé. — J'y suis allé mardi soir pour aider Maman, et Trinity était là, apprenant à des enfants à faire des bijoux. On s'est mis à parler et on a dîné ensemble, et c'était bien.

— Et maintenant tu es prêt à rompre avec cette autre femme.

J'ai hoché la tête à nouveau. — Il le faut. Je l'aime bien, mais je ne connais pas son vrai nom ni rien. Je ne vais pas renoncer à ce que je pourrais avoir avec Trinity pour un peut-être avec une inconnue. Mais je ne veux pas être un total connard quand j'y mettrai fin.

— Hillary me disait toujours de dire la vérité. Même quand ça semblait pire, sois honnête.

J'ai bu une gorgée de ma bière et pris une profonde inspiration. — Hillary était une femme intelligente. Sauf pour la partie où elle t'a épousé.

Hudson m'a fait un doigt d'honneur et a secoué la tête en s'éloignant. Mais j'ai vu son sourire et je savais qu'il n'était pas en colère.

Hudson et Hillary étaient le genre de couple dont tout le monde voulait faire partie. Je ne la connaissais pas bien, mais c'était évident pour quiconque les rencontrait qu'ils étaient faits l'un pour l'autre. Hudson n'avait jamais été plus heureux de sa vie, et Hillary était parfaite pour lui. Quand elle est morte, il a à peine tenu le coup. Elle était sa raison de vivre. Ils étaient revenus à L'anse MacKellar, mais il s'est éloigné de tout le monde en ville après la mort d'Hillary. Il a vendu la maison qu'ils avaient et a acheté un bungalow à la périphérie de la ville. Il a à peine quitté son domicile pendant des mois, mais un jour, il s'est ressaisi et a dit qu'Hillary ne voudrait pas qu'il gâche sa vie à cause d'elle.

Il lui a encore fallu un an ou deux pour se remettre, mais quand il l'a fait, il s'est investi pour faire d'O'Kelley's un endroit où tout le monde se sentait comme chez soi. J'étais sûr qu'Hillary aurait été fière de lui.

Perdre Hillary a été difficile pour nous tous. Elle était un point lumineux à L'anse MacKellar pendant qu'elle y vivait. Hudson m'a dit une fois qu'elle était la raison pour laquelle il était revenu. Elle n'était pas proche de sa famille, et même si la famille de Hudson avait quitté la région, elle savait qu'il aimait cet endroit. Elle voulait qu'ils vivent dans un endroit qui se sentait comme chez eux, peu importe où ils allaient en ville.

Quand je suis revenu après l'académie, j'étais heureux d'avoir mon ami de retour dans ma vie. Et j'étais heureux qu'il apporte avec lui la sagesse d'une femme intelligente.

J'ai tapé un message rapide à fille de diamant et appuyé sur envoyer avant de pouvoir m'arrêter.

— Salut, toi, a dit Trinity juste à côté de moi.

— Salut, ai-je dit, rangeant mon téléphone avant qu'elle puisse voir l'écran.

Son téléphone a sonné avec une alerte. Elle l'a sorti et a plissé les yeux sur l'écran.

— Tout va bien ?

Elle a acquiescé et l'a remis dans sa poche. — Oui. Rien d'important. Je ne savais pas que tu serais ici ce soir.

— C'est jeudi. Ian, Ramsey, Colin et moi, on se retrouve habituellement.

— Oh. Je les ai vus plusieurs fois, mais pas toi. Je te laisse profiter de ta soirée.

Je me suis tourné vers elle. — Je préférerais de loin la passer avec toi.

Elle a souri et secoué la tête. — Tu as besoin de tes amis. Je ne suis pas une de ces femmes qui exigera tout ton temps.

— Je ne pensais pas que tu l'étais, mais je n'ai pas eu beaucoup de ton temps du tout. J'ai envie de te revoir.

— Oui, d'accord. Je suis sûre qu'on peut trouver quelque chose.

Elle a hoché la tête et a glissé de son tabouret. Elle a fait un signe de la main, souri et disparu dans la foule. Je l'ai cherchée, mais je n'ai pas pu voir où elle avait atterri.

— Tout va bien ? a demandé Hudson.

Je me suis retourné vers lui et j'ai secoué la tête. — Je ne sais pas.

— J'imagine que lui parler de l'autre femme ne s'est pas bien passé.

— Je ne lui ai pas parlé de l'autre femme. J'ai dit à l'autre femme que j'avais rencontré quelqu'un en personne et que je ne me sentais pas à l'aise de la mener en bateau. Je n'ai rien dit à Trinity.

Hudson a inspiré brusquement. — Ça va te revenir en pleine gueule. Elle devrait savoir.

J'ai haussé les épaules. — Il n'y a rien à savoir. Je n'ai jamais rencontré cette femme. Rien ne s'est passé.

— Ça s'appelle une infidélité émotionnelle, a dit Hudson. Pour les femmes, c'est tout aussi grave.

— Ce n'est pas... Je ne pense pas que ce soit grave.

Mon téléphone a vibré dans ma poche avant qu'Hudson ne puisse répondre. Il est parti servir des boissons à quelqu'un d'autre pendant que je le sortais. fille de diamant avait répondu.

FILLE DE DIAMANT

Je comprends tout à fait. J'essayais de
trouver comment te dire la même chose.
Bonne chance.

J'ai tapé en retour *merci, toi aussi,* et fermé l'application. C'était fait. Rien à craindre.

16

TRINITY

J'ai regardé James remettre son téléphone dans sa poche. L'application m'a alertée qu'il avait répondu. C'était une coïncidence qu'il envoie un message à quelqu'un au même moment où j'en recevais un. J'étais presque certaine que c'était une coïncidence trop grande pour que ce ne soit pas lui qui m'envoyait des messages.

J'ai secoué la tête. James était JPo. Le gars que j'aimais vraiment et avec qui je n'étais pas sûre de pouvoir continuer à parler à cause de James... était James.

Et il venait de rompre avec moi pour moi.

J'essayais de décider quoi faire quand Piper a apporté une bière et l'a posée devant moi. —De la part du type au bar, a-t-elle dit en désignant l'extrémité où James n'était pas assis.

J'ai jeté un coup d'œil et j'ai vu un homme mignon qui levait son verre. Il avait les cheveux brun foncé et la peau légèrement bronzée. Son sourire était amical, pas malsain. Normalement, je n'hésiterais pas à accepter un verre d'un inconnu, mais je me sentais mal à l'aise puisque j'étais impliquée avec quelqu'un d'autre.

—Qu'est-ce que je suis censée faire ? ai-je demandé à Piper.

Elle a haussé les sourcils et souri. —Eh bien, habituellement, tu lèves le verre et tu bois. Je peux te chercher une paille si tu préfères.

J'ai levé les yeux au ciel. —Tu sais ce que je veux dire.

—Tes options sont d'accepter le verre et de savoir qu'il va probablement venir te parler, ou de le refuser et manquer une bière gratuite.

—Je ne suis pas disponible, ai-je avoué.

Elle a souri. —Oui, je sais.

—Tu... On en parlera dans une minute. Que dois-je faire pour le verre ?

—Quoi que tu fasses, fais-le vite parce qu'il vient par ici maintenant.

Piper s'est dépêchée de partir, laissant la bière sur la table devant moi. Et juste derrière se trouvait l'homme qui l'avait envoyée.

—Salut, a-t-il dit en affichant à nouveau ce sourire accueillant.

—Euh, salut.

—Ça vous dérange si je m'assieds ?

Je l'ai regardé fixement, essayant de déterminer comment répondre à sa question. De son point de vue, j'avais accepté le verre. Il n'avait aucune idée de ce dont je parlais avec Piper.

J'ai jeté un coup d'œil à James, mais il me tournait le dos. J'ai regardé à nouveau l'étranger et j'ai hoché la tête. —Bien sûr.

Il a pris place et m'a tendu la main. —Je m'appelle Adam.

—Enchantée. Trinity.

—Un nom magnifique pour une femme magnifique. Vous habitez dans le coin, Trinity ?

J'ai acquiescé. —Oui. Et vous ?

Il a secoué la tête. —Non, mais c'est magnifique ici. J'ai du mal à imaginer retourner à ma vie ennuyeuse à New York.

—Vous êtes de New York ?

Il a hoché la tête et a bu une gorgée de la bière qu'il avait apportée. —En effet. Né et élevé là-bas. De temps en temps, j'essaie de sortir et d'explorer le reste du monde. Ralentir un peu. Je pense que nous avons tous besoin d'un rythme plus lent.

J'ai acquiescé. —Je suis d'accord. C'est pourquoi j'ai déménagé ici. J'aimais le paysage mais aussi les gens. C'est un endroit formidable où vivre.

—Votre appartement est proche ?

J'ai encore hoché la tête, le regrettant aussitôt. Je venais d'être cambriolée, et j'étais en train de dire à un parfait inconnu que j'habitais près d'ici. Sans compter que je voyais quelqu'un et que je n'avais pas encore mentionné ce petit détail.

—Peut-être pourriez-vous me montrer, a-t-il dit en se penchant et en glissant un doigt le long de mon bras.

—C'est l'heure de partir, mon pote, a dit James, soulevant le type de sa chaise et le poussant vers la porte.

—Hé, mec, c'est quoi ce délire ? a dit Adam, essayant de se dégager de l'emprise de James.

—Elle n'est pas disponible, a dit James.

—Elle ne me l'a jamais dit. Comment étais-je censé le savoir ? a argumenté Adam.

James s'est figé. Son regard a croisé le mien, puis s'est posé sur les bières devant moi avant de revenir vers moi. Il a lâché Adam et a fait un pas en arrière. Il a hoché la tête une fois et a dit : —Désolé pour ça. J'ai dû mal comprendre la situation.

Adam a haussé les épaules et a acquiescé. James l'a contourné et est sorti précipitamment.

J'étais déjà debout et je courais après James avant

qu'Adam ne puisse faire deux pas vers moi. Il a essayé de me rattraper, mais je l'ai évité et me suis précipitée dehors.

James s'éloignait rapidement dans la direction opposée à mon appartement. Je l'ai appelé, mais il m'a ignorée et a continué à marcher.

Me maudissant d'avoir mis des sandales alors qu'on était mi-septembre, j'ai marché/couru sur le trottoir pour le rattraper. Je pouvais voir sa silhouette monter la colline dans le parc Catherine, et j'ai essayé d'accélérer avant qu'il ne quitte le parc et disparaisse. J'ai réalisé à ce moment-là que je ne savais même pas où il habitait et que je ne pourrais pas le retrouver s'il rentrait chez lui.

J'ai gravi la colline et j'ai regardé autour de moi, mais c'était calme. Personne ne marchait. Une voiture est passée, mais ce n'était pas le camion de James. Je n'avais aucune idée d'où il se trouvait.

—Bon sang, ai-je dit à haute voix.

—Un problème ? a-t-il demandé, assis sur une chaise à quelques pas de moi.

J'ai sursauté au son de sa voix. Il était caché dans le siège, invisible de derrière. Mais il avait fait connaître sa présence.

J'ai pris place à côté de lui et j'ai dit : —Je ne l'ai pas invité à s'asseoir avec moi.

—Et tu ne lui as pas dit que tu voyais quelqu'un. Peut-être...

—Peut-être quoi ?

—Peut-être que je suis plus investi dans cette relation que toi.

—Tu veux dire comme rompre avec ton match sur À la Recherche du Héros Littéraire Parfait ? ai-je demandé.

Il s'est tourné vers moi, les sourcils froncés en signe d'interrogation.

J'ai haussé un sourcil. —Es-tu JPo ?

—Comment diable sais-tu cela ?

—Parce que je suis fille de diamant. Tu as rompu avec moi tout à l'heure.

Il a incliné la tête, visiblement incertain de ce qu'il devait penser.

J'ai déverrouillé mon téléphone et ouvert l'application. Je suis allée dans nos conversations et lui ai tendu mon téléphone pour qu'il puisse lire les mots que nous nous étions écrits.

Il a ri. —Je suppose que je n'avais pas besoin de rompre avec toi plus tôt. Puisque je le faisais à cause de ma relation avec toi. Depuis quand le sais-tu ?

—Depuis que je recevais des messages au moment même où tu contactais quelqu'un.

Il a secoué la tête. —J'aurais dû me douter que trouver une femme était déjà assez difficile. En trouver deux devait être impossible.

J'ai ri avec lui. Nous sommes restés assis tranquillement ensemble pendant une minute.

—J'ai rompu avec la version virtuelle de toi parce que je ne voulais pas être injuste envers la toi de la vie réelle. J'ai besoin de savoir si nous sommes sur la même longueur d'onde. Si ce n'est pas le cas, ce n'est pas grave. Mais si tu cherches encore d'autres options, je ne suis pas sûr de pouvoir gérer ça.

J'ai secoué la tête et j'ai tendu la main vers la sienne. Il m'a laissée entrelacer nos doigts, mais il ne m'a pas regardée. — Ce gars m'a envoyé une bière. J'ai demandé à Piper ce que je devrais faire puisque je ne suis pas célibataire, mais avant qu'on puisse trouver une solution, le gars m'a rejointe. Je ne lui ai pas dit que je te voyais parce que je n'en ai pas eu l'occasion. Il m'a demandé mon nom et si j'habitais ici, m'a dit qu'il venait de New York, s'est invité chez moi, et puis tu l'as sorti de son siège. Je lui aurais dit non et expliqué pourquoi, mais je n'en ai pas eu l'occasion.

James a serré mes doigts et a lâché ma main. Il s'est penché en avant et a posé ses coudes sur ses genoux. —Mon père nous a quittés quand j'étais enfant. Il partait souvent en voyage, et un jour, il n'est pas revenu à la maison. Il avait une petite amie ailleurs et elle est tombée enceinte. Il commençait une nouvelle famille avec elle au lieu de finir d'élever celle qu'il avait fondée avec ma mère.

—Ça a été dur pour nous tous, mais c'était le pire pour mon frère. Il ne comprenait pas comment Papa pouvait avoir une deuxième famille. Il était jeune. J'ai six ans de plus que lui, donc je comprenais un peu mieux. Mais je me suis juré de ne jamais être dans une relation avec quelqu'un si nous n'étions pas tous les deux pleinement engagés. Je sais que des choses arrivent, mais je ne supporte pas la tromperie ou le mensonge. Je ne le supporterai jamais.

—Je n'étais pas...

—Je sais. Tu n'as rien fait de mal. Mais je tire vite des conclusions. Ma mère ne l'a jamais vu venir. Elle était heureuse et stupidement amoureuse de mon père. Pendant des années, elle s'est convaincue qu'il reviendrait vers elle. Elle était certaine qu'il y avait une autre raison, quelque chose d'autre. Mon père ne la tromperait pas. Elle insistait là-dessus. Mais il n'est jamais revenu. Et la voir espérer si longtemps... c'était la partie la plus difficile pour moi. La voir croire qu'il l'aimait encore alors qu'il avait complètement tourné la page et nous avait oubliés, ça m'a fait me demander si on connaît vraiment une personne. Si la personne en qui tu mets toute ta confiance et ta foi te trompe, te ment et t'abandonne, est-ce qu'on peut vraiment connaître quelqu'un d'autre ?

—Tout dans la vie est fragile. Ma mère m'a appris cette leçon, lui ai-je dit. Mon père est mort dans un accident de voiture. C'est arrivé comme ça. Sans avertissement, sans préparation, juste là un jour, parti le lendemain. Pendant un moment, je me suis convaincue que je devais profiter au maximum de la vie avant que mon heure ne vienne. Puis j'ai décidé d'être heureuse et de ne pas laisser la peur me gouverner. Mais maintenant, je réalise que peu importe ce que nous faisons, la vie est fragile et nous pouvons soit la traiter avec des gants de soie et nous inquiéter de tout, soit faire confiance que même si elle se brise, elle est toujours là.

—Je ne suis pas sûr de comprendre, a-t-il dit en tournant la tête pour me faire un sourire ironique.

—Je ne veux pas avoir peur de tout. La vie est faite pour être vécue. Nous n'en avons qu'une. Si nous décidons de la traverser avec prudence à chaque tournant, nous risquons de manquer quelque chose. Si nous décidons de jeter la prudence au vent, nous risquons de manquer quelque chose. Il n'y a pas de règle unique. La vie est faite pour être appréciée, et si nous ne sommes pas prêts à essayer de le faire, quelle que soit la signification pour chacun d'entre nous, alors à quoi bon ?

—Donc, tu dis que la confiance n'a pas d'importance ?

J'ai secoué la tête. —Je dis que ma mère a fait confiance à ton père, a eu le cœur brisé, mais elle a aussi eu deux fils. Mon père n'a pas trahi ma mère, mais il est quand même parti. Tu ne dirais jamais qu'il a trahi sa confiance, mais elle a quand même le cœur brisé de l'avoir perdu. Je dis que peu importe le chemin que nous choisissons, la vie va nous faire chier et nous élever dans tous ces chemins.

—Espérons qu'elle nous laisse nettoyer la merde avant de nous élever pour que tout le monde puisse voir, a dit James avec un sourire.

J'ai ri doucement. —Je l'espère aussi.

Il s'est adossé dans son siège et a regardé la ville. —Je crois que j'aime ce que tu dis. Quoi que nous fassions, nous aurons des regrets et nous aurons de la joie, et la vie ne consiste pas à éliminer l'un ou l'autre, mais à choisir davantage de choses qui, selon nous, nous apporteront de la joie.

J'ai hoché la tête. —Exactement.

—Tu es plutôt intelligente. Tu le sais ?

J'ai haussé les épaules. —Eh bien, je t'ai choisi deux fois.

Il a éclaté de rire. —Je ne sais pas comment j'ai pu avoir cette chance.

—Tu as choisi la joie, lui ai-je dit.

Il s'est tourné vers moi et a haussé un sourcil. —Je connais un moyen par lequel je pourrais choisir beaucoup plus de joie. Il m'a tirée de ma chaise pour m'asseoir sur ses genoux. Il a embrassé ma gorge et a dit : —Beaucoup plus.

—Oui, s'il te plaît, ai-je soufflé.

—Ton appartement est plus proche.

Il m'a poussée de ses genoux et a saisi ma main alors que nous nous précipitions à travers la ville vers mon appartement. Nous avons monté les escaliers et sommes entrés sans être arrêtés par qui que ce soit. Un petit miracle dans une ville comme L'anse MacKellar.

Dès que la porte s'est refermée derrière nous, nous nous sommes déshabillés mutuellement et nous sommes jetés l'un sur l'autre. Il m'a suivie jusqu'à ma chambre et s'est effondré sur mon lit avec moi, lui au-dessus, me pressant contre mon matelas.

Il a embrassé mon cou et a léché un cercle autour de mon nombril. J'ai frémi et gémi en le sentant, ses épaules écartant mes cuisses. Ses dents ont pincé mes hanches et il a embrassé mes jambes. Quand il est arrivé à mes pieds, il a léché son chemin de retour, s'arrêtant pour embrasser et sucer l'intérieur de mes cuisses et entre mes seins.

Au moment où il a pressé ses lèvres contre les miennes, je haletais pour plus. Il s'est étendu sur moi et m'a embrassée paresseusement. Il a entrelacé nos doigts et les a amenés au-dessus de ma tête, embrassant et suçant ma gorge.

J'ai remonté mon pied le long de sa jambe, savourant la sensation de le sentir niché entre mes cuisses. Il m'embrassait comme si rien d'autre ne comptait en dehors de nous deux.

Quand il s'est reculé et m'a regardée, j'ai attendu qu'il dise quelque chose, mais il m'a juste fixée. Il a repoussé mon fouillis de boucles de mon visage et a embrassé tout mon visage, s'attardant assez longtemps pour murmurer : —J'ai hâte d'être à nouveau en toi.

J'ai gémi doucement à ses mots crus. —S'il te plaît.

—Bientôt. Il a traîné sa langue entre mes seins et a tracé les contours de mon soutien-gorge. —Enlève-le pour que je puisse te lécher.

Je me suis redressée pour atteindre mon soutien-gorge pendant qu'il retirait ma culotte. Je me suis recouchée sur mon lit complètement nue et ouverte à lui, lui faisant confiance.

Il se tenait au pied du lit et me regardait. Son regard a glissé de mon visage le long de mon corps et a remonté pour rencontrer le mien. La panique menaçait de me submerger, de me faire me couvrir. Allait-il partir et me laisser là, le désirant ? Allait-il rire et dire qu'il ne me voulait pas vraiment ? Allait-il me rejoindre sur le lit à nouveau et choisir la joie avec moi ?

J'ai retenu mon souffle en l'attendant. Quand il a retiré son slip et a mis un préservatif, il a dit : —Merci de me faire confiance.

Il a rampé sur le lit et m'a embrassée. Le baiser s'est attardé tandis qu'il glissait à nouveau le long de mon corps. Cette fois, il s'est arrêté entre mes cuisses et a pressé ses lèvres contre moi.

Un long gémissement s'est échappé de ma bouche. J'étais déjà proche. Il ne perdait pas de temps avec des préliminaires qui ne mènent nulle part. James était le genre d'homme qui savait exactement comment jouer avec mon corps et il allait me faire jouir aussi vite que possible.

Mon orgasme s'est construit et m'a rapidement coupé le souffle et tous mes sens. J'ai essayé de retenir l'intensité, mais James ne m'a pas laissée faire, pressant sa langue contre mon clitoris et enfonçant deux doigts en moi. J'ai joui intensément, tout mon corps devenant chaud puis froid alors que j'explosais sous son toucher expert.

—J'adore la façon dont tu jouis, a-t-il murmuré contre ma hanche. Il a lentement retiré ses doigts, jouant avec mon corps tout en remontant vers mes lèvres.

Il a hésité avant de m'embrasser, mais je l'ai attiré à moi. Il a grogné et a plongé, se plaçant entre mes cuisses et s'enfonçant en moi pendant que nous nous embrassions. Il a poussé en moi, soutenant son poids au-dessus de moi tout en me rendant folle avec ses baisers. J'ai enroulé mes jambes autour de ses hanches et j'ai gémi quand il s'est enfoncé plus profondément.

—Tu te sens tellement bien, a-t-il grogné contre mon cou. —Tellement bon, Trinity.

—Toi aussi, ai-je dit.

Je me suis laissée emporter par James, choisissant de ne pas trop approfondir ce qui se passait entre nous. Si ç'avait été n'importe quel autre homme, j'aurais pensé à un avenir avec lui. Mais James était différent. Si je me laissais tomber amoureuse de lui, je ne pourrais pas remonter. Je me perdrais en lui.

Comme chaque fois que nous étions ensemble.

Un autre orgasme s'est précipité vers moi, me submergeant alors qu'il s'enfonçait en moi. Il s'est redressé et m'a observée. Je ne pouvais pas le regarder. J'avais besoin de garder un peu de distance entre nous. Mais je ne pouvais pas détourner le regard.

Mon orgasme exigeait que je lâche prise, et j'ai fermé les

yeux pour que cela se produise. J'ai crié son nom et me suis accrochée à lui pendant que je tombais plus fort.

—Je te tiens, Trinity, a-t-il murmuré à mon oreille alors que je criais. —Je te tiens.

Mon corps a tremblé de contrecoups alors qu'il s'enfonçait profondément et trouvait sa propre libération. Je l'ai serré contre moi quand il s'est effondré sur moi, ne voulant pas le lâcher de sitôt.

Nos corps se sont refroidis alors que nos battements de cœur ralentissaient. La moiteur de la sueur et l'euphorie du sexe se sont combinées pour me faire sentir incroyable. Je ne voulais jamais lâcher les sentiments qu'il faisait naître en moi.

Il a fait un geste pour se lever et je l'ai laissé partir à contrecœur. Il a jeté un coup d'œil autour de lui, puis est allé dans ma salle de bain. Quand il est revenu, il avait l'air de ne pas savoir quoi faire.

—Tu veux rester pour un verre ? ai-je demandé, en me redressant sur mes coudes.

Il m'a regardée et a souri. —Oui, je veux bien.

Je lui ai rendu son sourire et j'ai quitté mon lit sans grâce. —Je te rejoins là-bas dans une seconde. N'hésite pas à voir ce que j'ai. Si tu veux rester un peu.

Il a acquiescé. —Je ne vais nulle part.

J'ai souri. Peut-être que la joie n'était pas un mot assez fort car je ressentais beaucoup plus que ça en ce moment. Mais je n'étais pas encore prête à utiliser cet autre mot.

James a dû travailler pendant tout le week-end, alors nous ne nous sommes pas beaucoup vus pendant quelques jours. J'ai décidé de dire à tout le monde lors de notre soirée entre filles du dimanche que nous nous fréquentions. Après avoir insisté sur le fait que nous ne nous plaisions pas, je n'étais pas sûre de comment ça allait se passer et j'ai continué à repousser le moment de leur annoncer.

— Tu as des nouvelles de ton match dernièrement ? m'a demandé Finley une fois que nous avions toutes fini le cheesecake aux framboises de Melody.

J'ai hoché la tête et me suis adossée contre mon siège. — Il a en fait mis fin à notre relation. Il a rencontré quelqu'un dans la vraie vie et a pensé que c'était préférable de ne pas parler à deux personnes à la fois.

— C'est nul, mais c'est honorable de sa part, a dit Blake. Elle a froncé le visage. — Surtout que tu pensais le rencontrer.

— Ça doit être contagieux, a dit Laura en levant les yeux au ciel. — Les choses se sont terminées entre moi et le gars que je voyais. Elle semblait indifférente, mais ses yeux trahissaient qu'elle en était contrariée.

— Vraiment ? Tu viens juste de le rencontrer le week-end dernier, a dit Elise.

Laura a hoché la tête et a lâché un petit rire. — Oui, mais il a dit qu'il n'y avait pas d'étincelle. Je semble avoir cet effet sur les hommes.

— Tu trouveras quelqu'un, l'a rassurée Elise.

Laura a souri et haussé les épaules. — Je ne sais pas. Je pense que je vais juste laisser les choses se faire pendant un moment. Ne pas m'inquiéter de trouver quelqu'un, juste essayer de profiter de la vie. C'était comme ça avant. Je sortais avec qui je trouvais intéressant. Je veux à nouveau profiter de la vie.

— Choisir la joie, ai-je dit.

Laura m'a pointée avec sa fourchette et a hoché la tête. — Exactement. J'ai passé trop de temps à souhaiter que Nico me regarde, et ce n'est pas le cas. J'ai besoin de passer à autre chose, ce que je fais, mais j'ai aussi besoin d'arrêter de vouloir ce que vous avez toutes. Pas pour toujours, mais pour l'instant. Si j'essaie de m'accrocher trop fort à ce rêve, il va me glisser entre les doigts.

— Si ça te rend heureuse, alors vas-y. Amuse-toi. Couche avec des mecs sexy. Va rendre visite à Peyton pendant quelques jours, a suggéré Elise.

J'avais entendu parler de Peyton, mais je ne la connaissais pas. Laura m'avait dit qu'elle était son ancienne patronne et une bonne amie de l'endroit où elle vivait près de Buffalo. Je savais aussi qu'elle était l'une des personnes qui avaient permis à Mme Georgia d'épouser Eddie avant sa mort. Je ne l'avais pas rencontrée, mais je l'aimais bien rien que pour cette raison.

— Peut-être que je vais le faire. Je n'y suis pas allée depuis bien trop longtemps. Elle doit accoucher de son deuxième bébé dans un mois. Je devrais y aller avant que les choses deviennent trop folles pour elle, a dit Laura.

— Je peux venir avec toi ? a demandé Karissa, se penchant vers Laura. — J'adorerais tous les revoir, et j'ai aussi besoin d'une pause de quelques jours. Un long week-end ?

Laura a hoché la tête vigoureusement. — Oui, faisons ça. Je vais parler à Ally et voir quand je peux me libérer dans les prochaines semaines. Peyton n'y verra pas d'inconvénient. Ce sera amusant.

— Je couche avec James, ai-je lâché pendant que tout le monde était concentré sur Laura. J'espérais qu'elles ne le remarqueraient peut-être pas, mais bien sûr, elles l'ont toutes remarqué.

— Tu fais quoi ?

— Je le savais.

— James Rucker ?

— Depuis quand ?

Je me suis enfoncée dans ma chaise en essayant de ne pas mourir d'embarras. J'étais contente d'avoir mis un sweat-shirt trop grand et de pouvoir rentrer mes mains dans les manches pour me cacher un peu. Mes cheveux étaient atta-chés en une queue de cheval lâche. J'étais préparée à la défer-lante de questions, mais le fait qu'elles me soient lancées me rendait quand même anxieuse.

— Depuis combien de temps êtes-vous ensemble ? a répété Blake.

— Quelques semaines.

— Après le vol de ton sac à main ? a demandé Finley.

J'ai hoché la tête.

— Comment vous vous êtes mis ensemble ? a demandé Karissa.

J'ai soupiré et leur ai raconté comment je l'avais trouvé à ma porte un soir après la soirée entre filles et que c'était juste arrivé.

— Attends, mais tu as insisté après ça qu'il ne se passait rien, a dit Karissa. Son regard était perçant.

J'ai hoché la tête et pris une profonde inspiration. — Oui, parce que je pensais que c'était juste pour une fois. On n'a pas parlé. C'était ce genre de sexe en colère où on se jette l'un sur l'autre. Je pensais qu'il n'y avait rien à dire. Et puis c'est arrivé à nouveau. Et la semaine dernière, il était au centre communautaire quand j'y étais. Vous saviez que sa mère en est la directrice ?

Elles ont toutes hoché la tête.

— Tu ne savais pas ça ? a demandé Laura.

J'ai secoué la tête. — Non. Je n'en avais aucune idée jusqu'à ce qu'elle dise quelque chose. Il pense qu'elle essayait de l'empêcher de découvrir que j'étais bénévole là-bas.

— Pourquoi ferait-elle ça ? a demandé Piper.

J'ai haussé les épaules. — Je ne sais pas. James n'a pas l'air très content que sa mère travaille toujours là-bas. Ou qu'elle vive dans l'appartement où il a grandi. Je pense qu'il veut effacer son passé ou quelque chose comme ça.

— C'est certain, a dit Finley. — Une fille de notre classe a grandi dans le même quartier que James. Elle a fait un signe de tête à Blake. — Elle nous a raconté à quel point les choses étaient difficiles pour sa famille. Elle était reconnaissante d'avoir un toit, mais elle a dit que beaucoup de familles à Oak Hill tenaient à peine le coup. Mais je pense qu'Amelia essaie d'en faire un meilleur endroit. Elle a lancé un jardin communautaire il y a quelques années et fait participer tous les voisins quand ils le peuvent. Elle a essayé de s'assurer que tout le monde se connaisse pour qu'ils se sentent plus à l'aise de s'entraider. Ce n'est pas facile de se sentir si seul, cependant.

— Hudson parlait d'un projet pour aider là-bas, a dit Piper. — Il a dit quelque chose à propos de la femme dont l'enfant a volé ton sac à main.

J'ai hoché la tête. Je ne les avais pas encore rencontrés, mais je savais qu'elle avait à peu près l'âge de Hudson et James.

— Ils veulent faire quelque chose pour aider les gens qui vivent là-bas. Peut-être un barbecue communautaire ou quelque chose comme ça, a poursuivi Piper.

— Ils devraient contacter Amelia, a dit Elise. — Si elle essaie déjà d'aider le quartier, elle saurait ce qui serait le plus utile.

— Je vais le lui dire, a dit Piper. — Je pense qu'il sera ouvert à cette idée. Il cherche autant de bénévoles que possible. J'ai déjà dit que j'étais partante pour ce qu'ils décideraient.

— Comptez-moi aussi, a dit Finley. — Peut-être que nous pouvons donner des livres aux parents du quartier. Je vais mettre une boîte près de la caisse pour que les gens laissent leurs exemplaires en bon état dont ils ne veulent pas se séparer.

— C'est une excellente idée, a dit Elise. — Tu pourrais créer une de ces mini-bibliothèques dans le quartier pour que les gens puissent échanger les livres.

— Super idée, a dit Finley.

Nous avons continué à parler d'autres choses que nous pourrions faire pour aider le quartier. Je ne cessais de penser que je voulais donner davantage. J'enseignais au centre communautaire, mais je savais qu'il y avait plus que je pouvais faire. Il devait y avoir autre chose. Je devais juste trouver quoi.

J'AI ESSAYÉ de me concentrer sur le travail les jours suivants, mais je me trouvais continuellement distraite. Karissa avait activé mon application, et elle m'envoyait une notification pour tout. Il y en avait une quand une nouvelle application était téléchargée. Une autre quand quelqu'un commandait quelque chose. Encore une quand quelqu'un laissait un commentaire sur une de mes vidéos. Ça me rendait folle.

J'ai décidé de sortir un peu mercredi et de profiter de l'air frais. L'automne s'installait en ville, apportant l'air vif et les feuilles colorées que j'adorais, mais les nuits devenaient trop froides trop rapidement à mon goût. Je ne pouvais plus ouvrir ma porte-fenêtre le soir sans que mon chauffage ne se mette en route.

Le pavillon du parc Catherine était calme quand j'y suis arrivée. Avec les enfants à l'école et la plupart des habitants de la ville au travail, très peu de gens étaient dehors en milieu d'après-midi. Cela me donnait la chance de m'asseoir et de réfléchir, mais aussi de regarder le soleil scintiller sur l'eau et les grands bateaux glisser sans effort.

La tranquillité de L'anse MacKellar me rappelait pourquoi j'y avais déménagé. Je ne pourrais jamais trouver ce genre de détente en ville. Il y avait des parcs, mais j'étais toujours tendue. J'avais l'impression d'attendre que quelque chose se passe. À L'anse MacKellar, je n'attendais rien. Je profitais de la vie.

Mon téléphone a vibré dans ma poche et je l'ai ignoré jusqu'à ce qu'il vibre à nouveau, m'indiquant que c'était un appel et non une alerte. Je l'ai sorti et j'ai souri avant de répondre.

— Salut, Mamie.

— Bonjour, ma chérie. Comment vas-tu ?

— Je vais bien. Et toi ?

— Oh, bien. J'ai juste eu l'impression que je devais t'appeler pour une raison. Est-ce que tout va bien ?

J'ai ri doucement. — Oui, mamie. Tout va bien. Comment vont maman et toi ?

Ma grand-mère aimait se considérer comme un peu

médium. Elle avait parfois un sixième sens et m'appelait quand j'avais vraiment besoin de parler à quelqu'un, mais elle appelait aussi quand elle n'avait pas eu de mes nouvelles depuis un moment et décidait de prendre de mes nouvelles.

— Nous allons bien. Ta mère travaille aujourd'hui. Je fabrique encore quelques-uns de ces bracelets que tu m'as montrés. Je vais bientôt manquer d'amis à qui les offrir.

— Tu devrais les vendre, mamie. Tu fais de belles pièces.

— Pff. Tu sais que je ne fais pas ça pour l'argent, a-t-elle protesté.

Une ampoule s'est allumée dans ma tête. — Serais-tu prête à le faire pour aider les gens ?

— Bien sûr, mais je ne suis pas sûre de comment fabriquer des bijoux pourrait aider les gens.

— Je travaille sur un projet avec des amis. Il y a un quartier qui est dans un assez mauvais état. D'après ce qu'ils m'ont dit, les gens qui y vivent n'ont pas d'autre choix.

— On sait ce que c'est, a dit mamie.

J'ai hoché la tête. — Oui. Mais maman et moi t'avions pour nous aider. Ces gens n'ont personne. Pour certaines personnes, un bijou n'est pas grand-chose, mais pour quelqu'un qui n'a pas beaucoup, ça pourrait signifier beaucoup. Serais-tu prête à fabriquer quelques pièces et à les donner ?

— Bien sûr, a dit mamie sans hésitation. — Que pouvons-nous faire d'autre ?

— Je ne sais pas encore, mais je pense que je dois faire plus. Il y a trop de gens qui n'ont pas assez. Le bon accessoire pourrait leur donner suffisamment de confiance pour décrocher un nouveau travail, ou passer la journée, ou peut-être aller à un rendez-vous amoureux.

— Je t'ai toujours dit que les gens sous-estiment le pouvoir de se sentir bien dans sa peau.

J'ai souri. — C'est vrai. Et je pense que j'ai aussi oublié cette leçon. Je continue à penser que je veux donner en retour et aider plus de gens, mais cela ne signifie pas nécessairement aider tout le monde à la fois. Cela signifie faire ce que je peux maintenant et en faire plus plus tard.

— Il y aura toujours plus à faire, a dit mamie.

— Toujours. Merci, mamie. Je suis contente que tu aies appelé.

— Quand vas-tu venir nous rendre visite ? a-t-elle demandé.

J'ai souri. — Bientôt. Mais je pourrais amener un ami si c'est d'accord.

Elle a ri. — Bien sûr. J'ai hâte.

J'ai raccroché et j'ai hoché la tête. Je me sentais déjà mieux, mais je voulais parler à Hudson des idées que j'avais. Je ne connaissais pas tous ses plans, mais si nous contribuions tous avec quelque chose, nous pourrions faire de l'événement un énorme succès.

O'Kelley's était calme quand j'y suis entrée. Hudson était derrière le bar, alors j'ai pris place sur un tabouret et j'ai commencé directement.

— Que prévois-tu de faire pour aider Oak Hill ?

Ses sourcils se sont levés. Il a attrapé la visière de sa casquette et l'a ajustée, puis a haussé les épaules. — Je ne sais pas vraiment encore. On a parlé d'un barbecue ou quelque chose comme ça. J'essaie de rassembler quelques idées. Colin a proposé de réparer des choses puisqu'ils ne semblent pas avoir de personne d'entretien. Mais je ne suis responsable de rien.

— Qui l'est alors ?

— James. Tout ça était son idée. Il veut donner en retour. Nous tous, mais c'est lui qui a dit que si nous allions aider, nous ne pouvions pas juste aider une personne. Anna... j'ai proposé un travail à son fils et elle n'a pas voulu le lui laisser accepter parce que je n'avais pas considéré les autres. Elle avait raison. J'allais lui donner un travail pour les aider. Il y a beaucoup de gens qui ont besoin d'aide. James sait que nous ne pouvons pas aider tout le monde, mais il veut essayer d'aider plus qu'une seule famille.

— Je pensais que Piper avait dit que tu étais responsable ? ai-je demandé.

— Qu'est-ce que j'ai dit ? a demandé Piper, apparaissant à côté de moi et attachant un tablier.

— Je croyais que Hudson était responsable de l'événement pour aider Oak Hill ?

Piper a secoué la tête. — Non, il aide et O'Kelley's sera probablement la base puisque tout le monde est ici tout le temps, mais c'est James qui dirige.

J'ai hoché la tête. — Je ne m'en rendais pas compte. Merci.

— Bien sûr. À quoi penses-tu ?

— Je parlais avec ma grand-mère de fabriquer des bijoux que nous pourrions donner. C'est stupide ?

Piper a secoué la tête. — Pas du tout. Je mets quelque chose tous les jours quand je viens ici. Parfois ce sont des boucles d'oreilles, parfois c'est un collier. Je n'en porte pas beaucoup, mais ça me donne l'impression de faire un petit effort supplémentaire. Tu portes toujours quelque chose de génial.

— Je me demande si ça compte vraiment. J'enseigne au centre communautaire depuis quelques semaines et j'aime ça, mais c'est quelque chose pour occuper les enfants. Et je me sens un peu égoïste parce que j'y suis allée pour aider ma carrière. Est-ce que j'aide vraiment les gens en leur donnant des bijoux ?

Piper a haussé les épaules. — Pour certaines personnes, probablement pas. C'est juste la vérité. Il y aura des gens qui ne verront pas la valeur d'un nouvel article. Mais je suis le genre de personne qui porte des soutiens-gorge et des culottes en dentelle parce que je veux me sentir bien. Je veux savoir que sous mon t-shirt noir et mon jean, je porte quelque chose d'incroyable et je me sens sexy dedans.

— C'est comme des culottes en dentelle à l'extérieur, ai-je dit.

Piper a éclaté de rire. — Exactement. Tu pourrais totalement utiliser ça dans ton marketing. Des culottes en dentelle à l'extérieur.

J'ai ri avec elle. — Je ne suis pas sûre que les autres comprendraient.

Piper a hoché la tête. — C'est vrai. Mais honnêtement, je pense que ça pourrait aider les gens. Et si quelqu'un a un entretien d'embauche ou un rendez-vous ? Si cette seule pièce leur donne un petit coup de confiance, ça en vaut la peine.

J'ai hoché la tête. — C'est ce que je pensais aussi.

— Je suis contente que tu participes à ce projet. Je pense que ce sera bon pour la communauté. Et pour ceux d'entre nous qui donnent en retour. Je sais que je n'en fais pas assez.

— Moi non plus, mais je veux changer ça.

— Comment se passent tes cours au centre communautaire ? a demandé Piper.

— Très bien. J'étais découragée la première semaine parce que seulement deux filles voulaient participer. James a dit que c'était une bonne fréquentation. Cette semaine, elles ont amené une autre amie.

— Vraiment ?

J'ai hoché la tête. — Ce n'est pas grand-chose, mais elles sont toutes les deux revenues, alors je suis contente.

— Wow. C'est fantastique.

J'ai souri. — Oui. Ça se passe bien. Une partie de moi souhaite pouvoir faire deux jours par semaine, mais je pense que ce serait trop. Peut-être que quand j'aurai plus d'enfants que je ne peux gérer en une seule séance, j'en ferai deux.

— Ce serait un bon problème à avoir.

— Très vrai.

— Tu vas rester ici un moment ? Je dois vérifier ces gens ?

J'ai hoché la tête, et Piper s'est éloignée. Hudson a posé un verre devant moi et a dit : — Merci de nous aider. Je sais que ça signifiera beaucoup pour James que tu participes.

— Sais-tu pourquoi il ne me l'a pas demandé ?

Hudson a haussé les épaules. — Probablement parce que tout ça a commencé à cause de toi. Joey a volé ton sac. Tu as accepté de ne pas porter plainte. Ça a obligé James à affronter certaines choses difficiles, mais il a l'impression de t'avoir déjà beaucoup demandé en ne portant pas plainte. Il ne peut pas te demander plus.

— Je n'ai pas laissé tomber à cause de James. J'ai laissé tomber parce qu'aucun enfant ne devrait avoir à souffrir de la faim.

— Ce serait bien d'en faire une réalité.

J'ai hoché la tête. J'étais définitivement d'accord avec cette idée.

18

JAMES

— J'ai une affaire pour vous deux, dit le Capitaine Reynolds en laissant tomber un dossier sur mon bureau. l'Auberge L'anse MacKellar a subi une effraction hier soir. Mme Holbrook était assez secouée. Elle dit avoir entendu du bruit, être allée voir ce qui se passait et avoir probablement fait peur aux intrus. Elle a des caméras de surveillance mais ne sait pas comment nous envoyer les images. J'ai besoin que vous alliez lui parler et récupérer tout ça.

J'ai acquiescé. Mme Holbrook possédait l'auberge depuis toujours. Je ne me souvenais pas qu'il y ait eu quelqu'un d'autre à sa tête. Elle se trouvait en face de la demeure des MacKellar, à l'entrée de la Crique. Les deux propriétés étaient les plus grandes structures de la ville, et les deux existaient depuis plus longtemps que tout le reste. Le reste de la ville avait été construit pour soutenir les familles qui avaient bâti ces maisons.

La famille MacKellar possédait plus de terres et avait décidé de nommer la crique et la ville qu'ils construisaient d'après leur nom. La famille Robinson, celle qui avait construit ce qui est devenu l'auberge, était en conflit avec eux. Apparemment, les deux fils étaient amoureux de Catherine Winters quand ils étaient enfants, et elle avait choisi Travis MacKellar. Harry Robinson détestait être près d'eux et avait quitté la ville. Ses parents, n'ayant plus aucune raison de rester sans leur fils, étaient également partis.

La maison familiale était restée vacante pendant des années. Personne ne voulait dépenser la somme qu'ils demandaient pour la propriété, et personne ne pouvait se le permettre. Ils ont finalement baissé le prix, et les Holbrook l'ont achetée pour la transformer en auberge locale. Le tourisme dans la région commençait tout juste, et c'était un bon investissement. Ils ont ajouté une résidence privée à l'arrière pour la famille quelques années plus tard, et ont progressivement transformé la maison en l'un des plus beaux endroits où séjourner dans la région.

Mme Holbrook approchait les quatre-vingts ans, j'étais donc surpris qu'elle ne soit pas encore à la retraite et n'ait pas vendu l'endroit. Si rien ne l'avait convaincue auparavant, une effraction pourrait peut-être changer la donne.

— Présente le nouveau à Gina. Assure-toi qu'il soit gentil avec elle, dit doucement le Capitaine Reynolds.

J'ai acquiescé. — Je m'en occupe, Capitaine.

J'ai apporté le dossier au bureau de Masterson et le lui ai tendu. — Nous devons y aller. Tu t'y connais en informatique ?

— Très bien. Pourquoi ?

— Nous pourrions avoir besoin de tes compétences. Allons-y. Tu pourras lire en chemin.

Masterson a feuilleté le dossier pendant que je nous conduisais jusqu'à l'auberge. À notre arrivée, il a demandé : — Cet endroit date de quand ?

— C'est l'une des maisons d'origine ici. Celle en face est l'autre. J'ai pointé vers la demeure des MacKellar. — Deux familles qui se sont installées ici. Supposément de bons amis à une époque, mais les MacKellar avaient plus d'argent que les Robinson, et les fils se sont disputés pour la même femme, ce qui a créé des problèmes. Les Robinson sont partis et la maison est restée vacante pendant des années avant que Mme Holbrook et son mari ne l'achètent et la transforment en ce qu'elle est maintenant. Il est décédé il y a des années, et Mme Holbrook gère l'endroit seule depuis. Le gars qui entretient le phare l'aide, mais la plupart du temps, elle est livrée à elle-même.

— Pas de famille ?

J'ai secoué la tête. — Non. Jamais eu d'enfants. Elle a une nièce et un neveu qui venaient ici l'été, mais ils ne sont pas revenus depuis longtemps.

— C'est triste.

J'ai acquiescé, me demandant si Masterson avait finalement un peu de compassion pour les autres.

Nous sommes allés jusqu'à la porte et sommes entrés par l'avant. Une clochette a retenti, signalant notre présence à Mme Holbrook.

— J'arrive tout de suite, a-t-elle lancé.

Masterson et moi avons regardé autour de nous dans le hall d'entrée. C'était autrefois le salon de la maison et présentait des photos des rénovations entreprises par les Holbrook au fil des années. L'extérieur avait été entièrement refait avec un nouveau bardage et le toit remplacé. Ils avaient presque réduit la maison à sa charpente pour réaliser ces travaux, tant il y avait eu de négligence après des années sur le marché sans personne pour s'occuper de la maison.

— Y a-t-il une chance que les gens d'en face aient quelque chose à voir avec ça ? a demandé Masterson à voix basse.

J'ai suivi son regard à travers les fenêtres vers la demeure des MacKellar qui brillait dans la lumière éclatante du soleil matinal. J'ai secoué la tête. — Le seul qui y vit est un gardien.

La famille n'est pas venue en ville depuis des années. Le gars qui entretient la propriété reste plutôt discret. C'est quelqu'un de bien, et il est ami avec Mme Holbrook. Je ne vois pas Andrew impliqué là-dedans.

Masterson a hoché la tête et a repris son examen des photos de la maison. Le bruit de pas traînants et le tapotement d'une canne ont signalé l'arrivée de Mme Holbrook.

— Eh bien, bonjour, messieurs. Comment allez-vous ?

Je me suis retourné avec un grand sourire, et elle m'a souri en tendant la main vers moi.

— Jimmy Rucker. Je ne savais pas que j'allais te voir aujourd'hui. Comment va ta maman ? Et ton frère ?

— Tous les deux vont bien. Maman est toujours au centre communautaire. Johnny est marié et a une petite fille. Ils sont à Albany et adorent ça.

— Oh, c'est tellement bien. Dis-leur bonjour de ma part.

— Je n'y manquerai pas, Mme Holbrook.

— Bien. Alors, qu'est-ce qui t'amène ici, en uniforme ? a-t-elle demandé, nous regardant tour à tour.

J'ai fait un signe vers Masterson et expliqué : — L'Officier Masterson et moi avons été envoyés pour prendre de vos nouvelles après l'effraction d'hier soir. Le Capitaine Reynolds a dit que vous avez des caméras de surveillance et a pensé que Masterson pourrait vous aider à récupérer les images.

— Oh, ces machins. Sebastian a insisté pour que je les installe, mais il sait que je ne sais pas comment faire quoi que ce soit. Il devrait arriver bientôt si vous pouvez attendre. Pourquoi ne vous préparerais-je pas du thé ? Et vous pourriez prendre le petit-déjeuner, les garçons.

— Nous avons vraiment besoin de voir ces images, madame, a dit Masterson.

Mme Holbrook a fait un geste de la main. — Pourquoi tant de précipitation ? Vous avez toute la vie devant vous, officier. Venez prendre le petit-déjeuner et nous pourrons discuter.

J'ai haussé les épaules et suivi Mme Holbrook. Il était impossible de lui rendre visite sans repartir au moins cinq kilos plus lourd et le sourire aux lèvres. C'était le genre de personne qui insistait pour prendre soin de tous ceux qui l'entouraient, et elle se fichait de ce qu'on pouvait en dire.

Masterson m'a lancé un regard noir lorsque j'ai pris place à la table en bois usé de la salle à manger. Mme Holbrook me versait déjà du café et disposait une assiette de viennoiseries danoises devant moi.

— Je peux vous préparer des œufs si vous voulez, les garçons. Ou du pain perdu. Que diriez-vous de bacon ?

— Ne vous donnez pas cette peine, Mme Holbrook, lui ai-je dit.

Elle a regardé Masterson. — Je suis désolée s'il n'y a rien ici qui t'intéresse. Que puis-je te préparer ? Des pancakes ? Des gaufres ? Je crois que j'ai aussi des saucisses. J'ai fait du pain au levain frais hier soir.

J'ai haussé les sourcils vers lui, espérant lui faire comprendre qu'il ferait mieux de choisir quelque chose et de manger, sinon nous ne sortirions jamais d'ici.

Il a finalement soupiré et dit : — Du pain au levain et du bacon seraient parfaits. Merci, madame.

Elle a souri et lui a tapoté la joue de sa main libre. — Un si bel homme. Et de si bonnes manières. Je vais te faire des œufs aussi. Comment les aimes-tu ?

— Non, je n'ai pas besoin d'œufs, a dit Masterson.

— Tu es allergique ?

— Non, mais...

— D'accord, alors je vais te préparer des œufs. Je dois faire attention aux allergies. Tant de personnes sont allergiques à différents aliments. Je demande à tout le monde.

Mais je sais que Jimmy n'est allergique à rien. Je reviens tout de suite. Mettez-vous à l'aise, les garçons.

J'ai acquiescé et levé ma tasse de café en signe de salut. Masterson m'a lancé un nouveau regard noir jusqu'à ce que Mme Holbrook disparaisse derrière la porte battante menant à la cuisine.

— Écoute, elle va nous nourrir. Si tu te laisses faire, on pourra passer aux choses sérieuses plus vite.

— Cette ville est ridicule, a grogné Masterson.

— Personne ne te force à rester, lui ai-je dit avec un sourire.

Je me suis attiré un autre regard noir pour ça.

Masterson s'est servi une tasse de café et s'est assis en face de moi. Je lui ai proposé l'assiette de viennoiseries, mais il a secoué la tête. Nous sommes restés silencieux en attendant que Mme Holbrook revienne avec son petit-déjeuner et tout ce qu'elle aurait préparé d'autre pendant qu'elle était dans la cuisine.

Peu de temps après, la clochette au-dessus de la porte a sonné. Je me suis retourné pour voir qui entrait et j'ai souri en voyant Sebastian Parks avec un sac de courses.

— Eh bien, je ne pensais pas te revoir un jour, lui ai-je dit.

Je me suis levé et me suis dirigé vers lui, lui serrant la main et lui tapotant l'épaule. Il semblait un peu plus usé que la dernière fois que je l'avais vu, il y a des années. Sebastian supervisait le phare et vivait plutôt en solitaire, ce qui n'était pas un mince exploit dans une petite ville. Il avait deux ans de plus que moi mais aurait pu paraître une décennie plus âgé vu son apparence. Peau tannée, barbe fournie, et plus qu'un peu de gris parsemant ses cheveux.

— Content de te voir, James. Tu es là pour l'effraction ?

J'ai acquiescé. — Oui. Et nous recevons le traitement complet.

Sebastian a souri et baissé la tête. — Je voulais juste

prendre des nouvelles de Gina et lui apporter quelques courses. Elle a de plus en plus de mal à se déplacer ces derniers temps. S'occuper de cet endroit ne sera plus dans ses capacités très longtemps.

— Tu as parlé à sa nièce et son neveu ? a demandé Masterson. Rucker dit qu'ils sont sa seule famille. L'un d'eux pourrait-il l'aider ?

Sebastian s'est raidi à cette mention et a fermement secoué la tête. Je n'étais pas tout à fait sûr de ce qu'il en était, mais il était clair qu'il ne voulait pas en parler.

— Elle s'est brouillée avec eux ? lui ai-je demandé.

— Non, mais ils ne sont pas intéressés à revenir ici. Ça a été très clairement établi, a dit fermement Sebastian. Je dois aller voir Gina.

Il a quitté la salle à manger sans un mot de plus, nous laissant tous les deux, Masterson et moi, nous interroger sur ce qui s'était passé.

— Penses-tu qu'il ait quelque chose à voir avec ça ? a demandé Masterson à voix basse.

J'ai haussé les épaules et repris ma place. — Je ne sais pas ce que c'était que tout ça, mais je pense que nous devons le découvrir.

Nous avons mangé en silence jusqu'à ce que Mme Holbrook apporte une assiette débordant d'œufs, de bacon, de saucisses et de pain grillé. Mme Holbrook a insisté pour que Sebastian s'assoie et mange avec nous, ce qu'il a accepté à contrecœur.

Mme Holbrook bavardait comme si tout était normal, nous racontant tout sur son jardin, la façon dont elle voulait décorer l'auberge pour les fêtes, puis ce que faisaient sa nièce et son neveu.

Sebastian devenait de plus en plus silencieux à chaque sujet de conversation, mais il s'est excusé quand Mme Holbrook a mentionné sa nièce, Zoey.

Je l'ai suivi dans la cuisine et l'ai trouvé agrippant le bord du comptoir devant l'évier, les jointures blanches.

— Tout va bien ?

Il a pivoté, ne m'ayant pas entendu entrer. Il a regardé derrière moi et secoué la tête. — Je n'ai pas vu Zoey depuis dix ans, depuis son dernier été d'université. Je ne devrais pas être aussi perturbé, mais je ne peux toujours pas respirer quand j'entends son nom.

— De quoi parles-tu ? lui ai-je demandé.

— Zoey et moi étions ensemble. Je pensais que tu le savais. Il semblait que tout le monde le savait.

J'ai secoué la tête. Zoey et son frère, Gavin, avaient passé quelques étés ici, mais ils n'avaient jamais vécu à L'anse MacKellar. Elle était plus jeune que nous, beaucoup plus jeune. Gavin avait quelques années de moins, mais Zoey devait avoir près de dix ans de moins, alors pour que Sebastian et Zoey soient ensemble...

— Que s'est-il passé ?

— Elle voulait s'installer ici après l'université. Elle l'avait prévu. Nous allions être ensemble et fonder une famille.

— Pourquoi n'est-elle pas revenue ?

Sebastian a haussé les épaules. — Je ne sais pas. J'ai essayé de la contacter, mais elle a changé de numéro et a disparu. J'ai demandé à Gina de ses nouvelles quelques fois, mais il était clair qu'elle n'avait aucune idée que nous étions ensemble. Zoey s'est mariée et a eu quelques enfants. J'ai arrêté de demander après ça, et je ne peux pas rester dans la même pièce quand Gina commence à parler d'elle.

— C'est pour ça que tu agissais bizarrement quand Masterson a demandé si tu avais parlé à l'un d'entre eux ?

Il a acquiescé. — J'aime Gina. Je veille sur elle parce qu'elle est comme une famille pour moi. Je ferais n'importe quoi pour elle, mais je ne peux pas l'écouter parler de Zoey.

J'ai hoché la tête. — Je comprends. As-tu une idée de qui aurait pu s'introduire ici ?

Il a secoué la tête. — J'aimerais bien, mais non. J'ai supposé que c'était probablement quelqu'un qui cherchait de l'argent et qui pensait qu'elle en gardait sur place, mais ce n'est pas le cas. Je l'emmène à la banque chaque jour pour déposer son argent liquide. Elle garde quelques centaines d'euros ici, mais elle n'aime pas avoir beaucoup d'argent autour d'elle.

— Je suppose la même chose, mais nous voulons regarder les images si tu peux nous aider.

— Bien sûr, a dit Sebastian. Tu veux aller chercher ton partenaire ?

J'ai souri. — Non, je pense qu'il a besoin de temps pour faire connaissance avec Mme Holbrook.

Sebastian a ricané. — Tu es cruel.

— Crois-moi, il le mérite.

UNE FOIS que Sebastian m'a donné les images, j'ai récupéré Masterson et nous sommes retournés au poste. Il a grommelé parce que je l'avais laissé avec Mme Holbrook, et j'ai essayé de ne pas rire, mais j'ai échoué.

— Elle représente tout ce qu'est L'anse MacKellar, Rowan. Si tu comptes rester, tu dois apprendre à connaître les gens. Tu n'as pas de contacts ici, alors tu dois en créer.

Il a grimacé et grondé, mais n'a pas argumenté. Peut-être que la ville lui plaisait finalement. J'espérais un peu que non.

Nous avons examiné la vidéo de l'effraction et obtenu quelques bons clichés des deux hommes. L'un d'eux était une personne d'intérêt dans une autre affaire que nous avions, alors nous l'avons fait venir pour l'interroger. Il a dénoncé son ami et à la fin de la journée, nous les avions tous les deux en cellule et pouvions annoncer la bonne nouvelle à Mme Holbrook.

— Les choses ne se résolvent jamais aussi vite d'où je viens, a dit Masterson alors que nous sortions à la fin de notre service.

J'ai haussé les épaules. — C'est la beauté d'une petite ville. Quand tu sais déjà qui est le coupable et où il habite, c'est plus facile d'attraper les méchants. Évidemment, tout n'est pas toujours aussi simple, mais quand on peut résoudre une affaire en moins de vingt-quatre heures, tout le monde est un peu plus heureux.

Masterson s'est arrêté à côté de mon camion et a penché la tête. — Tout le monde est comme ça ? Veut parler à tout le monde et raconter sa vie ?

— Que veux-tu dire ?

— Cette Mme Holbrook... elle voulait tout savoir de moi. Elle m'a raconté l'histoire de l'auberge et tout ce qu'elle savait sur les propriétaires avant elle. Elle a même parlé de sa famille et comment sa nièce et son neveu venaient ici l'été mais ne sont plus revenus depuis des années. Elle a parlé de certains de ses clients. C'était un peu beaucoup.

J'ai souri. — Ça veut dire qu'elle t'a apprécié. Et oui, presque tout le monde est comme ça. Je comprends que c'est différent dans une ville. Les gens restent entre eux. Mais être ici... ça fait que les gens se sentent en sécurité de connaître leurs voisins. Ça ne veut pas dire que des choses terribles n'arrivent pas, mais tu es moins susceptible de voler quelque chose à un ami qu'à un étranger.

Masterson a ricané d'une manière qui m'a fait m'interroger un peu plus sur lui.

— Qu'est-ce qui t'a amené ici ?

Il a secoué la tête. — J'avais besoin de changer d'air.

— Ouais, eh bien, tu n'as pas l'air très enthousiaste à propos de celui-ci en particulier. Tu restes ?

Il m'a regardé et pour la première fois, j'ai eu l'impression de vraiment le voir. Il était un peu brisé, un peu fragile, et un peu incertain de lui-même. D'habitude, il semblait être un connard arrogant qui ne pouvait rien faire de mal. Peut-être y avait-il plus chez lui que ce qu'il semblait être en surface.

— Pour l'instant, a-t-il finalement dit. Tu vas chez O'Kelley ce soir ?

J'ai acquiescé distraitement, me demandant quels secrets il cachait au fond de lui.

— Ça te dérange si je me joins à vous ? Je sais que c'est ton groupe, mais ils m'ont semblé être de bons gars.

J'ai croisé son regard et hoché la tête. — C'est le cas. Et ils t'ont vraiment apprécié, alors oui. On y est généralement vers dix-huit ou dix-neuf heures.

Masterson a acquiescé. — Merci.

J'ai fait un signe de tête et l'ai regardé se diriger vers son véhicule utilitaire sport. Peut-être y avait-il finalement un côté humain en lui.

19

Hudson a levé ses sourcils en me voyant entrer chez O'Kelley's avec Masterson. J'ai haussé les épaules, ne sachant pas non plus ce qui se passait.

Hudson a fait comme si Masterson était toujours là avec nous et lui a demandé ce qu'il voulait boire. Il a posé une bière devant moi et nous a demandé si nous dînions.

— Ouais, je meurs de faim, a dit Masterson. Un burger ?

Hudson a hoché la tête. — Bien sûr. Qu'est-ce que tu veux dessus ? Frites, rondelles d'oignon ou bâtonnets de mozzarella en accompagnement ?

— Cheddar, bacon et ketchup avec des frites. Merci.

— Pareil pour moi, ai-je dit. Ça avait l'air bon.

Hudson est allé passer nos commandes, nous laissant boire dans un silence gênant quand nous n'avions plus de travail dont parler.

— Salut, Rowan, a dit Ian en nous donnant une tape dans le dos avant de prendre place à côté de moi. Content que tu puisses te joindre à nous à nouveau. Comment ce gars te traite ?

— Il m'a collé avec une vieille dame qui m'a raconté toute

l'histoire de l'Auberge L'anse MacKellar aujourd'hui, a grommelé Masterson.

— Mme Holbrook ? a demandé Ian.

Masterson a acquiescé.

Ian a ri. — Oh, c'est une bonne, celle-là. Tu devrais aller chez Island Designs un jour et entendre l'histoire non officielle de la ville par Olive. Ces deux-là font ressortir le caractère de L'anse MacKellar.

— C'est une façon de le dire. Mais je dois avouer qu'elle connaît tout ce qui s'est passé là-bas. Elle m'a montré une marque sur le mur causée par un feu de graisse dans la cuisine. Les réparateurs ne l'ont pas remarquée jusqu'à ce qu'ils aient terminé, mais elle a dit qu'ils n'avaient jamais repeint par-dessus pour s'assurer qu'ils se souviennent d'être prudents, a expliqué Masterson.

Ian et moi avons échangé un sourire. — Elle raconte cette histoire à tout le monde, a dit Ian. Elle adore cet endroit. Je me demande ce qui va lui arriver quand elle mourra.

— Mec, un peu de respect, ai-je dit.

— Quoi ? Elle n'est pas encore morte, et ce n'est pas comme si elle allait vivre éternellement. Je dis juste que je suis curieux, a répondu Ian.

— Curieux de quoi ? a demandé Colin. Hé, Rowan. Merci d'être venu à la ferme le week-end dernier.

Masterson a hoché la tête. Mais qu'est-ce que c'est que ce bordel ?

— Tu es allé à la ferme ? lui ai-je demandé. Il a de nouveau hoché la tête comme si ce n'était pas grand-chose.

— Je me demandais ce qui arriverait à l'Auberge L'anse MacKellar quand Mme Holbrook mourra. Elle n'a pas d'enfants, a dit Ian, répondant à la question de Colin.

— Qui n'a pas d'enfants ? a demandé Ramsey.

— Gina Holbrook, a dit Ian.

— Il se demande qui récupère l'auberge quand elle mourra, a précisé Masterson.

— Je suppose que ce serait sa nièce et son neveu, a dit Ramsey. Ou elle la vendrait, mais si elle meurt avant de la vendre, je pense qu'ils l'obtiendraient.

— Pourquoi ? a demandé Masterson.

— Je les avais oubliés, a dit Ian. Ils étaient plus jeunes que nous. Je pense qu'ils étaient tous les deux plus jeunes que Blake et Finley.

J'ai secoué la tête. — Gavin n'est pas beaucoup plus jeune. Peut-être seulement un an de moins que toi. Zoey était beaucoup plus jeune. Vous saviez qu'elle et Sebastian étaient ensemble ?

— Sebastian et qui étaient ensemble ? a demandé Hudson en apportant nos burgers.

— Zoey Holbrook, ai-je dit.

— Sebastian Parks ? Non. Il est plus âgé que moi, a dit Hudson.

J'ai haussé les épaules. — Colin et Elise ont onze ans d'écart. Je ne sais pas si l'âge compte tant que ça.

— Quand elle était adolescente, ça comptait, a argumenté Hudson.

J'ai secoué la tête. — Je ne vais pas te contredire là-dessus, mais je pense qu'ils étaient ensemble quand elle était à l'université. Il a dit qu'elle devait revenir ici après avoir terminé, mais ne l'a jamais fait. Elle s'est mariée et a eu quelques enfants.

— Aïe, a dit Ian. Pas étonnant qu'il reste à l'auberge et au phare et ne sorte pas beaucoup. Je serais à moitié ivre tout le temps si ça m'arrivait.

— Sans aucun doute, ai-je dit.

Ian s'est tourné vers moi avec un sourire narquois. — Eh bien, puisque tu abordes le sujet... Trinity ? Je peux vous imaginer être bons l'un pour l'autre.

J'ai secoué la tête en riant. C'était juste une question de temps.

— Tu le dis aux gens maintenant ? a demandé Hudson.

— Oh non, il ne me l'a pas dit. Trinity l'a dit à Blake et à tout le monde dimanche. Ce trouillard a juste gardé ça pour lui, a rapporté Ian.

— Tu voulais que je t'appelle pour qu'on puisse cancaner ? ai-je demandé, mimant un téléphone.

Ian m'a poussé et a ri. — Je suis content pour toi. Je suppose que maintenant tu peux utiliser tes menottes pour autre chose que d'essayer de l'arrêter.

Masterson s'est étouffé avec sa bière. — Tu as essayé d'arrêter ta copine ? Je ne touche pas à l'autre commentaire. Il a frissonné.

— C'est une longue histoire, ai-je dit.

— Ce génie a cru qu'elle cambriolait sa voiture. Il ne savait pas que c'était sa voiture, a expliqué Hudson.

Les sourcils de Masterson se sont levés. — Tu allais vraiment arrêter quelqu'un ? Merde. Bien que peut-être que c'est pour ça que tu ne le fais plus. Tu veux t'assurer que ta copine n'est pas jalouse ?

J'ai levé les yeux au ciel pendant que les autres hurlaient comme des enfants. — J'ai arrêté quelqu'un aujourd'hui.

Masterson a acquiescé. — Je sais. J'étais là. J'ai dû m'assurer que tu te souviens encore des mots des droits Miranda.

Je lui ai fait un doigt d'honneur et j'ai mordu dans mon burger, choisissant de l'ignorer un moment.

— Je l'aime vraiment bien, a dit Ramsey avec un sourire et un salut de sa bière.

J'ai secoué la tête et les ai tous ignorés.

— Alors, Rowan, comment trouves-tu notre petite ville jusqu'à présent ? a demandé Ian.

— C'est calme.

— C'est une bonne chose ? a demandé Colin.

Masterson a haussé les épaules. — Je n'ai pas encore décidé. J'ai l'habitude que beaucoup plus de choses se passent. Être flic dans une grande ville est à la fois plus facile et plus difficile. Tu as beaucoup plus d'affaires et tu arrêtes beaucoup plus de criminels, mais beaucoup plus s'en sortent parce qu'il n'y a parfois pas beaucoup de preuves.

— Nous avons les mêmes problèmes ici, ai-je dit.

Masterson a acquiescé. — C'est vrai, mais c'est à plus grande échelle. Les bons jours sont meilleurs, et les mauvais jours sont pires.

J'ai hoché la tête, comprenant ce qu'il voulait dire. Je n'avais participé qu'à une seule enquête pour meurtre dans ma carrière. Il y en avait eu d'autres, mais les crimes dangereux étaient rares à L'anse MacKellar, ou dans les villes voisines.

Ce qui m'a fait penser à Joey.

— Je pense qu'on devrait faire quelque chose pour Oak Hill bientôt. Peut-être un genre de foire en plein air. De la nourriture gratuite, mais peut-être quelques jeux pour les enfants, quelques nouveaux contacts pour les résidents, et un grand effort pour améliorer les choses autant que possible, ai-je dit.

— Bonne idée. J'ai collecté des fonds et j'ai une bonne réserve à consacrer à ce dont nous avons besoin. Et une poignée de personnes prêtes à donner de leur temps pour aider, a dit Hudson.

— On dirait que les choses sont en route. Fixons une date et faisons-le, a dit Ramsey, sortant son téléphone. Que diriez-vous de samedi en deux semaines ?

Nous avons regardé autour de nous et acquiescé.

— Ça marche. On commencera à faire passer le mot. Parle à ta mère, a dit Hudson.

J'ai hoché la tête. — Je le ferai. Elle est déjà au courant, mais je lui dirai le jour pour qu'elle puisse commencer à parler aux gens. Beaucoup d'entre eux sont trop fiers pour accepter la charité, mais personne ne peut résister à de la nourriture gratuite sur un grill.

— C'est sûr, a dit Masterson. Les autres ont acquiescé.

Avec la date et le début d'un plan, nous faisions avancer les choses pour les gens que j'avais abandonnés pendant des années. C'était plus qu'un peu ironique que Trinity soit en grande partie la raison pour laquelle je faisais quelque chose pour mon ancien quartier.

— Salut, a dit une femme, prenant le tabouret vide à côté de Masterson.

Il s'est tourné vers elle. — Salut.

— Tu veux m'offrir un verre ?

Masterson a lentement acquiescé tandis que son regard glissait le long de son corps. — Avec plaisir. Qu'est-ce que tu prends ?

— Un Téton dans la Neige, a-t-elle dit à Hudson.

Ian a pouffé. Ramsey a couvert sa bouche avec sa main. Colin a bu sa bière et a fait semblant que c'était une soirée tout à fait normale. J'ai juste secoué la tête.

— Tu veux qu'on s'en aille ? a-t-elle demandé en portant le shot à ses lèvres.

— Ça me va. Il est descendu de son tabouret. — Merci pour le dîner, m'a-t-il dit avec un signe de tête.

J'ai secoué la tête et l'ai regardé sortir avec la femme.

— Ça te manque ? m'a demandé Hudson.

J'ai de nouveau secoué la tête. — Non. Je me demande en fait si je suis déjà tombé pour des répliques comme ça.

Ramsey a ri. — C'était vous qui utilisiez des répliques comme ça.

J'ai ri. — C'est probablement vrai. Je ne veux pas revenir à ça.

— Tu nous dis que c'est si sérieux avec Trinity ? a demandé Ian.

J'ai secoué la tête. — Je ne dis rien. Juste que si les choses ne marchent pas, je préfère essayer de bien faire plutôt que de bien faire tout de suite.

— Oh, il grandit, a taquiné Hudson.

Je l'ai fusillé du regard et j'ai tendu la main vers ma bouteille. Quelqu'un d'autre a pris la place de Masterson. Quelqu'un de courbe et belle qui sentait incroyablement bon.

— Salut, ai-je dit à Trinity. Je ne savais pas que tu serais ici.

Elle a souri et fait un signe aux autres gars. — J'avais faim. Je me suis dit que je pourrais peut-être te convaincre de m'offrir à dîner.

J'ai secoué la tête. — Ça semble être le plan pour tout le monde ce soir.

— Hé, je dois y aller, a dit Ramsey, descendant de son tabouret.

Ian et Colin l'ont suivi. — Ouais, nous aussi. Merci pour le dîner.

— Hé ! C'est quoi ce bordel ? ai-je crié après eux.

Ces enfoirés ont juste fait un signe de la main.

Hudson est venu et a dit bonjour à Trinity, puis a demandé où les autres étaient partis.

— Ils viennent de se tirer, lui ai-je dit.

Hudson a regardé vers la porte. — Vraiment ?

— Ouais, ils m'ont laissé avec leurs additions. Enfoirés.

Hudson a ri et secoué la tête. — Qu'est-ce que tu prends, Trinity ?

— Un cheeseburger et des frites, a dit Trinity avec un sourire. Sur son compte.

Elle m'a souri et j'ai secoué la tête. Puis je lui ai volé un baiser. Elle a haleté de surprise mais s'est fondue en moi après quelques secondes. Sa main a caressé ma mâchoire et elle a souri contre mes lèvres.

Je me suis reculé et j'ai souri.

— C'était pour quoi ?

J'ai haussé les épaules. — Je voulais juste un baiser. Comment s'est passée ta journée ?

— Bien. J'ai filmé quelques vidéos aujourd'hui et j'ai un nouveau projet pour les enfants du centre communautaire. En plus, j'ai vendu quelques pièces via mon application aujourd'hui. Elle a souri largement.

— Ah oui ? J'imagine que c'est bon ?

Elle a acquiescé. — Je ne voulais pas vraiment de l'application, mais Karissa l'a créée et c'est incroyable. Je ne pensais pas que ce serait quelque chose que mes clients voudraient. Elle en sait plus que moi. Elle est incroyable.

— Eh bien, c'est une bonne chose que tu l'aies écoutée. Hé, on a fixé une date pour l'événement communautaire à Oak Hill. Tu es toujours intéressée pour aider ?

— Absolument. Ma grand-mère et moi fabriquons des bijoux à offrir. De quoi d'autre as-tu besoin que je fasse ?

— Nous devons faire passer le mot. Tu penses pouvoir nous aider avec ça ?

Elle a hoché la tête. — Pas de problème. Je m'en occupe.

Hudson a apporté son burger et ses frites. — Autre chose ?

— Tout est bon. Merci, a-t-elle dit.

Hudson a déchiré l'addition et a fait tout un spectacle de la poser devant moi.

J'ai levé un sourcil vers lui. — Vraiment ?

Il a haussé les épaules. — Je ne voudrais pas avoir à appeler les flics parce que tu t'enfuis sans payer l'addition.

Je l'ai fusillé du regard et lui ai tendu ma carte. — Comme ça tu sais que je suis bon pour ça.

Il a ri et pris la carte. Il l'a passée et me l'a rendue avec le reçu à signer. — Assure-toi de donner un pourboire à ton serveur.

J'ai secoué la tête et lui ai donné un bon pourboire, puis j'ai signé et écrit *le client a toujours raison* en bas.

Trinity a regardé par-dessus mon épaule et a ri. — Tu es drôle. Et merci pour le dîner.

Je lui ai fait un clin d'œil. — N'importe quand. Pour toi. Ces autres gars me devront un dîner la prochaine fois.

Elle a ri et a pris une bouchée de son burger.

Nous sommes sortis d'O'Kelley's et avons fait une pause. — Tu rentres chez toi ?

Trinity a hoché la tête. — C'était prévu. Tu peux venir si tu veux. Ou on peut faire autre chose.

— Tu peux venir chez moi, ai-je dit. Je ne l'avais jamais invitée chez moi auparavant. Je pouvais dire par sa pause qu'elle savait que c'était important que je m'ouvre à elle comme ça.

Elle a enroulé sa main autour de mon bras et acquiescé. — Ça me va.

Je lui ai montré le chemin jusqu'à mon camion et lui ai ouvert la porte pour qu'elle monte. J'ai pris une profonde respiration et me suis dépêché vers le siège conducteur.

Nous avons bavardé à propos de rien sur le chemin jusqu'à ma maison. J'étais anxieux. Est-ce que j'avais nettoyé le dentifrice dans mon évier ? Est-ce que j'avais rangé la vaisselle ? Quand était la dernière fois que j'avais épousseté ?

Rien de tout cela n'avait d'importance quand nous sommes entrés et qu'elle a tout observé, puis a agi comme si elle y était venue une centaine de fois auparavant, s'installant sur le canapé et allumant la télé.

— Des films ?

Je me suis assis à côté d'elle et nous avons trouvé un film à regarder. Elle s'est blottie contre moi et j'ai passé mon bras autour d'elle. Je ne me souvenais pas de la dernière fois où je m'étais senti si à l'aise avec une autre personne.

Quand le film s'est terminé, elle a dit : — Fais-moi visiter. Je veux voir ta maison.

Nous nous sommes levés et sommes allés à la cuisine. — Petite cuisine, mais elle me convient.

— Elle n'est pas aussi petite que la mienne. Je l'aime bien. Ces placards sont magnifiques.

J'ai souri. — Merci. Je les ai rénovés quand j'ai acheté la maison. La cuisine était un peu en mauvais état. Une grande partie l'était. C'est comme ça que j'ai pu me permettre cet endroit.

— Depuis combien de temps vis-tu ici ?

— Neuf ans.

— Wow. Je n'ai jamais vécu nulle part pendant neuf ans. Je suis un peu jalouse en ce moment.

J'ai ri.

— Qu'as-tu fait d'autre par ici ?

J'ai souri et lui ai montré le reste de la maison. Elle s'est extasiée sur les sols rénovés et les salles de bains réaménagées et m'a taquiné sur la décoration spartiate qui lui donnait l'air d'une chambre d'étudiant.

— Tu n'as même pas une photo de ta mère ici, a-t-elle dit quand nous sommes arrivés dans la chambre.

— Eh bien, ma mère est la dernière personne à laquelle je veux penser quand je suis dans ma chambre.

Elle a levé les yeux au ciel. — Je voulais dire dans toute la maison. Pourquoi n'as-tu pas décoré ? Je pourrais t'aider. Aller faire du shopping un jour.

J'ai hésité un peu trop longtemps, et elle a fait marche arrière.

— Désolée. Je ne pensais pas comme ça. Je ne voulais pas dire que je devrais décorer ton endroit. Ou que... je suis désolée. Je n'avais pas l'intention de dépasser les bornes.

J'ai secoué la tête et l'ai prise dans mes bras. — Tu n'as pas dépassé les bornes. Je peux te dire quelque chose ?

Elle a hoché la tête contre ma poitrine.

— Je t'ai parlé de mon enfance. Comment nous n'avions rien. Chaque fois que nous obtenions quelque chose, nous avions l'impression d'être au sommet du monde. Nous étions adoptés par des familles chaque année pour Noël, mais à la mi-janvier, nous essayions de comprendre comment nous permettre de la nourriture à nouveau. Beaucoup de gens veulent aider pendant les fêtes, mais qu'en est-il d'un mardi en février ou de nos anniversaires ou de la rentrée scolaire ? Il y avait des moments qui étaient corrects, mais il y en avait tellement d'autres qui ne l'étaient pas. Et les bas semblaient encore plus bas après un haut. Aller au lit affamé était normal en été. Aller au lit affamé le vingt-sept décembre, c'était nul.

— Je suis désolée, a-t-elle dit doucement.

J'ai acquiescé. — Je ne te raconte pas tout ça pour avoir de la sympathie. C'est pour ça que j'essaie d'aider Joey et sa famille. Mais c'est aussi pourquoi je... je n'ai jamais décoré parce que j'ai peur que tout ça disparaisse. Je veux que ce soit facile pour moi de partir. Je garde à peu près tout dans ma vie comme ça. J'ai choisi un travail que je peux faire n'importe où. J'ai une maison que je peux quitter en un clin d'œil. Tout.

— Tu ne veux pas rester ici ? À L'anse MacKellar ?

J'ai haussé les épaules, et elle s'est tendue. — Je n'ai pas l'intention de partir, mais c'est d'où je viens. C'est là que j'ai grandi. Je ne suis jamais allé nulle part ailleurs pour m'enra-ciner. Je suis juste resté ici.

— Il n'y a rien dans ta vie que tu veuilles garder ?

J'ai secoué la tête. — Ce n'est pas exactement ça. C'est plutôt que je sais à quel point tout est fragile. Je sais à quel point tout peut facilement disparaître. Et je ne veux pas trop m'attacher.

— Je suis pareille d'une certaine façon à cause de mon

père. J'ai déménagé tous les quelques années après l'université. Je ne suis jamais restée au même endroit. Je n'ai jamais eu l'impression qu'un endroit était chez moi. Mais être ici... j'aime L'anse MacKellar. J'aime avoir des amis sur qui je peux compter et des gens dont je me soucie. Je pourrais travailler de n'importe où, mais je m'attache.

— Beaucoup de gens se sentent comme ça.

— Tu n'es vraiment attaché à rien ? Ta mère ? Tes amis ?

— Je ne peux pas imaginer recommencer à zéro. Quitter ma mère, même si je sais qu'elle irait bien. Trouver de nouveaux amis. Je ne veux pas le faire. Mais ce n'est pas facile pour moi de me détendre et de croire que tout va bien se passer. Que les gens seront toujours là ce mardi au hasard quand je n'aurai rien à manger.

Elle s'est approchée de moi et s'est mise sur la pointe des pieds. Elle a pressé ses lèvres contre les miennes et a souri. — Je serai là, James. Je le veux. Si ça te va.

J'ai hoché la tête et j'ai glissé mes bras autour de son dos, la serrant contre moi. — Tu es la dernière personne que j'attendais, mais je suis plutôt content d'avoir essayé de t'arrêter ce jour-là. Je ne pense pas que nous serions où nous sommes maintenant si nous nous étions simplement connus par l'intermédiaire des autres.

Elle a souri. — Je ne sais pas. Je suis encore assez contrariée à ce sujet. Peut-être que tu devrais te rattraper.

— Ah bon ? Et comment proposes-tu que je fasse ça ?

— Eh bien, a-t-elle dit en reculant. Elle a attrapé l'ourlet de son t-shirt et l'a soulevé par-dessus sa tête. — Tu pourrais commencer par un baiser. Et nous verrons où les choses iront à partir de là.

J'ai souri et j'ai fait ce qu'on me disait. Toute la nuit.

20

TRINITY

Mon temps au centre communautaire devenait rapidement l'un de mes moments préférés de la semaine. Savoir que j'offrais aux enfants quelque chose de différent sur quoi se concentrer pendant quelques minutes était passionnant pour moi et m'aidait à comprendre à quel point il était facile de redonner, surtout aux enfants.

Je venais de finir d'installer tout le matériel pour la journée quand Amelia est montée sur scène. D'habitude, elle me laissait entrer et vaquait à ses occupations, alors quand elle m'a approchée, je me suis demandé ce qui se passait.

— J'ai entendu de bonnes choses à propos de vos projets, dit-elle en regardant les tables. Il paraît que les enfants les apprécient.

— Je pense que oui. C'est très amusant de travailler avec eux.

— Bien. Ces enfants ne laissent pas facilement les gens entrer dans leur monde. J'espère que vous comptez rester un moment.

J'ai hoché la tête. — C'est mon intention. J'adore travailler avec eux. J'essaie de m'assurer de proposer des idées que chacun d'entre eux peut réaliser, donc nous avons fait des choses différentes. Le projet d'aujourd'hui concerne un porte-clés parce que certains m'ont dit qu'ils perdent toujours la clé de leur maison. J'ai pensé qu'on pourrait faire quelque chose d'utile au lieu de simplement amusant.

Amelia a acquiescé. — C'est une bonne idée. Vous semblez vraiment comprendre ces enfants et ce qu'ils traversent.

Sa question était directe. Je lui ai souri et lui ai donné la réponse qu'elle cherchait. — Ce n'est pas le cas. Pas par expérience personnelle. Mais je connais quelqu'un qui les comprend et j'ai reçu quelques conseils.

Elle a croisé les bras sur sa poitrine. — Je vois.

Avant qu'elle ne puisse ajouter quoi que ce soit, les enfants ont fait irruption dans la salle. Cette agitation attirait toujours toute son attention. Elle a traversé la scène d'un pas déterminé et descendu les escaliers pour rappeler aux quelques enfants qui se dirigeaient directement vers les ballons de basket de ranger leurs affaires avant de commencer à jouer.

J'ai souri et attendu que quelques enfants me rejoignent. J'ai été surprise quand un garçon a quitté ses amis sur le terrain de basket et monté les escaliers.

— Est-ce que je peux faire quelque chose aujourd'hui ? m'a-t-il demandé.

— Bien sûr, ai-je dit. Je m'appelle Trinity. Comment t'appelles-tu ?

— Mark.

— Bonjour, Mark. Je vais t'expliquer comment faire chaque étape, mais tu peux choisir comment assembler le tout. Aujourd'hui, nous fabriquons un porte-clés. As-tu des clés pour ta maison ?

Il a hoché la tête. — Oui, mais elles finissent toujours au fond de mon sac à dos.

— J'ai le même problème avec mon sac à main. C'est pourquoi j'ai pensé que nous pourrions faire cela aujourd'-hui. Qu'en penses-tu ?

Il m'a souri et s'est promené lentement entre les tables. — Je peux choisir celui que je veux ?

J'ai acquiescé. — Absolument. Et si tu en aimes plusieurs, tu peux les mélanger ou en faire deux.

— Je peux en faire deux ? a-t-il demandé, les yeux écarquillés.

J'ai souri. — Peut-être même trois.

Son sourire illuminait son visage. Il a hoché la tête et choisi une place. Il a ouvert le sac devant lui et commencé à examiner les pièces à l'intérieur.

Heather et Meghan ont grimpé les escaliers en courant, ont dit bonjour à Mark et à moi, puis ont choisi leurs places. Deux autres filles les suivaient de près.

Cinq enfants. C'était une bonne journée.

— Tout le monde est prêt ? leur ai-je demandé.

Ils ont tous acquiescé avec enthousiasme.

— Parfait. Aujourd'hui, nous allons fabriquer des porte-clés. Comme toujours, je vous aiderai si vous avez des difficultés, mais je veux que vous utilisiez votre imagination et créiez quelque chose que vous aimez. Vous êtes prêts ?

Ils ont tous acclamé, même Mark.

— Très bien. D'abord, sortez tout de votre sac et placez-le sur le plateau devant vous. Si vous voulez, vous pouvez arranger vos perles dans l'ordre où vous souhaitez les mettre. J'ai levé le porte-clés que j'avais créé pour m'entraîner. Voilà à quoi ça ressemblera quand vous aurez fini.

— Wow, c'est génial, a dit Heather.

J'ai souri. — Alors, commençons.

J'AI FAIT un signe de la main à la mère de Mark quand il lui a montré ce qu'il avait fait et m'a désignée sur la scène. Elle m'a rendu mon sourire, l'air plus que reconnaissante. Il était tellement excité d'avoir quelque chose à lui montrer. Et il m'avait dit en fabriquant le deuxième qu'il allait le lui offrir pour son anniversaire. C'était un bon gamin. Ils l'étaient tous. Et connaître James m'aidait seulement à être plus ouverte à voir cela.

Quand j'y suis allée la première fois, je cherchais à m'aider moi-même et ma carrière, mais chaque fois que j'y retournais, j'espérais aider les enfants autant qu'ils m'aidaient.

J'étais en train de ranger le matériel quand j'ai entendu des pas derrière moi. J'ai arrêté ce que je faisais et me suis retournée au cas où ce serait un autre enfant qui aurait décidé tardivement de fabriquer quelque chose. C'était déjà arrivé qu'ils voient ce que j'avais préparé et décident de le faire. J'essayais d'être prête pour ces situations.

Mais cette fois, c'était encore Amelia.

— Salut, ai-je dit avec un sourire.

— Est-ce que mon fils est la personne que vous avez mentionnée plus tôt ? Celle qui vous a aidée à voir ces enfants ?

J'ai lentement hoché la tête. Je ne savais pas à quel point James était proche de sa mère. Il m'avait dit qu'il n'aimait pas aller chez elle et qu'il ne venait au centre communautaire que pour aider, mais je n'avais aucune idée s'ils parlaient réguliè-rement ou s'ils sortaient déjeuner ou dîner ensemble.

— Qu'est-ce qui se passe entre vous deux ?

— Je l'apprécie. Beaucoup.

— Et il ressent la même chose pour vous ?

J'ai haussé les épaules. — Je ne sais pas, mais je l'espère. Est-ce que cela vous contrarie ?

Elle a secoué la tête. — James est une personne très privée. Il ne partage pas qui il est. Quand j'ai mentionné, le premier jour où vous étiez ici, qu'il est mon fils, c'était pour que vous sachiez de ne rien dire à son sujet que vous ne voudriez pas que sa mère sache.

— Euh, d'accord.

Elle a penché la tête. — Il vous fait confiance. Et s'il vous fait confiance, cela signifie qu'il vous apprécie. Il ne laisse pas les gens entrer. Surtout les femmes. J'espère que vous comprenez à quel point cela fait de vous quelqu'un d'important pour mon fils.

L'émotion a monté en moi. J'aurais préféré l'entendre de James, mais je n'étais pas non plus prête à lui dire ce que je ressentais, alors je prendrais ce que je pouvais. J'ai acquiescé, incapable de prononcer un mot.

— Quand je vous ai demandé si vous alliez rester, je ne parlais pas seulement des enfants ici. Je parlais aussi de James. Il a connu assez de pertes dans sa vie.

— Moi aussi, Amelia. Je n'ai pas l'intention de partir, et j'apprécie vraiment votre fils. Je ne vais pas lui faire de mal.

Elle a soutenu mon regard pendant un long moment, puis a hoché la tête une fois et quitté la scène.

J'ai continué à ranger le matériel restant et remis toutes les tables et chaises en place. James travaillait tard ce soir-là, donc je savais qu'il ne passerait pas pour aider et je ne voulais pas qu'Amelia ait à le faire elle-même.

Quand j'ai eu terminé, j'ai pris mon sac et l'ai posé au bord de la scène. J'ai descendu les escaliers et souri quand l'un des garçons m'a passé un ballon de basket. Je l'ai fait rebondir quelques fois et tiré de l'endroit où je me tenais.

Le ballon a frappé le panneau et est entré dans le filet. Tous les garçons ont acclamé. Depuis le premier jour où j'avais joué au basket avec James et les enfants, ils essayaient de me défier.

— Comment faites-vous pour réussir chaque tir, Mme Trinity ? m'a demandé l'un d'entre eux. Je n'avais pas encore appris tous les noms des garçons, mais j'allais finir par y arriver.

— Vous savez quoi ? Je rate beaucoup. Et j'en ratais encore plus quand j'étais jeune. Mais j'aime le basket, alors je continue à jouer, même quand je rate.

— Moi aussi je l'aime, a dit un autre garçon. La seule fois où je peux jouer, c'est quand je suis ici. J'ai demandé à ma mère si je pouvais avoir un panier à la maison, mais elle a dit que nous n'avons pas assez d'argent pour ça.

— C'est cher, ai-je dit. Mais vous avez beaucoup de temps ici pour jouer. Y a-t-il des paniers à l'école ou ailleurs où vous pourriez jouer le week-end ?

Quelques-uns ont secoué la tête, mais un garçon a acquiescé. — Je suis allé dans un parc avec mon père et nous avons joué sur un vieux terrain. Près des terrains de football.

Les autres garçons ont hoché la tête et dit : — Ah, oui.

— Peut-être que vous pourriez y aller un jour, ai-je suggéré. Ce serait amusant.

Ils ont acquiescé et reculé. — Hé, Mme Trinity, pouvez-vous marquer d'ici ?

J'ai souri et me suis approchée d'eux. J'ai fait rebondir le ballon quelques fois, visé mon tir, et marqué de nouveau.

Au moment où j'ai quitté le centre communautaire, il faisait plus sombre dehors et la plupart des enfants étaient rentrés chez eux. Je venais de mettre mes affaires dans ma voiture et de m'installer derrière le volant quand mon télé-phone a sonné.

Je ne reconnaissais pas le numéro, mais il était local, alors j'ai décroché.

— Allô ?

— Est-ce Trinity Mayer ?

— Euh, oui.

— Bonjour, Mme Mayer. Je m'appelle Elizabeth Joseph. Je suis journaliste au Thousand Islands Times. J'étais chez

Island Designs la semaine dernière et la propriétaire, Olive, m'a parlé de vous. J'ai pris l'une de vos pièces et je l'ai adorée, et Olive m'a suggéré de jeter un coup d'œil à vos vidéos et à votre site web. Vous semblez être une vraie femme d'affaires dynamique. Je me demandais si je pouvais faire un article sur vous ?

— Wow, eh bien, je suis flattée, mais je ne suis pas sûre d'être vraiment si intéressante.

— J'ai une chronique hebdomadaire qui parle des entreprises locales, et de leurs propriétaires, et comment ils font les choses différemment. C'est une occasion de montrer aux gens qu'il y a d'autres emplois ici que de travailler dans le tourisme, surtout que c'est un emploi saisonnier pour la plupart des gens. Je veux montrer à nos habitants qu'ils peuvent créer leurs propres carrières et subvenir aux besoins de leur famille.

— C'est pour cela que j'ai commencé à travailler au centre communautaire, ai-je dit, en regardant le grand bâtiment en brique. Je veux redonner à la communauté et aider les enfants dès leur plus jeune âge à savoir qu'ils peuvent créer quelque chose d'incroyable.

— Wow, je ne savais pas que vous y travailliez aussi. J'aimerais passer et prendre quelques photos de vous au centre communautaire.

J'ai secoué la tête même si elle ne pouvait pas me voir. — Je suis désolée, mais ce n'est pas autorisé. Ils n'ont pas d'autorisations pour les photos.

— Y a-t-il un autre endroit où vous serez pour que nous puissions prendre des photos et discuter ?

J'ai pensé à la fête d'Oak Hill que James planifiait et j'ai acquiescé. — En fait, je pense que j'ai l'endroit parfait. Que pensez-vous de mettre en avant plus que juste moi ?

— Comment ça ?

— Eh bien, il va y avoir un événement à Oak Hill le week-end prochain. Quelques entrepreneurs locaux vont être là pour aider à servir de la nourriture et à réparer l'appartement. Nous aurons des cadeaux et des sacs de goodies, et il y aura quelques habitants qui gèrent des entreprises que vous pourriez contacter. Peut-être réserver votre agenda pour quelques semaines. Et vous pourrez parler de quelque chose de bien qui se passe dans la communauté.

— J'aime cette idée. Ça semble être une excellente idée. Pouvez-vous m'en dire un peu plus ?

— Bien sûr, ai-je dit. J'avais promis à James que je ferai passer le mot. Cela allait certainement aider.

J'ÉTAIS TELLEMENT EXCITÉE par toutes les personnes qui commençaient à parler de la fête d'Oak Hill. D'ici le weekend, il semblait que tout le monde en ville en parlait.

Colin a dit que je pouvais mettre des prospectus à la ferme pour m'assurer que plus de gens les voient. Au lieu de simplement les déposer, j'ai fait des projets avec Elise pour la journée.

Elle et Colin s'embrassaient dans la grange quand je suis entrée, le grincement bruyant de la porte les séparant. — Désolée ! ai-je dit.

Colin a simplement souri. Elise m'a lancé un regard noir. — Tu ne pouvais pas nous donner cinq minutes de plus ?

Colin lui a serré la main. — Nous avons plein de temps plus tard.

Elise lui a souri. — J'ai bien l'intention d'en faire bon usage. Ce que je voulais dire, c'est bonjour, Trinity !

J'ai ri et secoué la tête. — Salut, Elise. Comment allez-vous ?

— Bien. Merci de faire ça, Trinity, a dit Colin. Je pense

que ce sera formidable pour la communauté. James semble vraiment enthousiaste.

J'ai acquiescé. — Il l'est. Je pense qu'il se sent mal de ne pas être plus impliqué dans le quartier. Il pense qu'il leur a tourné le dos et il veut aider. Joey l'a vraiment touché.

— Est-ce que tu es d'accord avec tout ça ? a demandé Elise.

J'ai encore acquiescé. — Je comprends pourquoi il a pris mon sac. J'aurais préféré que ça n'arrive pas, mais je le comprends. Je ne l'ai pas non plus revu depuis, donc je ne suis pas sûre d'être aussi généreuse quand je serai face à lui, mais c'est un enfant. Il essayait d'aider sa famille. Je n'ai jamais été dans une situation comme celle-là. Je n'ai jamais eu à choisir entre aider ma famille et avoir des ennuis.

— Ce n'est pas un choix facile, a dit Colin. Espérons que Joey a appris à ne plus le refaire.

J'ai souri. — Je l'espère.

Une cliente est entrée, et Colin est allé l'accueillir. Elise m'a aidée à disposer les prospectus à plusieurs endroits dans la grange pour que les gens les voient et en prennent. Nous avions tout ce qu'il fallait pour les résidents, mais nous espérions trouver quelques bénévoles de plus pour cuisiner et organiser des activités, et peut-être aider à réparer l'endroit puisque cela semblait être la plus grande partie du projet. James était vraiment enthousiaste et se donnait à fond pour l'événement.

— Tu as l'air heureuse, m'a dit Elise alors que je touchais une écharpe douce.

— Je le suis, lui ai-je dit. Il y a beaucoup de raisons d'être heureuse en ce moment.

— James ?

J'ai acquiescé. — Il est définitivement l'une des choses qui me rendent heureuse.

— Bien, a-t-elle dit. J'ai décidé d'emménager avec Colin.

— Quoi ?

Elle a haussé les épaules. — Je reste ici presque chaque nuit de toute façon. Il m'a dit qu'il veut que je vive avec lui, mais il ne va pas insister. Je passe la plupart de mes nuits ici depuis des mois. Il est temps.

— Est-ce que c'est le moment parce que tu sens que tu devrais le faire ou parce que tu le veux ? ai-je demandé.

Elise a soutenu mon regard et souri. — Parce que je l'aime et que je ne veux pas passer une minute de plus loin de lui si je peux l'éviter. Je ne me suis jamais permis d'imaginer que je trouverais quelqu'un comme lui, mais il est incroyable. Il est gentil, attentionné et si patient avec moi. Et je l'aime. Tellement.

— C'est une excellente nouvelle, lui ai-je dit. Je suis si heureuse pour toi.

Elle a souri. — Merci. Je suis heureuse aussi. J'espère que tout le monde trouvera quelqu'un comme Colin. Ou James.

J'ai ri. — Ils le feront.

— Tu veux rester ici, ou tu veux aller te promener ?

— Définitivement une promenade. Je n'ai pas vu grand-chose de la ferme. C'est magnifique, mais je ne fais pas beaucoup de nature toute seule.

Elise a ri et m'a fait signe vers la porte arrière. — Je te protégerai de toute cette nature. Nous ne voudrions pas qu'elle s'approche trop et te touche.

J'ai frissonné et secoué la tête. — Non. On ne peut pas laisser ça arriver.

Elise m'a conduite sur un chemin à travers les arbres. Nous avons marché et parlé de tout et de rien, des hommes aux emplois en passant par nos amis.

— Je suis contente que Piper vienne aux soirées entre filles, ai-je dit. Elle est drôle.

Elise a acquiescé. — Elle l'est. Je l'ai invitée avant, mais elle travaillait toujours le dimanche soir. Je ne la connais pas bien.

— Moi non plus, mais ça vient. Je pense qu'elle se sent plus à l'aise avec nous.

— Oui, surtout après le week-end dernier quand nous parlions de nos positions préférées.

J'ai ri. — Oui, je pense que nous lui avons fait un peu peur.

— Elle a fini par se joindre à nous. Tu te souviens quand Blake et Ian se sont mis ensemble et qu'elle avait peur de parler de lui devant Finley ?

— Je ne peux pas dire que je la blâme. Si James avait une sœur, je ne voudrais pas lui parler de notre vie sexuelle. C'est déjà assez gênant que sa mère m'ait interrogée sur nous.

— Sa mère t'a interrogée sur votre vie sexuelle ?

J'ai secoué la tête. — Non, pas ça. Elle m'a juste demandé si nous étions ensemble et ce qui se passait entre nous.

— Qu'est-ce que tu lui as dit ?

— Que j'aime beaucoup son fils.

Elise s'est arrêtée et m'a observée. — Tu l'aimes beaucoup ? Comme...?

J'ai haussé les épaules et souri. — Oui, comme ça. Je ne l'ai jamais vu venir, mais oui. Pour moi, c'est vraiment lui. Je ne suis juste pas sûre qu'il ressente la même chose.

Elise a souri largement. — Je pense que si. Tu n'as pas à t'inquiéter.

J'ai ricané. — Sauf d'avoir le cœur brisé.

Elise a agité sa main. — Tu t'en remettras. Concentre-toi juste sur les bonnes choses. Et aie confiance.

J'ai pouffé de rire. J'espérais qu'elle avait raison.

21

Mon téléphone a sonné alors que je verrouillais ma porte pour aller à la soirée entre filles. J'ai tâtonné avec mes clés et j'ai réussi à les ranger sans les faire tomber tout en répondant à mon téléphone avant qu'il ne s'arrête.

— Allô ? Allô !

— Salut, a dit James, sa voix profonde et si réconfortante.

— Salut. Comment vas-tu ? Tu n'es pas au travail ?

— Non, je suis libre aujourd'hui. J'espérais pouvoir te voir.

J'ai hésité un instant, mais je ne voulais pas rater la soirée entre filles. — Euh, en fait, je suis sur le point de sortir.

— Oh, désolé. Je ne savais pas.

— Ce n'est rien. On se retrouve toutes chez Finley le dimanche soir.

— C'est vrai. La soirée entre filles du club de lecture. J'en ai entendu parler. Je n'y ai jamais vraiment prêté attention. Il a ri doucement.

— Tu n'avais jamais eu de raison de le faire. Mais je suis

désolée. À moins que tu ne veuilles que je la rate ? Ce n'était pas un piège, mais j'espérais vraiment qu'il dise non.

— Absolument pas. Tu as besoin de passer du temps avec tes amies. On en a tous besoin.

— Et ça, ça vient après que j'ai envahi ta soirée avec tes amis, ai-je dit, me sentant un peu honteuse.

Il a ri. — Ça ne m'a pas du tout dérangé. Tu es beaucoup plus agréable à regarder qu'eux.

— Eh bien, merci, je crois.

Il a ri de nouveau. — Peut-être qu'on se verra plus tard ? Ou demain ? Je suis libre pour quelques jours et puis je travaille la majeure partie de la semaine.

— Tu es libre samedi ? ai-je demandé, espérant qu'il ne manquerait pas l'événement qu'il avait contribué à créer.

— Oui. Le Capitaine Reynolds veut montrer son soutien à la communauté et quand il a appris que Masterson et moi y allions, il s'est assuré qu'on ait notre journée. Mais il ne s'attend pas à ce qu'on y soit en tant que policiers ou en uniforme, juste en tant que citoyens.

— C'est une bonne chose, ai-je dit.

— Oui, c'est vrai. Bon, je te laisse. On se voit bientôt.

— Ça me va. Merci de comprendre.

— Bien sûr. À plus.

— À plus.

J'ai raccroché et souri à mon téléphone. Il me manquait plus que je ne l'aurais pensé après seulement quelques jours de séparation et quelques semaines ensemble.

J'ai repensé à ma conversation avec Elise la veille et j'ai réalisé que je n'étais pas la seule. Elle ressentait la même chose pour Colin. Je l'avais trouvé mignon au premier regard, mais ce n'était pas un homme auquel je ne pouvais pas résister. Une fois qu'il était clair pour moi qu'il s'intéressait à Elise, je n'avais eu aucun problème à prendre mes distances. Avec James, je l'avais toujours remarqué, lui et avec qui il était. Même quand je ne le voulais pas.

Je suis arrivée à Petits ami du Livre Illimité avant même de m'en rendre compte. J'ai frappé à la porte et jeté un coup d'œil aux autres personnes qui passaient. Finley a déverrouillé la porte et m'a laissée entrer, mais j'étais toujours dans un état second.

— Ça va ?

J'ai hoché la tête. — Oui. Je réfléchissais juste.

— À quoi ? Il s'est passé quelque chose ?

J'ai secoué la tête. — Non, j'ai juste beaucoup de choses qui me trottent dans la tête.

Finley m'a lancé un regard et m'a conduite à l'arrière où elle a annoncé, — Trinity a la tête.

— Quelle tête ? ai-je demandé.

Les autres m'ont regardée et ont éclaté de rire.

— Elle a définitivement la tête, a dit Karissa.

— Oui, a acquiescé Blake.

— On en a parlé hier, a ajouté Elise.

— On a parlé de quoi ? lui ai-je demandé.

— Que tu es amoureuse de James et que tu n'es pas sûre d'être la seule, a dit Elise comme si c'était un fait établi.

J'ai gémi et j'ai pris un siège. — Je ne vous aime pas beaucoup en ce moment.

— En fait, tu nous aimes toutes, a dit Finley, parce qu'on va t'aider.

— Comment ?

— En t'aidant à voir que tu n'es pas la seule à avoir perdu la tête, a dit Melody. Crois-moi, tu as besoin d'aide.

J'ai marmonné mon accord, mais je savais qu'elle avait raison. Elles avaient toutes raison. Je tombais en chute libre et j'étais convaincue que personne ne serait là pour me rattraper.

— Il est venu chez toi la première fois que vous avez couché ensemble, n'est-ce pas ? a demandé Elise.

J'ai acquiescé.

— Et la deuxième ? a confirmé Finley.

J'ai acquiescé à nouveau.

— Et c'est lui qui t'a invitée à sortir ?

— On a juste commencé à se voir. On était appariés sur BBW et on parlait là-bas, et on couchait ensemble, même si on ne s'aimait pas vraiment, et tout s'est juste produit, ai-je dit.

— Comme dans Orgueil et Préjugés, a dit Finley. Vous vous détestiez mais vous tombiez amoureux tout ce temps.

— Mais je...

— Qu'est-ce qui ne va pas à l'aimer ? a demandé Blake. J'étais terrifiée de laisser Ian entrer, mais je ne pouvais pas m'empêcher de l'aimer. Mais j'ai laissé William entrer et je ne l'ai jamais vraiment aimé. Que ressens-tu avec James ?

J'ai haussé les épaules. — Je n'ai jamais vraiment tenu à quelqu'un comme ça. C'est...

— Terrifiant ? a dit Elise.

J'ai acquiescé. — Oui. Ma mère s'est perdue quand mon père est mort. Elle ne savait pas comment faire quoi que ce soit. Elle le laissait s'occuper des choses, et quand il est mort, elle a perdu non seulement une partie d'elle-même, mais elle ne savait pas comment faire des choses comme payer les factures. Je n'ai jamais voulu être comme ça. J'espérais l'amour et j'y croyais, mais je pense que je me retenais parce que je le voyais comme une faiblesse. Donner tellement de soi à quelqu'un d'autre signifie qu'il garde cette partie de toi. Si les choses tournent mal, ils ont une partie de toi que tu ne récupéreras jamais. C'est effrayant.

— C'est vrai, a dit Elise. Je sais qu'Andy gardera toujours une partie de moi. Non pas que je l'aime encore, mais je lui faisais confiance. Je n'aurais jamais imaginé être dans une

relation comme celle que j'avais avec lui. Et être avec Colin...
il est si différent. Il est si patient et calme et incroyable. Me
permettre de lui faire confiance était vraiment difficile. Je
n'étais pas intéressée. Mais il m'a montré qui il est. Il m'a
montré qu'il n'est pas la même personne qu'Andy.

— Je sais qui est James, mais je sais aussi que son travail
est dangereux et qu'il pourrait se blesser n'importe quel jour
juste parce qu'il va au travail, ai-je dit.

Elles ont toutes acquiescé, mais Piper s'est penchée en
avant.

— Je pense que quand l'amour est réel, peu importe
combien de temps tu peux le garder, ce qui compte c'est que
tu étais là pour le vivre. Je sais que ça n'a pas marché avec
mon ancien copain parce que nous n'étions pas faits pour
être ensemble. Il y a une partie de moi qui l'aimera toujours
parce qu'il a été le premier à bien des égards. Mais il ne sera
pas le dernier. Ce n'était pas censé être le cas. Et je peux soit
laisser cela me briser, soit accepter qu'il puisse y avoir quelqu'un d'autre qui me convient mieux. Quelqu'un qui veut les
mêmes choses que moi.

"Je n'essaie pas de te dire que si James n'est pas parfait,
vous ne devriez pas être ensemble. Je dis juste que l'amour
est quelque chose qu'on tient pour acquis quand on l'a et qui
nous manque quand on ne l'a pas. L'amour rend le monde
meilleur. Et même un amour non partagé peut être beau.
Parce que l'amour est l'amour. Nous pouvons apprendre
quelque chose à chaque fois que nous tombons amoureux, et
nous aurons plusieurs personnes que nous aimerons de
différentes façons qui nous aideront à trouver la personne
que nous sommes destinés à aimer pour toujours. Nous
méritons tous cela.

— Eh bien, merde. Si ça ne me remet pas à ma place et ne
me convainc pas de lui dire ce que je ressens, rien ne le fera,
ai-je dit. Merci.

Piper a souri. — Quand tu veux.

FINLEY A FERMÉ à clé pendant que Karissa et moi attendions. Le vent a soufflé dans la rue, me faisant me réfugier dans ma veste.

— Bon sang, il fait froid rapidement, a dit Karissa.

— Sans blague. J'espère que ce week-end sera bon. Je veux que cette fête se déroule sans problème, ai-je dit.

— Ce sera le cas. Je pense que c'est génial que tant de personnes en ville viennent. Et que tu aies réussi à convaincre ce journaliste d'être présent. Ce sera vraiment bien d'avoir des personnes qui veulent aider et donner en retour. Les choses n'ont pas toujours été faciles, mais ma famille n'a jamais connu le genre de souffrance que tant d'autres connaissent, a dit Karissa.

— La mienne non plus, a ajouté Finley. J'étais même assez inconsciente de cela en grandissant. Je connaissais des enfants qui vivaient à Oak Hill, mais je ne réalisais pas qu'il y avait quoi que ce soit à penser à propos d'eux. C'étaient juste d'autres personnes dans ma classe.

— Je pense que c'est ce que tout le monde veut. Se sentir comme tout le monde, ai-je dit. J'ai commencé à jouer au basket au centre communautaire avec les enfants pour qu'ils sachent que j'étais juste une personne comme eux.

— Tu fais ça ? a demandé Finley. C'est vraiment cool.

— J'aime ça, et ça aide les enfants à s'identifier à moi. Ils parlent quand ils jouent, et je peux transformer ces conversations en idées.

— Tout change quand on amène les gens à baisser leur garde, a dit Karissa. C'est pourquoi j'ai créé une application où on ne peut pas télécharger de photos de soi. Si tu ne sais pas à quoi ressemble une personne, tu vas automatiquement la juger sur sa personnalité. On laisse les personnes attirantes s'en tirer avec des choses nulles pour lesquelles on juge les personnes moins attirantes. Si tu es nul en tant que personne, peu importe combien tu es canon.

— Tellement vrai, a approuvé Finley. J'ai rencontré ce mec à O'Kelley's un soir qui pensait que c'était correct de me dire que j'avais besoin de perdre du poids. Il était magnifique et il pensait que flirter avec moi était un paiement suffisant pour agir comme un con.

— Je ne supporte pas les hommes comme ça, a gémi Karissa. Ils pensent qu'ils sont le cadeau de Dieu à toutes les femmes. J'aimerais qu'ils réalisent qu'on parle tous d'eux dans leur dos.

Nous avons ri.

— Ils ne le sauront jamais. S'ils l'apprenaient, ils penseraient que nous sommes des femmes ridicules pour ne pas être dupes de leur belle apparence et leur charme inexistant, ai-je dit.

— Tellement vrai. Comment pourrions-nous ne pas voir qu'ils sont incroyables ? a plaisanté Finley.

— Exactement ! Beurk. J'en ai assez des hommes comme ça, a dit Karissa. Je suppose que je vais être célibataire pour toujours. Surtout une fois que j'aurai fait ma chirurgie.

— Tu as décidé de le faire ? a demandé Finley.

Karissa a hoché la tête. — Oui. Je suis trop anxieuse tout le temps. Si je ne le fais pas et que je finis avec un cancer du sein comme ma mère, je le regretterai. Si je le fais et que je finis célibataire parce qu'aucun homme ne veut d'une femme sans seins, je le regretterai. Mais je regretterai le cancer du sein plus que je ne regretterai d'être célibataire.

— On va vivre ensemble pour toujours de toute façon, donc ça n'aura pas d'importance, a dit Finley avec un sourire. Elle a passé son bras autour des épaules de Karissa et l'a serrée contre elle.

— Oui, c'est vrai. Nous n'avons pas besoin d'hommes, a dit Karissa avec un rire malicieux.

— Vous êtes trop drôles, ai-je dit.

— On t'inviterait à vivre dans notre zone sans hommes, mais tu t'es déjà fait avoir. Tu es perdue à jamais, a dit Finley d'un ton dramatique.

J'ai ri par le nez. — On verra ça.

Karissa a glissé son bras sous le mien. — Toi et James êtes bien ensemble. Je ne m'inquiéterais pas du tout.

J'ai souri. — J'espère bien.

Nous nous sommes dit au revoir à leur étage et nous nous sommes séparées. Je suis arrivée à mon étage et me suis arrêtée quand j'ai vu James assis devant ma porte.

— Salut, ai-je dit avec un sourire.

— Salut, a-t-il dit en se levant. Il a tendu les bras pour que je m'y blottisse.

— Qu'est-ce que tu fais ici ?

— Je voulais te voir alors j'ai pensé passer. C'est bon ?

J'ai hoché la tête contre sa poitrine. — Absolument. Entrons et tu pourras te détendre un moment et me raconter ta semaine.

Je l'ai laissé me conduire à l'intérieur et au canapé. Il était épuisé.

— Pourquoi n'es-tu pas rentré chez toi ? Tu t'endors ici même, ai-je dit.

Il a secoué la tête. — Tu m'as manqué. Je voulais passer du temps avec toi.

— Que dirais-tu d'un film ? Ou on peut simplement aller se coucher.

Il a haussé les sourcils d'un air suggestif. — J'aime l'option numéro deux. Tout le temps.

J'ai ri et secoué la tête. — Tu es méchant.

Il a souri. — Tu adores ça.

— Oui, c'est vrai, ai-je admis.

Il m'a fait un clin d'œil et m'a conduite à la chambre. Nous nous sommes déshabillés lentement, tous deux s'arrêtant pour regarder l'autre. Au moment où il a enlevé ses derniers vêtements, il était dur et j'étais mouillée.

— Même épuisé, je ne peux pas me rassasier de toi, a-t-il dit d'une voix basse et rocailleuse en déroulant un préservatif sur sa longueur.

— Tu n'es pas le seul à avoir ce problème, ai-je dit.

Il a souri et a tendu la main vers moi. Nous nous sommes déplacés vers le lit ensemble, nos corps se rencontrant avant de toucher le matelas. James s'est positionné entre mes jambes, son poids pressé sur moi, et a embrassé son chemin de ma mâchoire à mon cou et de nouveau jusqu'à mes lèvres.

Le baiser était lent et sensuel, comme une séduction. Il a léché l'intérieur de ma bouche puis s'est retiré et a embrassé mes lèvres avec de doux baisers. Il ne me touchait pas avec ses mains, mais il utilisait son corps pour me rendre folle. Un léger soulèvement de son torse frottait sa poitrine contre mes tétons douloureux. Et chaque mouvement de ses hanches enfonçait son érection dans mon clitoris. Un frottement de ses cuisses m'a fait m'écarter davantage pour lui et trembler.

Chaque mouvement me donnait encore plus envie de lui. Me le faisait aimer davantage. Il savait exactement ce qu'il me faisait. À quel point il me rendait folle. Le rythme langoureux ne faisait que rendre plus difficile de lui résister.

Mais je ne voulais plus lui résister.

J'ai écarté mes cuisses et me suis déplacée pour que nous nous alignions. Il s'est retiré juste assez pour voir mon visage. Nos regards se sont croisés alors qu'il poussait en moi. Et à ce moment-là, j'ai su qu'il ressentait la même chose que moi. Je n'avais jamais vu cette émotion auparavant, de la part de quiconque.

Il a maintenu mon regard et a fait des va-et-vient. Il agissait comme si nous avions tout le temps du monde, et une partie de moi sentait que c'était le cas. J'avais fini de m'inquiéter et de chercher et de penser à toujours. Je l'avais trouvé, je l'avais trouvé lui. Je l'aimais. Je ne m'y attendais jamais, mais c'était le cas, et je savais qu'il m'aimait aussi.

— Trinity, a-t-il soufflé, ses yeux se fermant. Sa mâchoire s'est crispée et il a tremblé juste assez pour que je sache qu'il ne pouvait pas tenir. Il voulait m'attendre, mais il n'allait pas durer beaucoup plus longtemps.

J'ai glissé ma main entre nous et ai touché mon clitoris. Un bref contact a suffi pour me faire basculer. Mon canal s'est resserré autour de lui, et il m'a suivie dans l'extase.

Il s'est effondré sur moi, laissant tout le poids de son corps me maintenir en place. Je l'ai tenu, mon cœur si plein d'amour pour lui que je pouvais à peine le contenir.

Après une minute, il s'est déplacé et est allé à la salle de bain. Quand il est revenu, il s'est enroulé autour de moi et m'a tenue fermement.

— Comment s'est passée ta semaine ? lui ai-je demandé.

— Épuisante. Le service de nuit est nul. Je n'ai pas à le faire souvent, mais quand je le fais, je le déteste.

— Désolée.

Il a haussé les épaules. — C'est bon. Comment s'est passée ta semaine ? Comment ça s'est passé avec les enfants ?

— Bien. J'ai eu quelques nouveaux enfants mardi. Même un garçon.

— Wow, Trin. C'est génial.

— Merci. Je reçois aussi de la publicité pour l'événement de samedi. Un journaliste local va venir faire un reportage à ce sujet. Et nous faisons passer le mot.

Il s'est blotti plus près de moi et a embrassé mon épaule. — C'est génial. Merci. Je ne pourrais pas faire ça sans toi.

— Bien sûr. Je suis heureuse d'aider. N'importe quoi pour ces enfants. Et n'importe quoi pour toi.

— Mmmhmm.

Nous sommes restés silencieux pendant une minute, détendus et comblés ensemble. James ne restait jamais la nuit, donc je savais que ce ne serait pas long avant qu'il ne se lève et se dirige vers la porte. La seule nuit où je suis allée chez lui, je suis restée, et me réveiller le lendemain matin dans ses bras était la meilleure sensation jamais. Je voulais cela à nouveau.

— Tu n'as pas à partir si tu ne veux pas, ai-je dit. Ça ne me dérange pas si tu restes.

— Mmmhmm, a-t-il murmuré. Il a embrassé mon cou et s'est blotti plus profondément.

J'ai souri pour moi-même et ai glissé ma main sur son bras. Il m'a doucement serrée.

J'ai fermé les yeux et pris une profonde respiration. Puis j'ai chuchoté, — Je t'aime, James.

J'ai attendu qu'il dise quelque chose ou fasse quelque chose. Qu'il se lève et s'enfuie ou qu'il me rende les mots. Mais il n'y avait rien. C'était comme s'il n'était même pas là.

Je me suis tournée pour lui faire face et j'ai trouvé ses yeux fermés et sa bouche légèrement entrouverte. Son bras était un poids mort sur moi.

J'ai laissé échapper un petit rire et embrassé sa poitrine, puis me suis installée pour dormir avec l'homme que j'aimais. Puisque c'était tout ce qu'il pouvait supporter pour le moment.

22

James est parti précipitamment le lendemain matin et nous n'avons pas beaucoup parlé durant la semaine. Il faisait des heures supplémentaires pour être libre samedi, et j'en faisais autant. Je voulais avoir des bijoux à offrir à tous ceux qui seraient présents, si je pouvais y arriver. Même avec l'aide de ma grand-mère, ce n'était pas une tâche facile, mais je tenais à le faire.

Samedi matin, Karissa et Finley sont montées à mon appartement pour que nous puissions nous rendre ensemble à Oak Hill. Je leur ai parlé d'Elizabeth Joseph et elles étaient toutes les deux enthousiastes à l'idée d'être également interviewées par elle.

— Tu as eu des nouvelles de James aujourd'hui ? demanda Finley tandis que nous descendions avec tout le matériel pour la journée. Nous apportions nos créations à distribuer aux gens et avions contribué à la nourriture et aux boissons que James et Ian amenaient à l'événement.

J'ai secoué la tête. — Je n'ai pas beaucoup parlé avec lui cette semaine. Pas depuis que j'ai murmuré *je t'aime* dimanche soir quand il dormait.

— Tu as fait quoi ? demanda Karissa, s'arrêtant au milieu du trottoir.

— C'était stupide, mais ça me semblait juste. J'étais presque certaine qu'il ressentait la même chose et je l'ai dit.

— Pendant qu'il dormait ? confirma Finley.

J'ai acquiescé. — Je ne savais pas qu'il dormait, mais oui.

— Tu es sûre qu'il dormait et qu'il ne t'a pas simplement ignorée ? demanda Karissa.

J'ai haussé les épaules. — Je ne sais pas. Il semblait endormi. Tu penses qu'il ferait ça ?

— S'il ne voulait pas te le dire en retour, alors peut-être. Tu n'as pas parlé avec lui de toute la semaine ? demanda Karissa à nouveau.

J'ai secoué la tête et me suis demandé si j'avais mal interprété ma relation avec lui. Il n'avait rien dit ou fait qui laissait penser qu'il ressentait la même chose. C'était une impression que j'avais. Est-ce que je l'avais inventée ?

— Je suis sûre qu'il dormait simplement, dit Finley. Nous avons toutes dit que nous pensons qu'il est amoureux de toi. Ne t'inquiète pas.

J'ai acquiescé et lui ai offert un faible sourire. À l'intérieur, j'étais un désastre. Avais-je gâché la meilleure relation que j'aie jamais eue ?

Je ne pouvais pas penser à ça. Nous avions un événement à organiser et des gens à aider. Tout avait commencé à cause de Joey et moi, et j'allais me retrouver face à lui pour la première fois aujourd'hui. Il voulait s'excuser auprès de moi, et j'avais accepté.

Je suis montée dans la voiture de Finley avec Karissa et Finley devant, et j'ai rongé mon ongle pendant le trajet. Hudson apportait un énorme barbecue, et Ian et James s'occupaient de toute la nourriture. Ramsey et Melody étaient chargés des jeux pour les enfants. Colin avait des outils pour réparer à peu près tout ce qui en aurait besoin. C'était devenu une sorte de fête de quartier avec plein d'activités amusantes au lieu de simplement distribuer de la nourriture et des cadeaux qui donnaient plus l'impression d'une œuvre de charité que d'une aide véritable.

J'ai déchargé la voiture mécaniquement, incertaine de la façon dont la journée allait se dérouler. Une partie de moi pensait que les habitants d'Oak Hill allaient être contrariés et ne voudraient pas de notre présence, mais James avait dit que sa mère avait parlé à tout le monde et les avait tous ralliés. Ils voulaient contribuer et beaucoup d'entre eux apportaient un plat à partager ou proposaient leur aide de quelque manière que ce soit. C'était une façon pour les gens de donner en retour et de ne pas avoir l'impression d'être là uniquement pour recevoir gratuitement.

Karissa, Finley et moi nous sommes plongées dans l'installation des tables et des chaises et l'aménagement de l'espace. Nous avions des tables pour les dons gratuits où les gens pouvaient passer et prendre ce dont ils avaient besoin. Certains représentants d'entreprises locales allaient se mêler à la foule et distribuer leurs cartes, mais d'autres voulaient simplement laisser des choses sur la table et avoir des conversations.

— Bonjour, dit Amelia, en saisissant l'autre côté d'une table que j'avais du mal à déplacer.

— Bonjour. Comment vas-tu ?

Elle a hoché la tête. — Bien. Merci de nous aider avec tout ça.

J'ai souri. — Ça me fait plaisir. J'attendais ce moment avec impatience. Et aussi de rencontrer Joey.

— Tu veux le rencontrer maintenant ? demanda Amelia. Il est ici, il aide à l'installation.

J'ai scruté la foule de volontaires déjà présents sans le reconnaître. Je n'avais jamais bien vu son visage, mais je pensais quand même pouvoir reconnaître la personne qui m'avait volé mon sac à main.

La sueur perlait sur mon front et mes mains étaient moites. L'air frais semblait soudain aussi chaud qu'en plein été. J'ai pris une profonde respiration et j'ai acquiescé, sachant que je devais l'affronter à un moment donné et espérant qu'il valait mieux en finir tout de suite.

Amelia a ouvert la voie à travers les groupes de personnes et a attendu que je la rattrape. Elle a fait un signe de tête vers une jeune famille de trois personnes, deux fils et une mère qui semblait ne pas avoir suffisamment dormi ces derniers temps.

— Viens. Je vais te présenter, dit Amelia.

J'ai acquiescé et apprécié sa présence tandis que nous nous approchions. La peur montait dans ma gorge même si ma raison savait que j'étais parfaitement en sécurité. Tout était sens dessus dessous, surtout quand je suis arrivée à portée d'oreille et que j'ai entendu Joey et son frère se taquiner.

— Ta petite copine vient aujourd'hui ? le taquina son frère, Matty.

— Tais-toi. Elle ne m'aime pas comme ça, siffla Joey.

— Mais tu voudrais bien, dit Matty, avec un large sourire.

— Peu importe. Je m'en fiche complètement.

Matty renifla. — Ouais, c'est ça.

— Arrête d'embêter ton frère et mets-toi au travail, leur lança Anna.

— Oui, m'man, dirent les garçons à l'unisson.

— Bonjour à tous, dit Amelia, adressant son salut à Anna.

— Salut, Amelia, dit Anna, se laissant aller dans une étreinte les yeux fermés. Pendant juste un instant, elle semblait paisible.

— Je voulais amener Trinity pour vous dire bonjour, dit Amelia.

Anna me regarda et se figea, la honte et la peur sur son visage. Elle se tourna vers ses garçons et tendit un bras pour qu'ils viennent vers elle.

— Qu'est-ce que tu as à dire ? demanda Anna fermement à Joey.

Joey fit un pas en avant et eut du mal à croiser mon regard. Quand il le fit enfin, il se mordit la lèvre. — Je suis désolé, Mademoiselle Trinity. Je suis désolé d'avoir pris votre sac et de vous avoir blessée et de vous avoir fait peur. Je ne referai jamais quelque chose comme ça. À personne.

J'ai acquiescé et forcé un sourire. Me retrouver face à un adolescent qui avait tellement honte de lui-même qu'il ne pouvait même pas me regarder me brisait le cœur. C'était une période de sa vie où il devrait embrasser des filles, faire du sport et profiter de son adolescence. Au lieu de cela, il s'inquiétait pour son frère et sa mère, essayant de prendre soin d'eux et de s'assurer qu'ils avaient à manger.

— Joey, ce que tu as fait... je ne dirai pas que c'était bien, mais je comprends. Tu étais prêt à faire n'importe quoi pour aider les personnes que tu aimes, et je comprends ça. Je sais que demander de l'aide n'est pas toujours facile, mais parfois c'est la meilleure solution. Maintenant que nous nous connaissons, si tu as besoin de quelque chose, demande-moi. Je ferai ce que je peux pour t'aider. J'ai levé les yeux et croisé le regard d'Anna et de Matty. Vous tous.

— Merci, Mademoiselle Trinity, dit Joey. Je ne mérite pas votre pardon, mais j'espère qu'un jour je pourrai le gagner.

J'ai secoué la tête. — Tu l'as déjà, Joey. Je sais qu'aujourd'hui n'est qu'une goutte d'eau dans l'océan et qu'il y aura beaucoup d'autres jours où vous vous sentirez oubliés, mais j'espère que ceci marque le début de quelque chose et vous aide un peu.

Anna semblait vouloir dire quelque chose mais n'était pas

sûre que ce soit approprié. J'ai croisé son regard et souri, espérant l'encourager.

— Ce sont de bons gamins. Je fais de mon mieux avec eux, mais ce n'est pas toujours facile. Je sais que je devrais faire mieux, et je suis désolée que vous ayez été blessée à cause de ça, finit par dire Anna.

J'ai secoué la tête et me suis avancée vers elle. — Je ne suis pas parent. Je ne sais pas ce que c'est que de vivre dans vos chaussures. Je ne suis pas là pour vous juger parce que ce ne serait pas juste de ma part. Nous faisons tous des choses que nous regrettons, et le plus important c'est d'apprendre de ces actions pour ne pas les répéter. Je pense que vous élevez deux garçons formidables, et je suis heureuse de vous avoir tous rencontrés.

Anna s'avança et demanda : — Je peux vous serrer dans mes bras ?

J'ai ri doucement. — Bien sûr.

Elle m'enlaça, son corps tremblant de larmes. — J'avais tellement peur que vous changiez d'avis et que vous le fassiez mettre en prison. Je ne sais pas comment je pourrai jamais vous remercier assez de l'avoir laissé libre.

Je l'ai serrée fort. — Personne ne devrait vivre avec la peur de pouvoir avoir faim. Je sais que vous faites de votre mieux, et je ne vous juge pas. Je dis que je comprends Joey, et je déteste que votre famille, n'importe laquelle de ces familles, ait connu ça. J'aimerais qu'il y ait plus que nous puissions faire. Quelque chose au-delà d'aujourd'hui pour aider.

— Honnêtement, nous sommes des gens fiers. Nous n'acceptons pas facilement la charité, dit Anna.

— Personne ne le fait, ai-je convenu. Mais tout ceci n'est pas de la charité. C'est rendre à des gens qui ont besoin d'un peu d'aide. Si un ami vous demandait de l'aide pour déménager, ou avait besoin d'une baby-sitter, vous n'hésiteriez pas si vous pouviez le faire. Mais nous avons du mal à demander et à accepter des faveurs des gens. Je suis heureuse qu'Amelia ait convaincu tout le monde d'être ouvert à cette journée. Je pense que ça va contribuer grandement à relier encore plus les habitants de L'anse MacKellar.

Anna sourit. — Vous êtes une personne vraiment merveilleuse. Merci.

J'ai souri et serré sa main. — Merci à vous.

— Et Amelia, merci d'avoir aidé à rendre tout cela possible, dit Anna.

Amelia secoua la tête. — Je n'ai pas fait grand-chose à part parler aux gens. Mon fils et ses amis méritent la plupart des éloges.

— C'est vrai, ai-je approuvé. James a vraiment pris cette idée et l'a développée. Et c'est incroyable.

— Eh bien, je vais retourner aider pour démarrer les choses. Vous venez ? demanda Amelia.

Nous avons tous acquiescé et marché vers l'avant. Une famille étrange et connectée, en quelque sorte.

J'AVAIS aperçu James de temps en temps pendant la journée mais n'avais pas réussi à avoir une conversation avec lui. Je me demandais s'il m'évitait. Il semblait occupé, mais était-ce juste pour ne pas avoir à me parler ?

J'ai grogné contre moi-même et pris une assiette de nourriture. Piper m'a fait signe et m'a invitée à m'asseoir avec elle et les personnes à qui elle parlait. Elle me les a toutes présentées et a pointé un des bâtiments.

— Les Smith vivent dans ce bâtiment. Ils me disaient à quel point ils apprécient tout ceci, dit Piper.

Je leur ai souri. — C'est super à entendre. J'espère que cela pourra devenir quelque chose de plus régulier.

— Nous adorerions ça. Tant de gens ici n'arrivent pas à garder la tête hors de l'eau. Nous vivons ici depuis cinq ans. Chaque fois que nous avons l'impression de faire des progrès, les choses changent et nous revenons à notre point de départ, dit Mme Smith. C'est décourageant.

— Bonjour à tous.

Je me suis tournée vers la voix et j'ai souri à Elizabeth Joseph, la journaliste.

— Elizabeth, bonjour. Comment allez-vous ? Voulez-vous vous joindre à nous ?

Elle a acquiescé et a pris place. — Bonjour. Je suis Elizabeth Joseph. Je travaille pour le Thousand Islands Times. Comment va tout le monde ?

— Bien, Mademoiselle Joseph. Merci d'être ici, dit Piper.

— Je suis heureuse d'être là, dit Elizabeth. Cet événement est une grande nouvelle. Et wow, c'est incroyable. Rien que l'odeur de la nourriture quand je suis arrivée m'a donné envie de venir, mais savoir combien de personnes sont ici et combien de façons il y a d'aider la communauté... c'est vraiment formidable ce qui se passe.

J'ai acquiescé. — C'est vrai. Je pense que c'est un énorme succès. Les Smith vivent dans le quartier et nous parlions justement de combien nous espérons que cela puisse être quelque chose que nous ferons tous les quelques mois.

— Ce serait génial, dit Elizabeth. Cela vous dérange si je vous pose quelques questions ?

— Pas du tout, dit Mme Smith.

— Merci. Avez-vous participé à la planification de l'événement ?

Mme Smith secoua la tête.

— Avez-vous proposé votre aide ou avez-vous juste été informés de l'événement ?

— Nous avons été informés. C'était censé être une façon pour les gens de donner en retour, et nous n'avons pas beaucoup à donner. Je disais avant que vous arriviez que nous vivons ici depuis des années et chaque fois que nous pensons avancer, quelque chose se produit, dit Mme Smith.

— Pour moi, cet événement fait autant pour montrer aux gens qu'ils ne sont pas seuls que pour vous nourrir et vous divertir pendant quelques heures. Je pense que c'est formidable, et je suis si reconnaissante à Mme Mayer de m'avoir invitée à y assister aujourd'hui. Connaissez-vous Mme Mayer ? Vous étiez-vous rencontrées avant aujourd'hui ? demanda Elizabeth.

Mme Smith secoua la tête et j'ai fait un signe de la main. — Elle parle de moi. Mais non, nous ne nous connaissions pas.

— Oh, je suis désolée. J'ai supposé puisque vous étiez assises ensemble, dit Elizabeth.

J'ai souri. — J'ai rejoint mon amie, Piper, et nous avons tous commencé à parler.

— Je suis vraiment désolée, dit Elizabeth. Peut-être que je devrais parler à quelques personnes de l'événement en général et nous pourrons discuter dans un petit moment.

J'ai acquiescé. — Ça me semble bien. Merci.

Elizabeth s'est levée et s'est dirigée vers un groupe de personnes. Elle a immédiatement commencé à leur parler, riant et souriant. Je n'avais pas cette aisance avec les gens.

— Je m'excuse pour cela, dit Mme Smith.

J'ai secoué la tête. — Il n'y a pas de quoi s'excuser. Elizabeth m'a contactée il y a quelques jours pour une interview sur mon entreprise. J'ai mentionné venir ici et faire un reportage sur l'événement et rencontrer d'autres entrepreneurs locaux et établir de nouvelles connexions. Elle écrit une chronique qui met en lumière les entrepreneurs locaux.

— Oh, eh bien, Charlie possède sa propre entreprise, dit Mme Smith, tapotant la poitrine de son mari.

— Ah oui ? Eh bien, nous devrions lui demander de vous

interviewer aussi. Elle cherche des gens à qui parler. Je pense que c'est une chronique relativement nouvelle.

M. Smith a acquiescé. — Ce serait super. Ça pourrait aider un peu les affaires et nous faire enfin avancer.

— C'est ce que nous espérons faire ici. Aider les gens à avancer un peu, ai-je dit.

— Je pense que vous allez faire exactement ça aujourd'hui. Merci.

Nous avons fini de manger et sommes allés parler aux gens. Je voulais mettre des visages sur les habitants de la ville. Je n'en connaissais pas beaucoup, ce qui était étrange puisque j'avais l'impression de connaître la plupart des gens en ville. Cela prouvait simplement à quel point j'avais laissé mon cercle se rétrécir.

J'ai finalement repéré James et lui ai fait signe. Il parlait à quelqu'un et m'a répondu d'un signe de la main. Je n'allais pas insister et me suis tournée pour chercher quelqu'un d'autre à qui parler quand je me suis retrouvée face à face avec Elizabeth.

— Salut ! Vous rencontrez beaucoup de gens ? ai-je demandé.

— Tellement. C'est une excellente opportunité pour moi. Merci beaucoup de m'avoir invitée ici.

— Je suis contente que vous soyez venue. C'est un super événement. Tout le monde a travaillé très dur pour le réaliser.

— Comment vous êtes-vous impliquée dans tout cela ?

J'ai ri doucement. — Eh bien, de différentes façons. Principalement parce que l'homme que je fréquente est l'une des personnes responsables de tout ça. Il vivait ici avant et voulait redonner au quartier. Sa mère vit toujours ici.

— Qui est-ce ?

— James Rucker. C'est un policier. Sa mère est la directrice du centre communautaire.

— Où vous faites du bénévolat ?

J'ai acquiescé. — Oui, mais je ne savais pas qu'elle était la directrice avant de commencer à y faire du bénévolat. Et nous ne nous fréquentions pas à ce moment-là.

— La vie dans une petite ville, n'est-ce pas ?

— Exactement.

— Alors, parlez-moi davantage de votre entreprise de bijoux. Je vois que vous avez des cadeaux pour tout le monde à emporter. J'ai visité votre site web et j'ai téléchargé votre nouvelle application. Vous semblez être une très bonne femme d'affaires. Comment faites-vous pour que tout fonctionne ? Comment avez-vous réalisé tout cela tout en travaillant ?

— J'ai beaucoup d'aide, ai-je admis.

— Je croyais que vous travailliez seule ?

J'ai acquiescé. — C'est le cas, mais ce n'était pas un projet en solo. Beaucoup de personnes se sont réunies pour que cela se produise. Mon travail est le mien, mais ce projet était un effort collectif.

— D'accord, je comprends. Dites-moi ce que vous faites au centre communautaire ?

— J'adore être là-bas. J'ai récemment filmé des vidéos pour aider d'autres personnes à créer leurs propres bijoux, mais on m'a dit qu'il n'y avait rien pour les enfants. J'ai commencé à créer des vidéos pour les enfants et à tester des projets au centre communautaire afin d'atteindre un nouveau marché. Les enfants sont incroyablement créatifs et veulent toujours essayer quelque chose de différent. Ils expérimentent d'une manière que les adultes ne font pas. Je leur donne des instructions et certains d'entre eux n'écoutent pas tout et inventent leurs propres designs. C'est fascinant de les regarder.

— Préférez-vous travailler avec des enfants ou des adultes ?

— Honnêtement, je préfère travailler seule. J'aime enseigner et filmer des vidéos, mais c'est chronophage. La création est un exutoire pour moi. Cela me permet de m'exprimer d'une manière que je ne peux pas faire autrement. L'enseignement me maintient dans une boîte parce que je ne peux pas changer les choses à la volée, et je ne peux pas simplement me laisser aller. Je dois m'en tenir au script, pour ainsi dire.

— Et ici ? Vous êtes-vous tenue au script ici ou tout s'est-il assemblé spontanément ?

J'ai ri doucement. — Je pense un peu des deux. James a eu l'idée de faire quelque chose et ça n'a cessé d'évoluer. Nourriture, réparations, jeux et prix. Publicité pour faire passer le mot. Nous avons eu des gens qui en ont parlé aux habitants du quartier pour qu'ils viennent. Les gens qui vivent ici sont fiers et n'aiment pas accepter la charité. Ils veulent faire les choses par eux-mêmes. S'asseoir et recevoir quelque chose n'est pas dans leur nature, donc nous avons dû travailler à convaincre certains d'entre eux de participer.

— Je peux comprendre cela, dit Elizabeth. Je pense que nous avons tous un peu de mal avec ça. Pour revenir à vos bijoux... Concevez-vous tous vos designs ?

J'ai balancé ma tête d'un côté à l'autre. — La plupart. Pas tous. Je regarde certainement en ligne pour trouver de l'inspiration et suivre les dernières tendances. J'essaie de faire en sorte que toutes mes pièces soient uniques pour que les gens sachent que ce qu'ils obtiennent est vraiment unique.

— Acceptez-vous les demandes spéciales ? Si quelqu'un voit un design mais le veut dans une couleur différente, faites-vous cela ?

— Ça dépend de mon emploi du temps. Je fournis des pièces à Island Designs, comme vous l'avez vu. Cela vous va très bien, d'ailleurs.

— Merci, dit Elizabeth, serrant son collier. Je reçois tellement de compliments à ce sujet.

— Il vous convient parfaitement. Et pour des pièces comme celle-là, j'essaie de m'assurer qu'Olive a une variété de couleurs et de styles. Je peux créer des pièces sur mesure, mais j'aime laisser mon esprit vagabonder et les pièces venir à moi.

— Comment trouvez-vous vos idées ? Avez-vous un endroit particulier où vous travaillez ?

— Le parc Catherine est l'un de mes préférés. Karissa et moi y allons de temps en temps pour nous asseoir et regarder l'eau. C'est tellement agréable d'être là-bas.

— C'est ça ta grande interview ? demanda James, son ton furieux. Tu es censée parler de l'événement et aider à promouvoir ce que nous faisons, mais tu l'utilises pour faire de la publicité pour ta propre entreprise ? C'est quoi ce bordel, Trinity ?

J'ai regardé de lui à Elizabeth puis de nouveau vers lui avant qu'il ne s'éloigne brusquement, me laissant me demander pourquoi il était si en colère.

J'ai traversé le complexe d'un pas décidé, essayant de comprendre ce qu'elle tentait de dire. Elle m'avait dit qu'elle avait obtenu de la publicité pour l'événement, mais les bribes de conversation que j'avais entendues donnaient l'impression que Trinity développait son entreprise plutôt que d'aider les personnes que nous étions venus servir.

Comme tous les autres que je connaissais, elle utilisait la situation à son avantage. Prenant ce qui aurait pu être formidable pour les personnes que nous étions venus voir et le transformant en quelque chose qui ne profiterait qu'à elle.

J'étais tellement en colère que je suis parti. Je savais que je ne serais bon à rien tant que je resterais là, aussi furieux, alors je suis monté dans mon pick-up et j'ai filé.

Je suis entré chez moi avec fracas. La porte a claqué contre le mur avant de rebondir. Le choc a résonné en moi.

Ma respiration était saccadée par la colère. Je ne me souvenais pas de la dernière fois où je m'étais senti comme ça. La dernière fois où j'avais fait entièrement confiance à quelqu'un pour le voir ensuite détruire cette confiance.

Plus jamais. J'en avais fini. J'en avais fini avec les femmes, avec la confiance et avec l'idée que quelqu'un dans ce monde pouvait être bon. J'avais raison à son sujet dès le premier regard. Je pensais qu'elle était une criminelle, et même si je m'étais trompé sur ce point, ce n'était pas une bonne personne.

J'ai marché à grands pas vers la cuisine et me suis emparé d'une bière. Le bouchon a tourné trop facilement dans ma main et la bouteille était à moitié vide avant même que je ne m'en rende compte.

Tout me rappelait elle. Tout autour de moi portait son empreinte. Elle s'était infiltrée dans mon monde et en était devenue partie intégrante. Elle était tellement ancrée en moi que je n'étais pas sûr de pouvoir fonctionner sans elle.

Mais j'y arriverais. Nous n'avions été ensemble que quelques semaines. J'avais vécu plus de trente-neuf ans sans elle. Je survivrais à nouveau.

J'ai fini la bière et l'ai jetée dans le bac de recyclage, savourant le bruit du verre qui se brise au fond. J'ai pris une autre bière et j'ai laissé la colère et la trahison me submerger avant de la lancer contre le mur opposé.

La bouteille a explosé, projetant bière et verre sur le mur et le sol. Je suis resté là une minute, haletant et essayant de décider si je voulais boire les deux autres dans mon frigo ou les fracasser.

— Une de chaque, ai-je dit à absolument personne.

J'ai dévissé le bouchon d'une bière et l'ai avalée d'un trait. Quand elle a été vide, un léger bourdonnement s'est installé dans mon corps. J'ai jonglé avec l'autre bouteille puis j'ai saisi le goulot et l'ai lancée comme une hache contre le mur.

— Ce mur avait besoin d'un peu de couleur, ai-je dit en quittant la cuisine. Le désordre serait toujours là demain.

Je suis allé dans ma chambre, j'ai retiré mes vêtements et arraché les draps, puis j'ai tout transporté à la buanderie. J'ai tout mis dans la machine à laver, effaçant son odeur de ma maison. Elle ne serait plus jamais là, et il était temps de l'effacer.

Quelqu'un a frappé à ma porte, mais je l'ai ignoré. Les coups sont devenus plus forts, suivis par la vibration de mon téléphone.

J'ai fermé la machine à laver d'un coup sec et l'ai mise en marche avant d'aller sous la douche. J'ai réglé l'eau aussi chaude que possible et je me suis glissé dessous, mettant ma tête sous le jet pour noyer le bruit de quiconque essayait de me joindre.

J'ai frotté mon corps pour le nettoyer et j'ai fermé les yeux en gémissant au souvenir de Trinity utilisant mon gel douche.

Je n'aurais pas dû casser ces deux bières. Je me demandais si Hudson pourrait me livrer une bouteille de quelque chose. N'importe quoi.

J'ai secoué la tête et terminé ma douche. Je me suis habillé et j'ai fait les cent pas dans ma maison. Qui que ce soit qui essayait de me joindre avait abandonné, donc tout ce que j'entendais était le calme et le silence.

C'était tout ce que j'allais avoir, et ça me convenait. Je n'avais besoin de rien ni de personne. Plus jamais.

J'AI à peine dormi cette nuit-là sur mes draps frais sans Trinity dans mon lit. Je la détestais pour m'avoir volé tant de choses.

Elle a appelé plusieurs fois pendant la nuit et m'a envoyé des messages me demandant de parler pour qu'elle puisse s'expliquer. Je n'avais aucune idée de comment elle allait s'expliquer, mais peu importait. Je n'étais pas intéressé à l'entendre.

Masterson était au travail avant moi. Il a levé un sourcil quand je suis entré mais n'a pas dit un mot. C'était notre dernier jour ensemble, et il n'était pas venu assez vite pour moi. Pas de partenaire, pas de petite amie, et pas d'endroit pour moi seul. Peut-être que Colin me laisserait planter une tente quelque part sur sa propriété et disparaître pendant quelques semaines. J'avais des congés en attente. C'était le bon moment pour me casser d'ici.

Avant de remettre ce choix en question, j'ai envoyé un e-mail au Capitaine Reynolds pour demander trois semaines de congé, à partir du lendemain.

— Rucker ! a-t-il crié presque immédiatement. Ramène ton cul ici.

J'ai verrouillé mon ordinateur et je me suis dirigé vers son bureau, fermant la porte derrière moi et prenant place dans son fauteuil visiteur.

— Trois semaines ?

J'ai hoché la tête. — Oui, monsieur. J'ai économisé ce temps, plus une semaine du report, et comme on est presque en octobre, j'ai pensé que je ferais mieux d'en utiliser une partie.

— Est-ce que ça a quelque chose à voir avec toi et ta copine qui vous séparez ?

— Est-ce que ça importe ?

Il a soutenu mon regard pendant une minute puis a secoué la tête. — Il semblerait que non.

— Alors, puis-je avoir ce temps ?

Il a acquiescé. — Oui. Mais tu dois travailler aujourd'hui. C'est le dernier jour de Masterson avec toi.

— Oui, monsieur, ai-je dit en me levant. Merci.

Il a hoché la tête à nouveau. — Ne fais rien de stupide pendant ton absence.

J'ai poussé un rire. — Pas plus stupide que quand je suis ici.

Je suis sorti de son bureau et j'ai fusillé du regard mes collègues qui me fixaient. Je suis retourné à mon bureau et me suis assis une minute avant de faire un signe de tête à Masterson et de sortir avec lui.

Nous étions à nouveau en patrouille aujourd'hui pour notre dernier jour ensemble, mais c'était lui qui conduisait. J'avais besoin d'une journée sans avoir à prendre des décisions ou réfléchir, donc ça me convenait.

— Qu'est-ce qui te met dans cet état aujourd'hui ? a-t-il demandé alors que nous traversions la ville.

— Toi.

Il a ricané. — Je suppose que ça veut dire des problèmes de fille. Elle a finalement réalisé que tu n'en vaux pas la peine ?

— Va te faire foutre, ai-je craché.

Il a ri et j'ai envisagé de le taser mais j'ai pensé que ce n'était pas une bonne idée quand il conduisait. Ou probablement à aucun moment, mais c'était sérieusement tentant. Pour effacer ce regard suffisant de son visage...

Peut-être que c'était trop tentant.

— J'ai lu une partie de l'interview que ta copine a donnée. Elle est vraiment géniale, a dit Masterson.

J'ai ri et me suis concentré sur le monde à l'extérieur de la fenêtre. C'était bien plus intéressant que tout ce que Masterson voulait dire.

— Elle est canon, aussi, a continué Masterson. Si vous deux, c'est fini, je pense à l'inviter à sortir. Elle pourrait me faire visiter la ville, ou au moins son appartement.

J'ai tendu le bras et l'ai frappé durement au bras. Je voulais faire bien plus que ça.

Cet enfoiré a ri et s'est garé sur le côté. Il a tranquillement éteint la voiture et est sorti. Je l'ai regardé contourner l'avant du véhicule et se tenir sur le trottoir.

— Tu vas me frapper quand je peux te rendre les coups ? a-t-il demandé.

Il n'a pas eu à me le demander deux fois. Je suis sorti de la voiture en balançant mon poing, prêt à lui ensanglanter le nez ou le visage ou une autre partie de son corps. Je m'en fichais tant que mon poing entrait en contact avec son corps.

Il a esquivé mon premier coup et m'a atteint d'un coup aux reins. J'ai reculé, la douleur vive et directe. Je me suis redressé et lui ai fait face à nouveau. Il se tenait là comme s'il attendait quelqu'un, sans la moindre préoccupation au monde.

J'ai frappé à nouveau. J'ai atteint son épaule mais il en a profité pour me mettre un coup dans l'estomac. Je me suis plié en deux, mais je n'avais pas fini. Je me suis redressé avec un uppercut qui l'a surpris et a provoqué un craquement sonore.

Il a trébuché en arrière, se tenant la bouche. Mais ce con ne souriait plus, alors j'étais content.

Il s'est jeté sur moi, me plaquant contre le côté du véhicule utilitaire sport. Ma tête a heurté l'encadrement de la porte et mon dos a claqué contre la poignée. J'ai riposté, le repoussant et frappant ses côtes du mieux que je pouvais.

— Qu'est-ce que vous faites, bordel ? ai-je entendu par-dessus le rugissement dans mes oreilles. Arrête, James. Arrête ça !

Ses cris nous ont séparés, mais nous nous foudroyions encore du regard.

— Qu'est-ce qui ne va pas chez vous deux ? Des flics qui se battent dans la rue en plein milieu de la ville, ce n'est pas une bonne image. Vous devriez tous les deux le savoir.

J'ai finalement regardé vers elle et j'ai réalisé que c'était Blake qui nous criait dessus. Masterson s'était arrêté devant Cracked et elle était sortie en courant pour arrêter notre bagarre. Les fenêtres étaient remplies de clients qui profitaient de leur petit-déjeuner avec le spectacle que Masterson et moi leur offrions.

— Désolé, Blake, ai-je dit.

— J'appelle Trinity, a-t-elle répondu en sortant son téléphone. Elle te remettra les idées en place.

— Non, ai-je dit fermement.

Elle m'a regardé vivement, comprenant clairement que mon unique mot signifiait exactement ce que je voulais dire. C'était fini, et Trinity n'avait pas besoin d'être impliquée dans quoi que ce soit que je faisais. Plus jamais.

Je me suis détourné de Blake et je suis remonté dans le véhicule utilitaire sport. Masterson a suivi mon exemple. J'ai bloqué la vue de moi à travers la vitre avec mon bras et j'ai grimacé à la douleur qui filtrait à travers le brouillard d'adrénaline. Trois semaines de vacances ne pouvaient pas arriver assez vite.

Masterson a démarré et nous avons roulé en silence. La tension irradiait de lui, tous deux énervés et prêts à continuer à nous battre.

— Quel est ton problème avec moi ? a finalement demandé Masterson.

— Je ne veux pas de partenaire, ai-je grogné.

Il a ri. — Et tu penses que je voulais être associé à toi ? C'est un travail. Tu fais ce qu'on te dit.

— Pourquoi as-tu déménagé ici ? ai-je exigé.

— J'avais besoin d'un changement.

— Tu connais quelqu'un dans la région ?

— Qu'est-ce que ça a à voir avec quoi que ce soit ? a-t-il demandé.

— Pourquoi es-tu venu ici ?

— C'est à propos de moi ou de ta copine ?

— Je t'ai dit que je ne veux pas parler d'elle, ai-je grondé.

— Ouais, sauf que tu as décidé la même chose pour nous deux. Que nous n'en valons pas la peine. Nous ne sommes pas à la hauteur de tes standards invisibles de ce qu'une personne devrait être, alors nous sommes simplement écartés. Qu'est-ce qui ne va pas chez toi, bordel ?

— Reste en dehors de ça. C'est notre dernier jour ensemble. Après ça, nous n'aurons plus à nous soucier de passer du temps ensemble ou de nous mêler des affaires de l'autre. Passons simplement les prochaines heures et allons chacun de notre côté, ai-je dit.

Il a secoué la tête et ri.

Peu importait. Je n'avais pas besoin de lui. Ni de personne d'autre. J'en avais fini.

Quand mon tour de service s'est terminé, je suis rentré directement chez moi et j'ai fait mon sac. J'ai décidé qu'appeler Colin était une mauvaise idée parce qu'Elise saurait où j'étais, et ça reviendrait à tout le monde. Alors j'ai préparé mon matériel de camping, réservé un emplacement en ligne et conduit jusqu'au parc d'État de Cedar Point.

J'étais sur le point d'éteindre mon téléphone mais j'ai hésité une minute. J'ai envoyé des SMS rapides à ma mère et à Hudson pour leur dire que j'allais être hors réseau pendant quelques semaines et de ne pas s'inquiéter. J'ai éteint mon téléphone avant que l'un d'eux ne réponde et je l'ai laissé dans la boîte à gants de mon pick-up. J'ai pris ma tente et mon sac et j'ai installé mon campement.

La paix et le calme des bois étaient bienvenus les premiers jours. Personne ne savait où j'étais et je pouvais pêcher, marcher et ne penser à rien. Sauf que je ne pouvais pas arrêter de penser à tout. Et chaque fois que je le faisais, je devenais de plus en plus contrarié.

J'ai baissé ma garde avec Trinity, et elle en a profité. Elle s'est insinuée dans ma vie et l'a rendue impossible sans elle.

Le plus dur était que je voulais qu'elle soit avec moi. Je voulais qu'elle apparaisse, s'explique et dise qu'elle était désolée. Je voulais la voir, la tenir et l'aimer.

Mais je ne pouvais pas. Je ne pouvais pas lui faire confiance si elle allait utiliser une opportunité pour mettre en avant sa propre entreprise. Elle m'avait dit qu'elle avait un journaliste qui était intéressé à faire un reportage sur l'événement. Quelqu'un qui mettrait vraiment en lumière la façon dont les gens vivaient. Quelqu'un qui pourrait aider d'une manière dont je n'ai jamais été aidé.

Personne n'avait organisé un tel événement quand j'y vivais. Personne n'avait essayé de rendre quelque chose. Personne ne se souciait assez de mon quartier.

Mais je n'étais pas meilleur. Je voulais croire que je l'étais parce que j'avais rassemblé un groupe de personnes et nourri le quartier, mais ce n'était pas le cas. Je suis parti sans me retourner jusqu'à ce que quelqu'un de là-bas s'insère dans mon monde. Je les ai séparés et je me suis dit que j'étais meilleur. J'ai refusé de rendre visite à ma propre mère.

J'étais pire que tous les autres parce que je savais ce que c'était de vivre à Oak Hill et je prétendais toujours qu'ils n'existaient pas.

Une part de moi voulait retourner en courant à L'anse MacKellar, mais rien n'avait changé. Pas vraiment. Peu importait que je ne sois pas meilleur, je ne pouvais toujours pas lui faire confiance. Et je ne pouvais certainement pas me faire confiance auprès d'elle.

J'ai fait une longue randonnée et je suis revenu à mon campement alors que le soleil se couchait. Je me suis installé dans ma chaise et j'ai regardé le feu que j'avais allumé vaciller. J'ai fait griller des hot-dogs et ouvert une boîte de spaghettis en souhaitant être avec Trinity.

Quand j'ai fini mon dîner, je suis allé à mon pick-up et j'ai récupéré mon téléphone. Je l'ai allumé et j'ai ignoré tous les messages manqués pour rechercher l'article.

La Communauté Locale S'Unit

J'ai parcouru l'article, dévorant tout ce que le journaliste avait écrit. Hudson m'attribuait le mérite de l'idée et du désir de rassembler tout le monde. Ramsey mentionnait une partie mal desservie de la ville pleine de gens qui avaient de grandes idées mais n'avaient pas l'opportunité de les concrétiser, et comment il voulait aider à y parvenir. Colin disait qu'il ne savait pas que le quartier existait jusqu'à l'événement et qu'il avait hâte d'inviter les gens à sa ferme pour explorer les bois et profiter de l'air frais.

Et puis il y avait Trinity. Qui disait que rien de tout cela n'aurait été possible sans le soutien de ma mère pour rassembler le quartier et mon leadership pour y parvenir. Elle s'extasiait sur combien nous redonnions et combien cela faisait du bien de faire quelque chose. Le journaliste l'avait interrogée sur son travail au centre communautaire et elle avait dit qu'elle recevait autant en travaillant avec les enfants qu'eux en apprenant une nouvelle compétence. Elle parlait de son déménagement à L'anse MacKellar un an auparavant et de son incertitude quant à savoir si c'était la bonne décision pour elle, mais sachant après l'événement que c'était une ville dont elle était fière de faire partie, et une ville qu'elle espérait pouvoir aider davantage à l'avenir.

— Bon sang, ai-je soufflé en terminant l'article. Tout ce qu'elle avait dit était positif et bien. Elle avait fait d'Oak Hill un endroit où elle serait heureuse de vivre. Elle me donnait envie d'y vivre.

Mais surtout, elle me faisait souhaiter de m'être arrêté au lieu de tirer des conclusions hâtives à son sujet. Encore une fois.

J'ai regardé autour du campement et j'ai su que je ne pouvais pas rester là. Je devais parler à Trinity. Je devais m'excuser. Je devais lui dire que j'avais tort, encore une fois, et lui demander de me pardonner.

J'espérais seulement qu'il n'était pas trop tard. J'avais déjà perdu trop de temps à être en colère contre elle pour ce qui s'avérait n'être rien.

J'ai fait mes bagages et j'étais sur le point de partir quand j'ai pensé à l'appeler. Je n'aimais pas l'idée de parler et conduire, mais je ne voulais pas non plus attendre trente minutes jusqu'à ce que je revienne à L'anse MacKellar.

Son téléphone a sonné et sonné, mais elle n'a pas répondu. Je me suis dit qu'elle ne l'avait simplement pas entendu et j'ai vérifié mes messages. Le premier était de ma mère me demandant ce qui m'était arrivé à la fête et si j'allais bien. Le suivant venait de Trinity, en pleurs et me demandant où j'étais. Ça m'a fait mal. J'en avais un de Masterson s'excusant pour la bagarre. Et le dernier était de Hudson, me disant que je devais me rendre au O'Kelley's si j'avais encore deux neurones à frotter ensemble.

TRINITY

J'étais assise seule à une table dans un coin, regardant le monde exister autour de moi. Je ne voulais pas participer. Participer était ce qui m'avait amenée là. Participer était ce qui m'avait fait croire que les choses allaient bien. J'étais une idiote.

Cela faisait presque une semaine depuis la soirée, et je n'avais pas eu de nouvelles de James. La rumeur disait qu'il était parti. Je ne savais pas où il était allé, mais il avait disparu. Chassé de sa propre ville à cause de moi.

Personne n'avait explicitement mentionné cette dernière partie, mais les regards que je recevais me disaient que c'était ce que tout le monde pensait. C'était entièrement ma faute.

Alors, je me cachais dans un coin et je buvais. Je restais là à prétendre faire partie de quelque chose dont je ne faisais plus partie parce que je n'avais qu'une seule option. Je devais déménager.

Il avait finalement réussi. L'agent James Rucker m'avait finalement chassée de la ville. Et pas parce qu'il était horrible et cruel, mais parce qu'il pensait que je l'étais.

Je ne savais toujours pas ce que j'avais fait qui l'avait tant contrarié. J'essayais de rejouer toute la scène dans ma tête, mais j'étais perdue. Peu importait, cependant. Le temps qu'il revienne en ville, je serais partie.

Quelqu'un s'approcha et je cachai mon regard derrière mon verre, espérant qu'ils passeraient sans me parler. C'était arrivé assez souvent pour que je sois certaine que cela se reproduirait, mais pas cette fois. Piper prit place en face de moi et attendit que je pose mon verre.

— Tu ne peux pas continuer à te faire ça, dit fermement Piper. Aucun homme ne mérite cette autodestruction.

— Je l'ai détruit. Je le mérite. Je n'aurais jamais dû m'impliquer avec lui. Il est aimé dans cette ville, et je suis la paria.

— Personne ne pense ça, dit doucement Piper.

Je la fusillai du regard, mais elle ne broncha pas.

— Tu crois que tu vas me faire peur ? Parce que j'ai travaillé ici assez longtemps pour avoir affronté toutes les versions du terrifiant. Et désolée, Trinity, mais tu n'en fais partie d'aucune. J'ai appelé Karissa et Finley. Elles sont en route pour venir te chercher.

— Non, dis-je en secouant la tête. Je gémis. Ça faisait mal. J'aurais préféré que tu ne fasses pas ça.

— Pourquoi ? Ce sont tes amies, et tu as besoin d'amis en ce moment.

— Non, pas du tout. J'ai besoin de profiter de ma dernière soirée en ville pour pouvoir garder des souvenirs quand je serai partie.

— Dernière soirée ? De quoi parles-tu ?

— Je parle de déménager. Je suppose que c'est un adieu, Piper. Ça a été sympa de te connaître, mais je pars demain. Mes valises sont faites, et je suis prête à partir. Comme dans la chanson. Sauf que je pars dans ma voiture, pas en avion à réaction.

Je ricanai à ma propre blague.

— Tu ne peux pas partir, dit Piper, la panique dans sa voix. Tu ne peux pas. Pourquoi partirais-tu ?

— Parce que c'est sa ville. C'est lui qui devrait la garder. Je l'ai fait fuir, mais je serai partie quand il reviendra pour qu'il puisse rester. Je dois partir.

Je me levai et la pièce tangua. Non, c'était juste moi.

Je titubai jusqu'à la porte d'entrée et posai ma main sur le cadre pour m'aider à l'ouvrir. L'air froid du soir me frappa, mais cette sensation était meilleure que tout ce que je ressentais.

Je rentrai chez moi lentement, reconnaissante que le trottoir soit bien éclairé. Ha, tout comme moi. Je jetai un coup d'œil à ma voiture, garée au même endroit que le premier jour où j'avais emménagé en ville. Comme c'était approprié que je commencerais et terminerais ma vie à L'anse MacKellar au même endroit. Une voiture garée pleine de ma vie. Quelle tristesse.

Les escaliers étaient beaucoup plus difficiles que le trottoir, mais je savais que si je ne me dépêchais pas, je croiserais Karissa et Finley, alors je continuai à avancer. J'arrivai à mon étage sans les voir et entrai seule.

J'étais en sécurité. Je pouvais me cacher ici et prétendre que je n'étais pas chez moi et personne ne me dérangerait. Et le matin, je pourrais disparaître et ils ne sauraient jamais où j'étais allée. Aucun d'entre eux n'avait le numéro de téléphone de ma mère, ni ne savait où elle et Mamie vivaient, alors je pourrais simplement partir et me cacher et espérer que leurs vies seraient meilleures sans moi.

Non, ce n'était pas de l'espoir. Elles le seraient. Je savais qu'elles le seraient.

Surtout celle de James.

Je me laissai tomber sur mon canapé et je voulais pleurer, mais j'avais encore quelques affaires à emballer. Je regardai autour de mon appartement vide et soupirai. C'était un beau rêve pendant un moment.

J'ai dû m'endormir car je me réveillai au son de quelqu'un frappant à ma porte. Je l'ignorai, prétendant ne pas être chez moi, mais la personne était implacable. Mes voisins commencèrent à crier pour que la personne s'arrête, et je sus que je devais laisser entrer Karissa et Finley.

J'ouvris la porte sans regarder par le judas et essayai immédiatement de la refermer sur elles. Ce n'était pas seulement Karissa et Finley, mais James était là aussi.

— Laisse-moi entrer, exigea-t-il.

— Non, criai-je en retour, essayant de fermer la porte. Son pied était dans le passage, mais je n'aurais pas hésité à la claquer sur lui pour qu'il bouge.

— Bon sang, Trinity, laisse-moi entrer.

Je secouai la tête et luttai contre mes larmes.

— S'il te plaît, va-t'en. Je suis désolée de ne pas être déjà partie. Je pars demain matin pour que tu n'aies plus jamais à me revoir. Je ne savais pas que tu revenais ce soir. Je suis désolée, James. Je suis tellement désolée.

Toute combativité m'abandonna et je m'effondrai en une flaque sur le sol. Il poussa ma porte et commença à donner des ordres à Karissa et Finley.

— Trouvez-lui une serviette. Elle a besoin d'eau, ou de café. Et déchargez sa foutue voiture, dit-il.

Je secouai la tête.

— Non, ne faites pas ça. S'il vous plaît, laissez-moi tranquille. Je m'en vais. Je ne vais pas te forcer à abandonner ta ville. Tout est de ma faute, et je vais arranger les choses pour toi.

— Tu ne vas nulle part, grogna-t-il. Pas sans moi. Si tu veux partir, nous irons ensemble, mais tu aimes cet endroit. Et je t'aime, alors je ne vais nulle part.

J'étouffai un sanglot et ris.

— Ce n'est pas une blague amusante. Que tu dises que tu m'aimes. C'est juste cruel. Je sais que je t'ai blessé, mais je ne m'attendais pas à ce que tu sois méchant. Je ne peux pas conduire ce soir parce que j'ai bu, mais je serai partie dans moins de douze heures. Va-t'en, James.

Je me remis sur pied et m'éloignai. Mon corps voulait m'abandonner, mais j'avais besoin de mettre de la distance entre nous.

La porte se ferma doucement derrière moi, et je m'effondrai sur le canapé. Seule à nouveau. En sécurité.

Les larmes vinrent et cette fois je ne pouvais pas les arrêter. Un sanglot s'arracha de ma poitrine et je m'enfouis dans le côté du canapé.

Puis il me souleva sur ses genoux et me tint contre lui. Je le combattis d'abord, mais il ne voulait pas me lâcher. Il chuchotait : « Je t'aime », encore et encore à mon oreille tandis qu'il me tenait et me laissait pleurer sur lui.

Alors que mes sanglots ralentissaient et que mes larmes se tarissaient, James me serra plus fort. Il n'arrêtait pas de me parler, me disant qu'il m'aimait et qu'il était désolé. Je voulais dire quelque chose, mais je n'étais pas sûre quoi dire.

— Ça va ? demanda-t-il finalement.

Je secouai la tête.

— Je suis désolée de t'avoir blessé. Je ne voulais pas. Et je pars demain. Je ne sais pas pourquoi tu es ici, mais je ne vais pas te forcer à déménager.

— Tu n'as pas entendu ce que j'ai dit ? Je t'aime, Trinity. Ce n'était pas une réplique, et ce n'était pas une blague. Je t'aime. Je veux être avec toi. Je te veux dans ma vie, pour toujours si tu es d'accord. Tu peux quitter cet endroit, mais si tu le fais, tu emménages avec moi. Tu ne quittes pas la ville sans moi. Donc, où que tu veuilles aller, je suis partant. Parce que je. T'aime.

Je secouai à nouveau la tête.

— Tu étais si en colère contre moi. Et tu es parti.

Il repoussa les cheveux de mon visage et prit une respiration.

— Je sais. Et je n'aurais pas dû. Quand je t'ai entendue avec le journaliste, on aurait dit que tu faisais la promotion de ton entreprise. Que tu avais fait en sorte que quelqu'un fasse un reportage sur la fête et que tu l'avais ensuite utilisé à ton avantage pour t'aider toi-même.

Je secouai la tête mais il serra ma cuisse.

— Je sais maintenant que ce n'est pas ce que tu as fait. J'ai tiré des conclusions hâtives. Encore. Mais je te connais. J'ai vu qui tu es. Je ne laisse pas les gens entrer dans ma vie. Et je suis tombé fou amoureux de toi. Je t'aimais, et ça m'a foutu une trouille pas possible, alors j'ai vu ce que je voulais voir et j'ai cru ce que je voulais croire.

— Comment puis-je savoir que ça ne se reproduira pas ? Que tu ne me repousseras pas à nouveau parce que tu as peur ?

Il secoua la tête.

— Tu ne peux pas. Je ne le sais pas non plus. T'aimer est la chose la plus frustrante, exaspérante, incroyable, merveilleuse qui me soit jamais arrivée. Je ne peux pas imaginer ma vie sans toi. Hudson m'a envoyé un message disant que je devais revenir ici, et quand il m'a dit que tu avais dit à Piper que tu quittais la ville, j'ai eu l'impression d'être éventré. Je ne peux même pas envisager ma vie sans toi, Trinity. Et je sais que je vais foirer, beaucoup, mais je veux que tu sois là pour me le faire remarquer.

— Si ça doit fonctionner, tu ne peux pas t'enfuir. J'ai besoin de savoir ce qui se passe dans ta tête.

— Compris, dit-il.

— Si tu as besoin d'espace, c'est d'accord, mais tu ne peux pas disparaître. Je ne supporte pas ça.

— Je suis désolé pour ça.

— Et si je dis quelque chose qui te met en colère, j'ai besoin que tu me le dises.

— Compris, dit-il. Puis il se pencha et m'embrassa dans le cou.

— Tu dois être prêt à me parler plutôt qu'à tout le monde.

— Absolument.

Il lécha ma gorge.

— Et me faire confiance.

— Toujours.

Il mordilla ma mâchoire.

— Et m'aimer.

— Je le fais déjà.

Il suça le point de pulsation derrière mon oreille.

— Et me laisser t'aimer.

Il sourit contre ma peau.

— J'aimerais vraiment que ça arrive.

— Je le fais déjà, admis-je.

— Dieu merci, souffla-t-il. Est-ce que je peux t'emmener au lit maintenant ? Tu m'as manqué.

— C'est tout ce qui t'a manqué ?

Il secoua la tête.

— Tout me manquait chez toi. Je me détestais pour ça quand je voulais te détester, mais je t'aime trop pour te haïr.

— Je suppose que c'est bien ?

Il rit doucement.

— J'essaie juste de faire ce que tu m'as demandé, te parler et te faire confiance. Je t'aime, Trinity.

— Je t'aime, James.

Il gémit.

— Il t'a fallu assez de temps pour le dire.

Je ris.

— Je l'ai dit il y a quelques semaines, mais tu dormais et tu ne m'as pas entendue.

Il secoua la tête.

— J'ai raté beaucoup de choses. Plus jamais. Maintenant c'est l'heure d'aller au lit.

J'ai poussé un petit cri quand il s'est levé, m'a prise dans ses bras et m'a portée jusqu'à ma chambre. Comme si nous étions faits pour être ensemble.

JE ME RÉVEILLAI le lendemain matin avec un mal de tête et un vague souvenir de la nuit précédente. Tout semblait être un rêve, mais quand j'essayai de bouger, une masse de la taille de James me maintenait en place.

Je souris contre mon oreiller et réalisai que s'il était là, alors tout le reste s'était aussi produit. Crier après Piper, Karissa et Finley. Je leur devais à toutes des excuses.

James s'agita derrière moi et me serra contre lui. Il embrassa mon épaule et se blottit contre mon cou.

— La meilleure façon de se réveiller.

Je tenais sa main et savourais la sensation de son corps contre le mien.

— Je n'ai pas été très gentille avec tout le monde hier.

Il prit une respiration et m'embrassa le cou.

— Elles comprendront. Je ne l'ai pas été non plus. Pendant toute la semaine dernière.

— J'espère juste qu'elles me pardonneront, dis-je doucement. Si elles ne le faisaient pas, je ne savais pas ce que j'allais faire. Mes amies étaient des personnes formidables, mais elles ne me devaient rien. Surtout quand j'étais désagréable comme je l'avais été.

— J'en suis sûr. Levons-nous et allons les voir pour que tu te sentes mieux.

Je hochai la tête, reconnaissante qu'il comprenne l'importance de mes amitiés pour moi.

Nous nous sommes douchés, habillés et avons pris le

petit-déjeuner. Notre premier arrêt était chez Karissa et Finley, bien que j'étais sûre que Finley n'y serait pas.

Karissa ouvrit la porte juste après que j'ai frappé. James m'avait demandé s'il devait m'accompagner, mais j'avais besoin de m'excuser seule.

— Je referme cette porte si tu es venue dire au revoir. Je ne vais pas t'écouter, dit Karissa.

— Je suis venue m'excuser.

— Pour quoi ?

— Pour avoir été une garce hier.

Karissa renifla et secoua la tête.

— Oh, s'il te plaît. J'ai été bien pire que ça. Tu étais saoule et blessée. Mais je pensais vraiment qu'il allait tout arranger. Je suis désolée, Trinity.

Je secouai la tête et souris.

— Il l'a fait, mais je te devais des excuses.

— Attends, toi et James, ça va ? Tu ne pars pas et vous êtes ensemble ?

Je hochai la tête, incapable de retenir mon sourire grandissant.

— Eh bien, mince alors, tu aurais dû commencer par ça. Raconte-moi tout.

Je lui racontai la conversation que James et moi avions eue et comment il avait passé la nuit. Elle était ravie pour moi et pas du tout contrariée. Je me sentis mieux quand je sortis et me dirigeai vers Petits ami du Livre Illimité pour parler à Finley.

Elle était derrière le comptoir, parlant à un client quand je suis entrée. Elle a regardé avec un sourire, mais il a faibli quand elle a vu que c'était moi. Elle allait être plus difficile à convaincre.

Une fois que son client fut parti, je m'avançai vers le comptoir.

— Tu as quelque chose sur une femme qui est une amie

nulle avec les gens qui se sont souciés d'elle pendant plus d'une année et qui jette tout par la fenêtre pour un homme ?

— Nous sommes dans une librairie de romance. J'en ai beaucoup comme ça.

— Comment ça finit ?

— Les amies lui pardonnent, parce que c'est ce que font les amies, et elle a le garçon, parce que la romance est faite pour les fins heureuses.

— Eh bien, un sur deux, ce n'est pas mal, dis-je.

— Oh, Trinity, je suis désolée que les choses avec James n'aient pas fonctionné.

Je secouai la tête.

— Non, c'est la seule qui a marché. Je parlais de nous. Je suis vraiment désolée pour ce que j'ai dit et fait hier soir. Je n'étais pas juste.

Finley éclata de rire.

— Tu souffrais, et tu te défoulais. J'y suis déjà passée. Ça craint d'avoir le cœur brisé. Mais tu dis que les choses vont bien ?

Je hochai la tête.

— Eh bien, bon sang. Tant mieux pour toi. Je suis heureuse pour vous deux. Vous le méritez tous les deux.

— Merci. Toi aussi.

Elle ricana.

— Je trouverai mon propre bonheur un jour.

Un client entra, alors nous avons discuté encore une minute puis je suis partie chercher Piper. Elle n'était pas chez O'Kelley's, mais j'ai remercié Hudson d'avoir appelé James. Il était égal à lui-même, bourru, et a dit qu'il était heureux que les choses se soient arrangées.

J'ai trouvé Piper sur un banc sur la promenade de la rivière en rentrant chez moi. Elle regardait l'eau à nouveau, semblant aussi mal que je me sentais la veille.

— Salut, dis-je en m'asseyant à côté d'elle.

— Trinity. Tu es encore là ?

Je hochai la tête.

— Il s'avère que je vais rester un moment. Et c'est à toi que je le dois.

Elle secoua la tête.

— Je n'ai rien fait.

— Si. Tu as appelé Finley et Karissa, et tu as dit à Hudson qui a dit à James que je partais. J'espérais qu'il m'arrêterait, mais je n'avais jamais imaginé qu'il le ferait vraiment.

Elle sourit.

— Je suis contente que tout se soit bien passé.

— Moi aussi. Mais je suis désolée pour la façon dont je t'ai traitée hier. Tu ne méritais pas que je te crie dessus ou que je te parle comme je l'ai fait. Je suis désolée.

Piper rit.

— Oh, s'il te plaît. C'est le cadet de mes soucis. La plupart des gens sont bien pires quand ils ont bu.

Je ris avec elle.

— Je suis désolée pour ça aussi.

Elle secoua la tête.

— C'est bon. J'adore mon travail. Parler aux gens et voir de nouvelles personnes. C'est le meilleur boulot du monde.

— Eh bien, je suis contente de ne pas t'avoir fait fuir.

Elle ricana.

— Ça n'arrivera pas.

— Hey, ça va ?

Elle hocha la tête.

— Ça va. Je profite juste du soleil. Et tu en as apporté un peu plus puisque je sais que les choses vont bien avec toi et James maintenant.

— Merci.

Elle sourit.

— Peut-être qu'un jour nous trouverons toutes des hommes comme James pour nous.

J'acquiesçai.

— Tu en trouveras un. J'en suis certaine.

Elle rit.

— Soirée entre filles dimanche ? Hudson a changé mon emploi du temps pour que je puisse venir si ça te va.

— Bien sûr. C'est super.

Elle hocha la tête.

— Je pensais la même chose. Tu crois que ce serait correct si j'amenais une amie ? Elle est géniale.

— Absolument. Tu n'as pas à demander. Nous ne sommes pas un club secret ou quoi que ce soit.

— Non, mais c'est dans le magasin de Finley après la fermeture, donc je n'étais pas sûre si elle faisait attention à qui y entre. Si ce n'est pas possible, je le dirai à mon amie.

Je secouai la tête.

— Non. Finley n'a jamais rien dit à ce sujet. Je suis sûre que c'est bon. On se voit dimanche alors. Toutes les deux.

Piper hocha la tête.

— Ça marche. C'est l'heure de mon service, mais je suis contente que les choses aillent bien avec James.

Je souris.

— Moi aussi.

Je marchai le reste du chemin jusqu'à chez moi et fus surprise de trouver James dans mon appartement. Il était parti en même temps que moi et avait dit qu'il rentrait chez lui pour déposer ses affaires. Je ne savais pas qu'il revenait. Ni comment il était entré.

— Un peu d'effraction et d'intrusion de la part d'un flic ? demandai-je.

Il haussa les épaules.

— Pas exactement. J'ai convaincu Richie de me laisser entrer.

— Sérieusement ? demandai-je, un peu choquée que mon

propriétaire ouvre mon appartement à quelqu'un sans mon approbation.

James hocha la tête.

— Nous sommes amis. Et il sait que toi et moi sommes amoureux. Mais il m'a dit que je devrais utiliser ma propre clé la prochaine fois.

— Il t'a donné une clé ?

James secoua la tête.

— Non, mais j'espère que toi, tu le feras. J'en ai une pour toi.

— Ça fait très domestique, dis-je tandis qu'il m'entourait de ses bras.

— Ça semble juste, dit-il.

Je hochai la tête.

— Je ne m'y attendais pas, mais oui, c'est définitivement le cas.

— Je t'aime, Trinity.

— Je t'aime, James.

ÉPILOGUE

PIPER

— Piper, viens t'asseoir ! cria Blake par-dessus le bruit de la foule.

Je me retournai et lui souris. C'était dingue. Ça aurait dû être ma soirée de congé, mais je me sentais coupable de laisser Hudson sans aide supplémentaire. Je levai un doigt pour demander à Blake d'attendre et partis à la recherche d'Hudson.

Il était derrière le bar comme toujours, servant des boissons aussi vite qu'il le pouvait. Tony, l'autre barman, était juste à côté de lui, faisant la même chose.

Je me frayai un chemin jusqu'à l'avant de la file et demandai :

— Tu veux que je t'aide ?

Hudson leva les yeux juste assez longtemps pour voir qui lui parlait et secoua la tête.

— Ça ira.

Un fracas derrière lui nous fit tous deux regarder vers l'endroit où Nikki, la nouvelle serveuse, se tenait au-dessus d'un désastre. Des assiettes et des verres étaient brisés sur le sol avec de la nourriture et des boissons qui s'écoulaient autour de ses pieds. Le plateau qu'elle tenait probablement avant avec toute la nourriture était au sommet du désordre.

Hudson baissa la tête et gémit.

— Je vais nettoyer, lui dis-je. Toi, va virer Nikki.

Il hocha la tête et s'éloigna du bar. Le temps que je fasse le tour, il conduisait déjà Nikki vers son bureau. Sa lèvre inférieure tremblait. Elle savait ce qui l'attendait.

Je pris le plateau du sommet de la pile et l'appuyai contre le meuble. La serpillière du bar était proche, mais avec les éclats de verre et de céramique sur le sol, je savais que ce n'était pas une bonne idée. J'allai à l'arrière et pris le balai et la pelle à poussière industrielle et me mis au travail.

Quand Hudson revint, sans Nikki, j'avais jeté la plupart du désordre. J'avais également dit à Steven de se dépêcher pour refaire la nourriture et de me faire savoir quand ce serait prêt et où il fallait la livrer.

— Tu me sauves la vie, dit Hudson en m'aidant à nettoyer le reste du désastre. Tu es censée être en congé ce soir. Qu'est-ce que tu fais ici ?

— Je suppose que je fais maintenant partie de la bande. Je fis un signe de tête vers le groupe. Hudson était ami avec eux tous, c'est pourquoi ils buvaient toujours chez O'Kelley's, mais mon intégration était nouvelle. Et fragile à mon avis.

— Tu en as toujours fait partie, dit Hudson avec un regard étrange. Tu pensais que non ?

Je haussai les épaules.

— Je ne connais pas vraiment la plupart d'entre eux.

Il renifla.

— Tu te rends compte que c'est à double sens, n'est-ce pas ? Tu ne peux pas apprendre à connaître les gens si tu n'essaies pas de leur parler. Ouvre-toi un peu.

— Je suis juste une personne réservée. Je parle, mais c'est

bizarre d'en dire trop. Se faire des amis en tant qu'adulte n'est pas facile.

— Tu es amie avec moi, argumenta Hudson.

— Tu es comme un frère. Ennuyeux et bizarre.

— Tu n'as clairement pas eu de conversation avec aucun des gars là-bas. Cette description pourrait s'appliquer à tous.

J'éclatai de rire.

— Y a-t-il une autre raison pour laquelle tu ne veux pas traîner avec eux ? Quelque chose s'est passé ?

Je secouai la tête.

— Non, bien sûr que non. Je te l'aurais dit.

— Tu promets ?

J'acquiesçai.

— Absolument. J'ai juste du mal à connaître de nouvelles personnes, surtout quand elles ont toutes une histoire commune.

— Alors apporte ta propre armure. Invite Sofia à venir avec toi.

J'acquiesçai. Il me connaissait trop bien.

— Elle est venue le week-end dernier pour la soirée entre filles.

— Et ?

Je soupirai.

— C'était bien.

— Où est-elle ce soir ?

— Je n'ai pas besoin qu'elle fasse tout avec moi, dis-je.

Il me lança un regard qui disait que j'étais folle.

— Tu ne veux pas y aller sans soutien, mais quand je te demande où est ton soutien, tu agis comme si j'étais ridicule. Va juste t'asseoir.

— Mais tu as besoin d'aide.

Hudson regarda autour du bar où les choses s'étaient calmées. Les autres serveurs avaient déjà livré la nourriture que Nikki avait fait tomber, et tout le reste. Tony avait rempli toutes les commandes de boissons. C'était presque calme.

— Allez, dit Hudson. Je vais t'accompagner.

Je ris et acquiesçai. Il était vraiment comme un frère. Et il me connaissait bien.

Hudson transporta un pichet de bière jusqu'à la table et le déposa au centre avant de tourner une chaise et de s'asseoir. Il fit un signe vers la chaise de l'autre côté, entre Blake et James. Je lui souris en levant les yeux au ciel, mais pris place.

— Piper, tu nous as enfin rejoints ! dit Finley. On se demandait s'il allait un jour te laisser prendre une pause.

Hudson secoua la tête.

— Elle n'était même pas censée travailler ce soir. Elle essayait d'aider parce que j'ai dû virer Nikki.

— Oh, désolée d'entendre ça. Elle avait l'air sympa, dit Trinity. Elle se pencha contre James, son bras autour de ses épaules. Il lui chuchota quelque chose à l'oreille qui la fit lever la tête pour lui sourire.

Je voulais quelque chose comme ça. Un homme qui me chuchoterait à l'oreille et me ferait sourire. Quelqu'un qui admettrait quand il aurait tort et me supplierait de le reprendre. Oh, bon sang, juste quelqu'un qui me réchaufferait la nuit pendant le long hiver de L'anse MacKellar, ce serait bien.

— Elle était sympa, dit Hudson. Mais elle était nulle pour servir de la nourriture et des boissons. Je déteste virer des gens.

— Ça fait partie du boulot, dit Ramsey.

— La pire partie. Mais celle-là est ma sauveuse. Hudson fit un signe de tête vers moi. Je n'arriverais pas à faire fonctionner la moitié de ce truc si ce n'était pas pour elle.

— Vous deux devriez sortir ensemble, dit Finley.

Hudson et moi nous regardâmes dans les yeux et éclatâmes de rire.

— Il est comme un frère pour moi. Sérieusement. Il n'y a jamais eu de moments chargés de tension sexuelle ou de regards appuyés. En plus, je préfère les hommes qui me font rire. Celui-ci est trop rigide.

— Certaines femmes aiment ça, taquina Ian.

Je levai les yeux au ciel.

— J'aime ce genre de raideur, mais lui ne se détend pas.

— C'est vrai, acquiesça Hudson. Et je ne suis tout simplement pas prêt à sortir avec qui que ce soit. Celle-ci est géniale, mais c'est comme si vous deux sortiez ensemble. Il pointa du doigt Finley et Ian.

Le frère et la sœur se regardèrent avec dégoût et frissonnèrent.

Je ris.

— Je pense que trouver la bonne personne demande un peu de chance et le bon timing. Et ça prend plus de temps pour certains d'entre nous de trouver cette combinaison.

— Et en attendant, c'est très amusant d'explorer les possibilités, dit Finley avec un sourire narquois. Comme ce type à la table de l'autre côté du bar. Il te mate sérieusement, Piper.

Je me tournai vers l'endroit qu'elle indiquait et vis un mec mignon qui m'observait. Il leva son verre. Je lui souris. Il me semblait familier mais ce n'était pas quelqu'un que je connaissais. Cependant, il était déjà venu ici, c'était sûr.

— Tu devrais aller lui parler, dit Trinity. Voir si le timing et la chance sont bons.

Je regardai autour de la table et vis qu'ils m'observaient tous.

— Je ne peux pas aller lui parler avec vous tous qui me fixez.

— Eh bien, je dois retourner travailler, dit Hudson en se levant.

— On ne fait pas attention, insista Finley. Mais il te regarde toujours. Va lui parler.

Je soufflai et me levai. Il était vraiment mignon. J'ajoutai un petit déhanchement à mes hanches larges en traversant le bar jusqu'à l'endroit où il était assis. Il était seul à une table pour trois ou quatre personnes, mais le bar était bondé.

Je souris en approchant, et il me sourit en retour.

— Salut, dis-je en m'approchant.

— Salut, merci. Je n'étais pas sûr de la durée de ta pause. J'espérais que tu viendrais quand tu aurais fini. Je ne veux pas perdre la table mais j'ai besoin d'un autre verre. Jack et Coca.

Il me tendit son verre, et je restai plantée là.

— Je ne sais pas qui est ma serveuse. Je pense qu'elle est partie. Cheveux blond foncé, chemise noire. Je ne me souviens pas de son nom, mais elle n'est pas revenue depuis un moment. Tu peux m'apporter ma boisson ou je dois l'attendre ?

Je souris.

— Je vais m'en occuper. Pas de problème.

Je remplis son verre et le posai sur la table avec un bruit sec. Je me tournai pour m'éloigner et il dit :

— Je peux te passer ma commande ? Je retrouve quelqu'un ici, et je voulais commander de la nourriture et une boisson pour elle avant qu'elle n'arrive.

Je me retournai vers lui et plaquai un grand sourire sur mon visage.

— En fait, non. Je ne peux pas prendre ta commande. Je suis en congé ce soir. Ce sont mes amis là-bas, et j'essayais de profiter de ma soirée. Tu peux faire signe à quelqu'un d'autre pour commander, ou tu peux aller au bar.

— Mais je ne veux pas perdre la table.

Je haussai les épaules.

— Désolée, je ne peux pas t'aider.

Je m'éloignai en levant les yeux au ciel et en tapant des

pieds de colère. C'était pour ça que je n'avais pas eu de rendez-vous depuis une éternité. Parce que je n'arrivais pas à lire un homme, même si ma vie en dépendait.

— Qu'est-ce qui s'est passé ? demanda Trinity quand je me rassis. Elle avait l'air si heureuse que je me sentais presque mal de l'admettre.

— Il pensait que je travaillais. Il voulait une autre boisson.

— Sérieusement ? demanda Finley. C'était un sacré contact visuel pour juste une boisson.

— Il a rendez-vous avec quelqu'un. Avant que je parte, il voulait aussi que je commande de la nourriture et une boisson pour elle.

Finley éclata de rire.

— Toi et moi, on doit rester ensemble, Piper. C'est totalement le genre de chose qui m'arriverait. Les hommes sont stupides.

— Hé ! protestèrent les hommes à table.

— Et ils ne sont bons qu'à une seule chose, ajouta Karissa.

— Hé !

— Et il y a des jouets qui aident avec ça, ricana Laura.

— Oh, bon sang.

— Reste avec nous, Piper. Les hommes comme ce type ne valent vraiment pas le coup, dit Finley.

— Pas de chance, dit Laura.

— Mauvais timing, ajouta Karissa.

— Mais on est bien. Être célibataire n'est pas la fin du monde. Je trouve ça plutôt génial. Et ce beau gosse là-bas m'appelle, dit Finley. Ne m'attendez pas !

Elle quitta son tabouret et se dirigea vers le type. Je la regardai se pencher vers lui et flirter. Ce ne fut pas long avant qu'ils ne se dirigent vers l'arrière, que ce soit vers la sortie arrière d'O'Kelley's ou vers les toilettes, mais il était clair que la tentative de flirt de Finley était bien plus réussie que la mienne.

— Wow, soufflai-je.

— Ouais, Fin n'a peur de rien. Tu devrais peut-être rester avec elle parce que Laura et moi sommes pratiquement à court de chance en ce qui concerne les hommes, dit Karissa.

— Je crois que je cadre mieux avec vous deux, dis-je. Peut-être qu'elle pourrait nous apprendre à tous comment flirter.

Karissa rit.

— Elle gagnerait un million si elle donnait un cours sur le flirt.

— Je le paierais, dit Laura.

Je ris avec Karissa. Mais flirter n'était que la moitié de mon problème. Même si je pouvais les intéresser à autre chose qu'aux boissons que je servais, mes instincts concernant les hommes étaient pires qu'horribles. C'était plus facile de simplement ne pas prendre de risques. Et ça faisait beaucoup moins mal.

MERCI D'AVOIR LU l'histoire de James et Trinity ! J'adore toujours les livres où des ennemis deviennent amants et où l'on voit les choses évoluer pour deux personnes qui pensent que l'autre est la dernière personne avec qui elles devraient être. J'espère que vous avez apprécié les hauts et les bas qu'ils nous ont fait vivre, et qu'ils se sont fait vivre l'un à l'autre.

Le prochain livre de la série est celui de Piper et Gavin. Gavin n'a aucune intention de rester en ville une fois que l'auberge de sa tante sera prête à être vendue, mais Piper attire son attention. Elle n'a plus confiance en son instinct depuis qu'elle a perdu son petit ami et son travail en même temps. Mais quand Gavin invite Piper à un dîner de famille et dit à sa tante qu'ils sortent ensemble, elle joue le jeu. À la fin de la soirée, ses baisers semblent beaucoup trop réels, et

Piper n'est plus sûre de ce qui est réel et ce qui fait partie du jeu qu'ils jouent. Procurez-vous **Son Présent aux Courbes Généreuses** dès aujourd'hui !

VOUS AVEZ ADORÉ Trinity et James ? Ils emménagent ensemble ! Les abonnés peuvent se joindre à l'amusement ! Inscrivez-vous maintenant !

À PROPOS DE L'AUTEUR

Auteure à succès classée au *USA TODAY*, Mary E Thompson a passé la majeure partie de son enfance à souhaiter avoir quelques courbes en moins. Elle se cachait dans les pages des livres parce que ses personnages préférés ne se souciaient jamais de sa taille de vêtements. Aujourd'hui, Mary non plus, et elle écrit des histoires qui célèbrent les femmes comme elle. Des femmes réelles qui ont des courbes, poursuivent leurs rêves et trouvent l'amour, parce que nous devrions tous être heureux, quelle que soit notre taille.

Mary passe son temps hors écriture avec son mari et ses deux enfants, à regarder trop de télévision, à encourager l'équipe de football de sa ville natale (Allez les Bills !) et à cacher du chocolat à sa famille.

Inscrivez-vous maintenant à la newsletter de Mary. Les abonnés reçoivent des ebooks gratuits et d'autres choses amusantes, comme du contenu exclusif réservé aux membres et des concours, et sont les premiers à connaître les nouvelles parutions et les promotions !

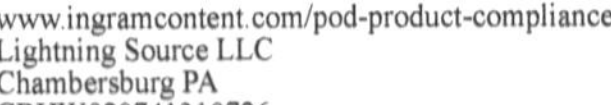

9 781967 463435